Die schönsten

Märchen aus 1001 Nacht

Inhalt

Eingang

Es regierte einst in den ältesten Zeiten und verflossenen Äonen ein König von den Sassaniden auf den Inseln Indiens und Chinas, der viele Truppen und Verbündete, Diener und zahlreiches Gefolge besaß. Auch hatte er zwei wackere, tapfere Söhne, von denen jedoch der ältere noch tapferer war als der jüngere; er herrschte über viele Länder und war so gerecht gegen seine Untertanen, dass ihn alle sehr liebten. Sein Name war Scheherban, sein jüngerer Bruder hieß Schahseman und war König von Samarkand in Persien. Beide hatten ihre Heimat nicht verlassen und jeder regierte höchst glücklich zwanzig Jahre lang in seinem Reiche. Da sehnte sich der ältere König nach seinem jungen Bruder und befahl seinem Wesir, zu jenem hinzureisen und ihn zu ihm zu bringen. Der jüngere Bruder gehorchte alsbald, machte Anstalten zur Reise und ließ Zelte, Kamele, Maultiere, Diener und Gefolge herbeikommen. Die Regierung wurde indes dem Wesir übertragen und der König reiste in das Land seines Bruders. Um Mitternacht erinnerte er sich, etwas im Schlosse vergessen zu haben. Als er dorthin zurückkam, fand er seine Frau in vertrautem Umgang mit einem schwarzen Sklaven. Bei diesem Anblick ward die ganze Welt schwarz in seinen Augen. Er dachte, wenn dies schon vorfällt, ehe ich kaum die Stadt verlassen habe, was wird diese Verruchte tun, wenn ich einmal weit entfernt bin? Er zog sein Schwert und erstach beide. Dann ließ er sogleich wieder aufbrechen und reiste immer weiter fort, bis er in die Nähe der Hauptstadt seines Bruders kam. Dort ließ er seinem Bruder durch Boten seine Ankunft melden. Dieser erschien sehr erfreut, um ihn zu begrüßen, ließ die Stadt beleuchten, setzte sich zu ihm und unterhielt sich aufs Angenehmste mit ihm. Aber der König Schahseman dachte an die Begebenheit mit seiner Gemahlin, und dieses kränkte ihn so tief, dass er bleich wurde und sein Körper an Kraft abnahm. Als sein Bruder ihn in diesem Zustande sah, dachte er, dies ist gewiss, weil er von seinem Lande und Königreiche entfernt lebt. Er ließ ihn deshalb in Ruhe und fragte nicht. Doch eines Tages sagte er zu ihm: »O mein Bruder! Ich sehe, dein Körper wird immer schwächer und deine Farbe bleicher.« Jener antwortete ihm: »Ich habe eine innere Krankheit«, aber er sagte ihm nicht, was er von seiner Frau gesehen hatte. Hierauf versetzte der ältere: »Ich möchte, dass du mit mir auf die Jagd gehst, vielleicht wird dich dies zerstreuen.« Da jener sich aber weigerte, ging er allein fort. Nun waren im Schlosse, das der jüngere Bruder bewohnte, Fenster, durch die man auf den Garten seines Bruders sehen konnte. Hier sah er auf einmal die Türe aufgehen und zwanzig Sklavinnen und zwanzig Sklaven herauskommen. In ihrer Mitte ging die Frau seines Bruders, ausgezeichnet schön und von bewundernswertem Wuchse. Als die Sklavinnen zu einem Teiche gelangt waren, entkleideten sie sich und setzten sich zu den Sklaven. Da rief die Königin: »Masud!«, und es kam ein schwarzer Sklave und umarmte sie und sie umarmte ihn. Die übrigen Sklaven taten dasselbe mit den Sklavinnen, und so brachten sie den ganzen Tag zu mit Küssen und Umarmungen. Als der Bruder des Königs dies sah, dachte er bei sich: Bei Gott! Mein Unglück ist geringer als dieses. Dies ist mehr, als mir geschehen ist! Kummer und Gram fühlte er nun plötzlich weichen und er konnte wieder essen und trinken.

Als hierauf sein Bruder von der Reise zurückkam und sie einander begrüßten, da sah der König Scheherban, dass sein Bruder Schahseman sein voriges Aussehen erlangt hatte und mit Appetit aß, während er vorher nur wenig gegessen hatte, und er sagte zu ihm: »O mein Bruder, ich sah dich ganz gelb und nun siehst du wieder gut aus. Sage mir doch, wie dies zugegangen ist?« Worauf ihm jener antwortete: »Ich will dir zuerst sagen, warum ich übel aussah, und dann, wie ich wieder meine vorige Farbe bekam. Wisse, mein Bruder, als du deinen Wesir schicktest, um mich zu dir zu holen, machte ich mich reisefertig und ging zur Stadt hinaus; da erinnerte ich mich, dass ich etwas im Schlosse vergessen hatte; ich kehrte allein zurück und fand einen schwarzen Sklaven bei meiner Frau. Ich erstach sie beide und kam zu dir und dachte immer an diesen Vorfall. Dies ist die Ursache, warum sich meine Farbe verändert hatte und ich so schwach geworden war. Was aber das wiedererlangte gute Aussehen betrifft, so erlasse mir, es zu erwähnen!« Als sein Bruder dies hörte, sprach er: »Ich beschwöre dich bei Gott, sage mir alles.« Da erzählte jener ihm alles, was er gesehen hatte. Und als hierauf Scheherban seinem Bruder Schahseman sagte: »Ich will mich mit meinen eigenen Augen überzeugen«, entgegnete ihm dieser: »Sprich, du wollest auf die Jagd gehen, und verbirg dich bei mir, dann wirst du sogleich zur Überzeugung gelangen.«

Der König ließ bekannt geben, er wolle eine Reise machen, und es zogen Truppen mit Zelten zur Stadt hinaus. Der König begab sich auch ins Lager und sagte seinen Pagen: »Lasst niemanden zu mir hereinkommen!« Er verkleidete sich dann und ging heimlich zu seinem Bruder, setzte sich dort ans Fenster, das auf den Garten ging, und nach einer Weile kamen die Sklavinnen mit ihrer Gebieterin und den Sklaven in den Garten, und taten wieder alles so, wie es der Bruder erzählt hatte, so lange, bis das Nachmittagsgebet ausgerufen wurde. Als Scheherban dies gesehen hatte, verließ ihn die Besinnung, und er sprach zu seinem Bruder Schahseman: »Komm, wir wollen unseres Weges gehen. Wir wollen nichts mit der Regierung zu schaffen haben, bis wir jemanden finden, dem es ebenso geht wie uns. Ist dieses nicht der Fall, so sei uns Tod besser als Leben.« Sie gingen hierauf zu einer verborgenen Türe des Schlosses hinaus und reisten Tag und Nacht, bis sie in eine liebliche Ebene kamen, wo neben dem Meere eine süße Wasserquelle sprudelte. Sie tranken von dieser Quelle und ruhten aus. Nach einer Weile fing das Meer an zu toben, und es stieg eine schwarze Säule zum Himmel empor, die ihre Richtung gegen die Ebene nahm. Als sie dies sahen, fürchteten sie sich sehr und stiegen auf einen Baum, erwartend, was es wohl geben möchte.

Da kam ein Geist, von denen unseres Herrn Salomo, von langer Statur, großem Kopf und breiter Brust. Er hatte einen gläsernen Kasten auf dem Kopfe, an dem vier Schlösser aus Stahl waren. Er setzte sich unter den Baum, auf welchen die Brüder gestiegen waren, legte den Kasten ab, nahm vier Schlüssel aus dem Schoß, öffnete die Schlösser und zog ein Mädchen heraus, vollkommen gewachsen, mit gewölbtem Busen, süßem Munde und mit einem Gesichte wie der Vollmond. Der Geist sah sie liebevoll an und sprach: »O Herrin aller freien Frauen! O du, die ich entführt, ehe sie jemand außer mir gekannt! O Geliebte meines Herzens! Lass mich ein wenig in deinem Schoße schlafen.« Hierauf legte er den Kopf auf ihre Knie und schlief und schnarchte wie der Donner. Als das Mädchen aber den Kopf in die Höhe hob und Scheherban und seinen Bruder erblickte, legte sie langsam den Kopf des Geistes auf den Boden, und bat sie, sie möchten doch herunterkommen. Jene antworteten: »Bei deinem Leben, o Herrin! Entschuldige uns, wenn wir nicht kommen!« Da erwiderte sie: »Wenn ihr nicht kommt, so rufe ich den Geist, meinen Gemahl, dass er euch auffresse.« Sie winkte ihnen dann noch einmal freundlich zu, und sie stiegen zu ihr herunter. Jetzt verlangte sie, dass sie ihr beide zu Willen sein sollten. Sie antworteten aber: »Bei Gott, Herrin! Verschone uns damit, wir fürchten uns zu sehr vor diesem Geiste.« Sie sprach jedoch: »Ihr müsst mir gewähren, oder ich schwöre bei dem, der die Himmel gewölbt hat, wenn ihr meinen Wunsch nicht erfüllt, so wecke ich den Geist, dass er euch töte. Ihr dürft mir nicht widerstehen!« Da taten beide Brüder, was sie verlangte. Dann zog sie einen Beutel aus ihren Gewändern hervor und zählte 98 Siegelringe und sprach: »Wisst ihr wohl, was dies für Ringe sind? Sie kommen von 98 Männern, die sich mir gefällig zeigten. Gebt mir also auch die eurigen, so sind es hundert Männer, die mir dazu verhalfen, diesen hässlichen, abscheulichen Geist zu hintergehen, der mich in diesen Kasten eingesperrt hat und in diesem tobenden Meere wohnen lässt und so streng bewacht, damit ich tugendhaft bleibe und niemandem außer ihm zuteilwerde. Dieses Scheusal weiß nicht, dass die Bestimmung sich nicht ändern lässt und dass das Wollen der Frauen sich von niemandem abhängig macht.«

Als die beiden Könige dies hörten, wunderten sie sich sehr und sagten: »Es gibt keinen Schutz und keine Macht außer beim erhabenen Gott! Wir wollen deshalb bei Gott gegen die List der Frauen Hilfe suchen, denn sie ist wahrlich zu groß.« Hierauf sprach sie zu ihnen: »Geht nun eures Weges!« – Und als sie hierauf weggegangen waren, sprach Scheherban zu seinem Bruder: »Mein Bruder! Sieh, dies Abenteuer ist noch bedeutungsvoller als das unsrige. Hier ist ein Geist, der sein Mädchen in der Hochzeitsnacht raubte und es in einen gläsernen Kasten gesperrt hat, der mit vier Schlössern geschlossen ist. Er hat ihr das Meer zur Wohnung gegeben, weil er glaubte, sie so der Bestimmung und dem Schicksal zu entreißen, sie aber hat doch, wie wir gesehen, hundertfache Untreue geübt. Lass uns also jetzt getrost in unser Königreich zurückkehren und den Beschluss fassen, nie mehr zu heiraten. Ich will dir schon sagen, wie ich es machen will.« Sie kehrten also wieder um und gingen, bis es Nacht ward. Und am dritten Tage kamen sie wieder in ihre Heimat, traten unter die Zelte, setzten sich auf den königlichen Thron, und es kamen die Intendanten, Adjutanten, Fürsten, Großen und andre Leute. Sogleich wurde befohlen, in die Stadt zu ziehen. Der König begab sich in das Schloss, ließ den Wesir kommen und befahl ihm, sogleich seine Gemahlin zu töten. Der Wesir brachte sie um. Alsdann ging der König zu den Sklavinnen, zog sein Schwert, erschlug sie alle, ließ dann andere kommen und schwor, dass er jede Nacht eine andere sich erwählen wolle, die er dann des Morgens hinrichten lassen werde, denn es gäbe auf der ganzen Erde kein tugendhaftes Weib.

Bald machte sich Schahseman auf, um abzureisen, nachdem ihm sein Bruder das Nötige zur Reise gegeben hatte, und so kehrte er in sein Land zurück. Am Abend befahl Sultan Scheherban seinem Wesir, ihm die Sklavin für die Nacht zu bringen. Dieser führte ihm eine der Fürstentöchter zu. Der König verfügte sich zu ihr, aber am Morgen befahl er dem Wesir, ihr den Kopf abzuschneiden. Dieser musste den Befehlen des Sultans gehorchen und sie umbringen. Dann schaffte er ihm eine andere Tochter der Großen des Landes, die auch wieder am Morgen umgebracht wurde. Und so ging es lange fort. Jede Nacht erhielt er ein Mädchen und des Morgens ließ er sie dann hinrichten, bis es zuletzt kein Mädchen mehr gab und die Mütter und Väter weinten und seufzten und dem König den Tod wünschten und dem Schöpfer der Himmel klagten und den Erhörer der Gebete zu Hilfe riefen. Nun hatte der oberste Wesir, dem er stets den Befehl gegeben hatte, die Frauen umzubringen, zwei Töchter. Die ältere hieß Scheherazade und die jüngere Dinarzade. Scheherazade hatte viele Bücher gelesen, unter anderem auch philosophische und medizinische Werke, sie hatte Gedichte auswendig gelernt und kannte Geschichten, Volkstraditionen und Reden der Weisen und der Könige; sie war sehr gelehrt und gebildet. Einst sprach nun Scheherazade zu ihrem Vater: »Mein Vater! Ich will dir mein Geheimnis anvertrauen: Ich wünsche, dass du mich mit dem Sultan Scheherban verheiratest. Denn ich will entweder die Welt von diesen Mordtaten befreien oder selbst sterben wie die anderen.« Als ihr Vater, der Wesir, dies hörte, sagte er: »Du Törin, weißt du nicht, dass der König geschworen hat, jeden Morgen sein Mädchen töten zu lassen? Wenn ich dich also zu ihm führe, so wird er mit dir dasselbe tun.« Sie antwortete: »Ich will zu ihm geführt werden, mag er mich auch umbringen.« Da erwiderte der Vater: »Was fällt dir ein, dass du dich selbst so in Gefahr bringen willst?« Sie antwortete: »Gleichviel, aber führe mich nur zu ihm!« Der Wesir sagte hierauf zornig: »Wer nicht mit

Klugheit zu Werke geht, stürzt sich ins Verderben, und wer nicht die Folgen einer Sache berechnet, hat keinen Freund in der Welt. Wie das Sprichwort sagt: ›Ich saß in Wohlbehagen, da ließ mir mein Übermut keine Ruhe.‹ Meine Tochter, bleibe ruhig und stürze dich nicht selbst ins Verderben. Ich rate dir aus Mitleid für dich.« Sie aber erwiderte: »Ich will zum Sultan gehen, um ihn zu heiraten.« Der Vater sagte noch einmal: »Tue dies nicht!« Aber sie erwiderte: »Es muss geschehen. Führst du mich nicht zum Sultan, so werde ich allein zu ihm gehen und gegen dich klagen, dass du einem Manne seines Standes mich verweigerst, und ein Mädchen wie mich deinem Herrn entziehst.« Der Vater fragte wieder: »Es muss also sein?« – »Ja«, antwortete sie.

Nun, nachdem sich der Wesir noch länger vergeblich mit ihr abgemüht und geplagt hatte, ging er zum König Scheherban und wünschte ihm Glück, küsste die Erde vor ihm, und sagte ihm, dass er ihm in der nächsten Nacht seine Tochter bringen werde. Der Sultan fragte ganz erstaunt: »Was ist dies? Da ich doch bei dem, der die Himmel gewölbt hat, dir morgen befehlen werde, sie umzubringen? Und tust du es nicht, so werde ich ohne Weiteres dich umbringen lassen.« Er antwortete: »O König der Zeit! Sie hat es gewünscht, ich habe ihr alles gesagt, sie wollte nichts hören, sondern diese Nacht bei dir sein.« Der König sprach: »Gut, geh, mache Vorbereitungen zu ihrer Ankunft und bring sie diese Nacht zu mir!« Der Wesir ging, brachte die Botschaft seiner Tochter und sagte: »Gott gebe mir keine Sehnsucht nach dir!« Scheherazade freute sich sehr, machte alle ihre Sachen zurecht, ging zu ihrer jüngeren Schwester Dinarzade und sprach zu ihr: »Höre, meine Schwester, um was ich dich bitte: Wenn ich bei dem Sultan bin, werde ich nach dir schicken; wenn du dann kommst und siehst, dass der Sultan sich nicht mehr mit mir beschäftigt, so sage zu mir: ›O Schwester! Wenn du nicht schläfst, so erzähle uns von deinen schönen Geschichten, damit wir die Nacht dabei durchwachen!‹ Dies wird meine und der Welt Rettung von diesem Unheil sein und den König von seiner unseligen Gewohnheit abbringen.« Jene sagte zu, und als es Nacht war, begab sich Scheherazade zum König. Dieser empfing sie in zärtlicher Weise und begann mit ihr zu scherzen, sie aber weinte. Als er sie fragte, warum sie weine, antwortete sie: »O König der Zeit! Ich habe eine Schwester, von der ich diese Nacht noch Abschied nehmen möchte.« Der König schickte nach Dinarzade. Diese wartete, bis der Sultan sich an ihrer Schwester ergötzt und etwas geschlafen hatte, dann seufzte sie und sagte:

»O meine Schwester! Wenn du nicht schläfst, so erzähle uns von deinen schönen Geschichten, dass wir die Nacht dabei durchwachen. Vor Tagesanbruch will ich dir dann Lebewohl sagen, denn ich weiß ja nicht, wie es morgen mit dir enden wird.« Scheherazade fragte den Sultan um Erlaubnis, und als er diese erteilte, ward sie hocherfreut und begann:

Die Geschichte vom Fischer mit dem Geiste

Man erzählte mir, dass es einmal einen Fischer gegeben habe, der schon hoch bejahrt war. Er hatte eine Frau und drei Töchter, war arm und besaß nicht einmal seine tägliche Nahrung. Er war es gewohnt, sein Netz nur viermal am Tage auszuwerfen. Einst ging er bei Mondenschein zum Dorfe hinaus an das Ufer des Stroms, legte seinen Korb ab, schürzte sein Hemd auf, watete bis zur Mitte des Körpers ins Wasser, warf das Netz aus und wartete, bis es unterging; dann zog er es an sich und wollte es langsam zusammenlegen, aber er fand es durch etwas zurückgehalten und zog daher mit größerer Gewalt daran. Da er es dennoch nicht von der Stelle brachte, so ging er an Land, befestigte das Ende des Seils, an dem das Netz war, entkleidete sich, tauchte in der Nähe des Netzes unter und arbeitete sich so lange ab, bis er es endlich ans Ufer gezogen hatte; doch er fand nur einen toten Esel darin, der das Netz ganz zerrissen hatte. Als der Fischer dies sah, war er sehr betrübt und niedergeschlagen und sprach: »Es gibt nur Schutz und Kraft beim erhabenen Gott. Mit dem Lebensunterhalte geht es wunderbar zu.«

Als der Fischer den Esel aus seinem Netze befreit hatte, setzte er sich auf die Erde und besserte jenes wieder aus. Als er damit fertig war, drückte er es tüchtig aus, ging wieder ins Wasser, rief den Namen Gottes an, warf es aus und wartete, bis es untertauchte. Wiederum zog er die Schnur langsam an sich, fand sie aber wieder anhängend und zwar noch fester als zuvor. Er glaubte, es sei ein Fisch, und freute sich darüber, zog seine Kleider aus und tauchte unter, um es loszumachen. Langsam zog er es ans Land und fand nun einen großen irdenen Topf voll Sand und Kot darin. Als er dies sah, weinte er und war sehr betrübt und sprach: »Dies ist ein wunderbarer Tag; ich gehöre Gott und vertraue auf ihn.«

Er warf dann den Topf weg, drückte das Wasser aus dem Netze, breitete es aus, bat Gott um Verzeihung, ging wieder ins Meer, warf dann das Netz zum dritten Male aus und wartete, bis es untertauchte. Dann zog er es wieder an sich und fand es voll Scheiben, Steine, Knochen und anderem Unrat. Der Fischer weinte vor Müdigkeit, der Anstrengung und wegen seines Missgeschicks; er gedachte auch seiner Frau und den Kindern, die zuhause ohne Nahrung waren, und schlug sich ins Gesicht.

Der Fischer hob dann sein Auge zum Himmel, die Morgenröte war schon angebrochen und der Tag fing an zu leuchten; da sprach er: »O Gott, du weißt, dass ich mein Netz an einem Tage nur viermal auswerfe; schon habe ich es dreimal getan, mir bleibt also nur noch einmal übrig. Tue mir ein Wunder, o Herr, wie du es Moses im Meere getan!« Hierauf flickte er das Netz wieder, warf es ins Meer, wartete, bis es untersank und hängen blieb, um es dann an sich zu ziehen; allein er konnte es nicht, denn es war ganz zerzaust und auf dem Grunde verwickelt. »Es gibt keinen Schutz und keine Macht, außer bei dem erhabenen Gott!«, rief er aus, dann entkleidete er sich, tauchte unter und gab sich viele Mühe, es loszumachen. Als er damit ans Land gegangen, fand er etwas Schweres darin, und als er es nach vieler Mühe entwirrte, fand er eine gefüllte messingne Flasche, oben mit Blei geschlossen und Salomos Siegel darauf eingelassen. Als der Fischer dies sah, freute er sich und dachte: Dies verkaufe ich dem Kupferschmied, es ist gewiss zwei Malter Weizen wert. Er schüttelte nun die Flasche und bemerkte, dass sie mit etwas angefüllt war. Da dachte er: Ich will doch einmal sehen, was in dieser Flasche ist. Ich will sie erst öffnen und dann verkaufen. Er zog ein Messer aus der Tasche, durchstach damit das Blei und arbeitete so lange, bis er die Flasche geöffnet hatte; hierauf nahm er sie, setzte sie an den Mund und schüttelte sie, aber es kam nichts heraus. Der Fischer war darüber sehr erstaunt. Doch nach einer Weile stieg Rauch aus der Flasche empor, der sich über die Erde verbreitete und immer mehr zunahm, bis er das ganze Meer bedeckte, dann stieg er gegen die Wolken des Himmels. Der Fischer wunderte sich, als er dies sah. Als dann aller Rauch aus der Flasche war, verdichtete und vereinigte er sich und ward zu einem Geiste, dessen Füße auf der Erde waren und dessen Haupt bis in die Wolken ging. Er hatte einen Kopf wie ein Brunnenloch, Vorderzähne wie eiserne Hacken, einen Mund wie eine Höhle, Zähne wie Felsensteine, Nasenlöcher wie Trompeten, Ohren wie Tartschen, einen Schlund wie eine Gasse, Augen wie Laternen; mit einem Worte, er war abscheulich hässlich. Als der Fischer ihn sah, zitterte er am ganzen Körper, seine Zähne klapperten und sein Hals wurde trocken. Da sagte der Geist: »O Salomo, Prophet Gottes! Verzeihe, verzeihe! Ich will dir nie mehr ungehorsam sein und deinen Befehlen nimmer zuwider handeln.«

Als der Geist dies gesagt, erwiderte ihm der Fischer: »O Geist, was sagst du von unserm Herrn Salomo, dem Propheten Gottes, der vor achtzehnhundert und einigen Jahren gestorben ist, und wir leben jetzt in einer viel späteren Zeit? Was ist dir widerfahren? Wie bist du in diese Flasche hineingeraten?« Als der Geist dies hörte, sagte er: »Vernimm eine gute Nachricht!« Da dachte der Fischer bei sich: O Tag der Glückseligkeit! Der Geist aber fuhr fort: »Ich bringe dir die Nachricht, dass du sogleich umgebracht werden sollst.« Hierauf sprach der Fischer: »Du verdienst für die Botschaft, dass dir der Schutz und die Gnade Gottes entzogen werde; warum willst du mich umbringen, da ich dich doch befreit, aus der Tiefe des Meeres herausgezogen und auf die Erde versetzt habe?« Der Geist aber antwortete: »Bitte dir etwas aus von mir.« Der Fischer fragte freudig: »Was sollte ich mir von dir ausbitten?« Und der Geist antwortete: »Bitte dir eine Todesart aus, an der du sterben willst, damit ich dich nach deiner Wahl töte.« – »Was habe ich verbrochen?«, wiederholte der Fischer, »ist das mein Lohn, dass ich dich befreit habe?«

Darauf sprach der Geist: »Höre meine Geschichte!« – »So erzähle!«, erwiderte der Fischer, »doch mach's kurz, denn ich gehöre zu den Heiligen.« Und der Geist sprach: »Wisse, ich gehöre zu den widerspenstigen und abtrünnigen Geistern, ich war mit dem Geiste Sacher Salomo, dem Propheten Gottes, ungehorsam. Er sandte mir Asaf, Sohn des Berachja, welcher gegen meinen Willen zu mir kam und das Urteil über mich aussprach und vollzog. Er fesselte mich auf eine demütigende Weise mit Gewalt und brachte mich zu Salomo, dem Propheten Gottes. Als dieser mich sah, nahm er zu Gott seine Zuflucht, sich vor mir und meiner Gestalt fürchtend. Er sagte mir, ich solle ihm gehorsam werden; aber als ich mich dessen weigerte, ließ er diese messingne Flasche bringen, sperrte mich hinein, schloss sie mit Blei, drückte den Namen des erhabenen Gottes darauf und befahl dann einem Geiste, mich wegzutragen und in die Mitte des Meeres zu versenken. Nachdem ich zweihundert Jahre darin geblieben war, beschloss ich, den reich zu machen, der in den ersten zweihundert Jahren mich befreien würde. Die zweihundert

Jahre verflossen aber, ohne dass mich jemand befreite. Es vergingen dann wieder zweihundert Jahre, und ich beschloss nunmehr, dem, der mich befreien würde, alle Schätze der Erde zu öffnen; es vergingen aber vierhundert Jahre und niemand befreite mich. In den folgenden zweihundert Jahren beschloss ich, meinen Befreier zum Sultan zu machen, selbst sein Diener zu werden und ihm täglich drei Wünsche zu gewähren. Aber auch in diesen zweihundert Jahren befreite mich niemand. Nun ward ich böse, stampfte, tobte, schnarchte und beschloss, den zu töten, der von nun an mich befreien würde, ihn entweder den schrecklichsten Tod sterben, oder ihn selbst wählen zu lassen, wie er sterben wolle. Kurz, nach diesem Beschlusse kamst du, mich zu befreien. Sage mir jetzt also, auf welche Weise ich dich umbringen soll.«

Als der Fischer diese Worte des Geistes hörte, sprach er: »Ich gehöre Gott an und kehre zu ihm zurück; musste ich gerade in diesen unglücklichen Jahren dich befreien, so ist mein Schicksal verflucht; doch verzeihe mir. Gott wird auch dir verzeihen, töte mich nicht, sonst wird Gott jemandem die Kraft verleihen, auch dich zu töten.« – »Es hilft alles nichts«, erwiderte hierauf der Geist; »sage mir nur, wie du sterben willst.« Als der Fischer sah, dass er wirklich umgebracht werden sollte, ward er sehr betrübt und rief weinend aus: »O meine Kinder! Gott lasse mir nicht das Herz weich um euch werden!« Hierauf wandte er sich wieder zum Geiste und sagte: »Bei Gott, verzeihe mir zum Lohne, dass ich dich aus dieser messingnen Flasche befreit habe.« Da antwortete der Geist: »Gerade weil du mich gerettet hast, will ich dich umbringen.« – »Wie«, sagte der Fischer, »ich habe dir eine Wohltat erzeigt, und du willst mir dafür Böses tun?«

Der Geist versetzte nun: »Zaudere nicht lange, du wirst umgebracht, wie ich dir gesagt habe.« Da dachte der Fischer bei sich selbst: Dieser ist ein Geist und ich bin ein Mensch, Gott hat mich durch Verstand über ihn erhoben, ich will mit meinem Verstande ihn überlisten. Er überlegte eine Weile und sprach dann zu dem Geiste: »Willst du mich denn durchaus töten?« Und als der Geist diese Frage bejahte, sprach er weiter: »Bei der Wahrheit des höchsten Namens, der auf Salomos, Sohn Davids, Siegel gestochen war, wirst du mir die Wahrheit sagen, wenn ich dich um etwas befrage?« Der Geist zitterte und bebte, als er den erhabenen Namen erwähnen hörte und antwortete: »Frage immerhin, doch mach's kurz!«

Da sagte der Fischer zu dem Geiste: »Bei dem Namen des erhabenen Gottes frage ich dich: Warst du in dieser Flasche eingesperrt?« – »Ich war darin eingesperrt, beim erhabenen Gotte«, antwortete der Geist. »Du lügst«, versetzte der Fischer, »diese Flasche kann nicht einmal deine Hand fassen und würde schon durch deine Füße zersprengt werden, wie soll sie dich ganz fassen können?« Da sagte der Geist wieder: »Bei Gott, ich war darin; willst du es nicht glauben?« – »Nein«, antwortete der Fischer. Da löste sich der Geist nach und nach auf, ward ganz Rauch, der in die Höhe stieg und sich über das Meer und das Land ausbreitete. Er zog sich dann wieder zusammen und nach und nach in die Flasche, bis er endlich ganz darin war, da schrie er aus der Flasche heraus: »Siehst du nun, Fischer, wie ich in der Flasche bin? Glaubst du mir jetzt?« Aber der Fischer nahm sogleich das Blei, mit dem die Flasche geschlossen war, und drückte es wieder auf dieselbe. Dann rief er: »O Geist! Wähle du nun, wie du sterben willst und wie ich dich wieder ins Meer werfen soll; dann werde ich hier ein Haus bauen lassen und alle Fischer warnen, die hier fischen wollen, und ihnen sagen: ›Hier liegt ein Geist, der den umbringt, der ihn heraufzieht und befreit, und ihn nur wählen lässt, welchen Tod er sterben wolle.‹« Als der Geist dies hörte und sich wieder eingesperrt sah und heraus wollte und nicht konnte, weil Salomos, des Sohnes Davids Siegel ihn zurückhielt, so merkte er wohl, dass der Fischer ihn überlistet hatte, und er sprach zu ihm: »Guter Fischer, tue doch das nicht, ich habe nur meinen Scherz mit dir gehabt.« – »Du lügst«, sagte der Fischer, »du schändlichster und niedrigster aller Geister!« Der Fischer rollte dann die Flasche gegen das Meer, während der Geist schrie: »Nicht doch, nicht doch!« Aber der Fischer sagte: »Ja doch, ja doch!« Jetzt ward der Geist sehr demütig und sprach in bittendem Tone: »Was willst du tun, guter Fischer?« – »Dich ins Meer werfen«, antwortete dieser, »und hast du zum ersten Male achthundert Jahre im Meere bleiben müssen, so werde ich dich diesmal bis zur letzten Stunde darin lassen. Habe ich dir nicht gesagt: ›Lass mich leben, Gott wird auch dich erhalten!‹ Du wolltest aber durchaus treulos gegen mich werden und mich umbringen; nun werde ich eben so gegen dich verfahren.« Da sprach der Geist: »Öffne, o Fischer, ich will dich reich machen und dir viel Gutes erweisen.« – »Du lügst«, sagte der Fischer. »Weil du mich durchaus töten wolltest, werde ich dich wieder in diese Flasche sperren und in den Abgrund des Meeres werfen.« Der Geist schrie: »O Fischer, tu dies nicht! Befreie mich und bestrafe mich nicht. Der Menschen Handlungen müssen immer edler sein als die eines Geistes. Habe ich auch schlecht gehandelt, so tu ich doch Gutes! Denn das Sprichwort sagt: ›Vergelte Böses mit Gutem, verfahre nicht wie Imama mit Ateka verfuhr.‹« – »Was haben Imama und Ateka getan?« – »Jetzt«, sagte der Geist, »ist nicht Zeit, davon zu reden, solange ich in diesem engen Gefängnisse bin; wenn du mich freigelassen hast, will ich dir's erzählen.« Aber der Fischer antwortete: »Ich lasse dich nicht heraus, ich werfe dich ins Meer, denn ich habe dich lange gebeten und doch wolltest du mich schuldlos umbringen, obschon ich dich aus deinem Gefängnisse befreite. Da du dies getan, weiß ich, dass du von schlechter Natur bist und von gemeinem Stoffe, du vergiltst Gutes mit Bösem; ich werde daher, wenn ich dich ins Meer geworfen habe, hier ein Haus bauen und darauf schreiben: ›Hier haust ein Geist; wer ihn heraufzieht, wird von ihm getötet.‹ Dann kannst du lange unten bleiben, du verächtlichster aller Geister!«

Da sprach der Geist: »Lass mich diesmal wieder frei; ich verspreche, dir gar nichts zuleid zu tun, vielmehr dir nützlich zu sein. Du sollst reich werden.« Als er darauf einen Eid geleistet und bei jenem erhabenen Namen geschworen, der auf Salomos Siegel stand, da öffnete der Fischer die Flasche, aus der wieder Rauch in die Höhe stieg, und es bildete sich ein Geist daraus; er zertrat hierauf die Flasche mit den Füßen, und flog gegen das Meer hin. Als der Fischer dies sah, fürchtete er etwas Schlimmes; er verunreinigte seine Kleider und sah den Tod schon nahe, denn er hielt dieses Zertreten für ein böses Zeichen. Dann fasste er aber wieder Mut und sprach: »O Geist! Du hast einen Eid geschworen, darfst also nicht treulos gegen mich werden, sonst wird es Gott auch gegen dich.« Der Geist lachte und sagte: »Folge mir, Fischer!« Dieser folgte ihm nun erschrocken, denn er glaubte, nicht mit dem Leben davonzukommen. Sie gingen durch die Wüste bis zu einem Berge; dort fanden sie mitten in einer großen Einöde vier kleine Hügel und zwischen diesen einen See. Der Geist blieb hier stehen und sagte dem Fischer, er solle nun sein Netz auswerfen. Dieser sah im See rote, weiße, blaue und gelbe Fische und war sehr erstaunt darüber. Dann warf er sein Netz aus, und als er es an sich zog, brachte er vier Fische heraus: einen roten, einen weißen, einen blauen und einen gelben; als er dies sah, freute er sich sehr. Der Geist sagte ihm dann: »Gehe damit hin zu deinem Sultan, er wird dich reich machen; aber fische nicht mehr als einmal am Tage. Entschuldige mich, wenn ich dich jetzt verlasse, ich weiß, nachdem ich so lang in der Tiefe des Meeres gelebt habe, mir auf der Oberfläche der Erde nicht mehr zu raten. Allah stehe dir bei!«

Hierauf stampfte der Geist mit den Füßen; die Erde öffnete sich und verschlang ihn, und der Fischer ging freudig in die Stadt zurück, verwundert über das, was ihm mit dem Geiste widerfahren, und über die farbigen Fische. Er verfügte sich in den Palast des Sultans und brachte sie ihm.

Als der Sultan die Fische sah, wunderte er sich sehr darüber und sagte seinem Wesir: »Bringe sie der Köchin, die uns der König der Neugriechen geschenkt.« Der Wesir brachte sie diesem Mädchen und sagte: »Backe sie recht gut, denn es hat sie jemand dem König zum Geschenke gemacht.« Auch ließ der Sultan dem Fischer vierhundert Dinare geben; dieser lief damit nach Hause und fiel und stand auf und stolperte und glaubte, es sei nur ein Traum. Er kaufte dann seiner Familie, was sie bedurfte.

Dies ist's, was den Fischer angeht. Was aber die Köchin betrifft, so nahm sie die Fische und spaltete sie und salzte sie, setzte die Pfanne aufs Feuer, goss Öl hinein und wartete, bis es heiß war, warf dann die Fische hinein, ließ sie darin, bis sie auf der rechten Seite gebacken waren, und drehte sie um. Da spaltete sich auf einmal die Mauer und es kam aus der Öffnung ein schönes Mädchen heraus, von hübschem Wuchse, oval gebildeten Wangen, ohne Tadel, die Augen mit Kohle bemalt; sie hatte ein Oberkleid von blauem Atlas an mit Kreisen aus ägyptischen Blumen, kostbare Ringe an den Ohren und am Arme, und in der Hand trug sie ein indisches Rohr. Sie steckte das Rohr in die Pfanne und sagte mit wohltönender Stimme: »O Fisch, hältst du dein Versprechen?«

Als die Köchin dies sah und hörte, fiel sie in Ohnmacht. Das Mädchen wiederholte noch einmal seine Frage, und die Fische hoben ihre Köpfe auf und sagten ebenfalls in klarer Sprache: »Jawohl, jawohl, wenn du wiederkehrest, so kehren auch wir wieder, bist du treu, so sind auch wir treu, fliehst du uns, so haben wir doch das Unsrige getan.« Sie stürzte dann die Pfanne um und ging weg, wie sie gekommen war, und die Wand schloss sich wieder. Als die Köchin wieder zur Besinnung gelangt war und die Fische ganz verbrannt und in Kohlen verwandelt fand, war sie sehr betrübt und fürchtete sich vor dem König. Als sie nun in diesem Zustande war, kam der Wesir und forderte die Fische und sagte ihr, der Sultan warte darauf. Die Köchin fing an zu weinen und erzählte dem Wesir, was ihr mit den Fischen geschehen. Er war sehr erstaunt, ließ sogleich den Fischer holen und sagte zu ihm: »Du musst uns sogleich andere Fische, die den ersten gleichen, bringen, denn sie gefallen uns sehr.« Der Fischer nahm seine Gerätschaften, ging zu den vier Hügeln an den See, warf sein Netz aus und zog vier ähnliche Fische heraus; er kehrte dann heim und brachte sie dem Wesir. Dieser gab sie der Köchin und sagte ihr: »Backe sie nun in meiner Gegenwart, ich will die Geschichte mit ansehen.« Die Köchin reinigte die Fische, stellte die Pfanne auf und warf sie hinein. Als sie gebacken waren, öffnete sich die Wand wieder, das Mädchen kam wieder in derselben Kleidung, mit einem Rohr in der Hand, steckte es in die Pfanne und sagte: »O Fisch hältst du dein Versprechen?« Die Fische streckten dann ihre Köpfe in die Höhe und sagten: »Wohl, wohl, kehrst du wieder, kehren auch wir wieder, bist du treu, so sind auch wir es, fliehst du uns, so haben wir doch das Unsrige getan.«

Als die Fische so gesprochen, stürzte das Mädchen die Pfanne um und verschwand durch den Spalt in der Wand und dieser schloss sich hierauf wieder. Da sagte der Wesir: »So etwas kann man dem König nicht verbergen.« Er ging daher zu ihm und erzählte ihm, was sich mit den Fischen zugetragen. Der Sultan rief voller Verwunderung: »Ich muss das mit meinen Augen sehen«, und schickte sogleich nach dem Fischer, zu dem er sagte: »Hole mir gleich noch vier Fische, wie die ersten, eile aber damit.« Der Fischer ging, nahm seine Gerätschaften mit an den See, fischte vier Fische von verschiedener Farbe, wie die ersten, und brachte sie dem Sultan. Dieser gab ihm wieder vierhundert Dinare, zugleich ließ er ihn streng bewachen, und sprach zum Wesir: »Geh und backe du selbst diese Fische in meiner Gegenwart!« Jener setzte nun die Pfanne aufs Feuer, nachdem er die Fische zurecht gelegt, goss Schmalz hinein und warf die Fische darauf, als es heiß geworden war. Sobald aber die Fische gebacken waren, spaltete sich wieder die Wand der Küche, und es kam ein schwarzer Sklave heraus, gerade als wäre es ein Berg oder ein Überbleibsel vom Stamme Aad. Der König und der Wesir fürchteten sich vor ihm, denn er war sehr lang und breit und hatte einen grünen Ast in der Hand. Er sagte in deutlicher Sprache: »O Fische, bleibt ihr beim Versprechen?« Sie hoben ihre Köpfe auf und riefen: »Wohl, wohl, kehrst du wieder, kehren auch wir wieder, bist du treu, so sind auch wir es, fliehst du uns, so haben doch wir das Unsrige getan.« Hierauf stürzte der Sklave die Pfanne um, die Fische verbrannten und wurden zu Kohlen. Dann verschwand der Sklave durch die Wand, die sich sogleich wieder zusammenfügte. Der Sultan erschrak über diesen Vorfall und sagte: »Ich kann mich unmöglich mehr niederlegen, bis ich auf den Grund dieser Sache gekommen bin, es ist gewiss ein besonderes Verhältnis mit diesen Fischen.« Er ließ schnell den Fischer holen, und als dieser kam, sprach er zu ihm: »Wo hast du diese Fische her?« – »Aus einem See«, antwortete der Fischer, »außerhalb der Stadt zwischen vier Bergen.« Der Sultan fragte dann den Wesir: »Kennst du diesen See?« Er antwortete: »Ich gehe schon dreißig Jahre lang auf die Jagd, durchstreife die Ebenen und die Gebirge und habe nie diesen See gefunden.« Da fragte der Sultan den Fischer: »Wie weit ist's bis zu diesem See?« – »Zwei Stunden«, antwortete der Fischer. Der Sultan befahl hierauf einigen Soldaten, mit ihm zu reiten, auch den Wesir nahm er mit und der Fischer musste vorangehen. Der fluchte dem Geiste. Sie gingen bis zum Berge hin und sahen den See mit Fischen von allen Farben. Der Sultan war sehr erstaunt darüber und sagte: »Ist's möglich, dass noch niemand diesen Ort gesehen hat, da dieser See doch so nahe an der Stadt liegt?« Er fragte die Soldaten, ob einer von ihnen diesen Ort kenne; aber alle antworteten, sie sähen ihn jetzt zum ersten Male. Da schwur der Sultan: »Beim erhabenen Gott! Ich gehe nicht in die Stadt zurück, bis ich weiß, was das für ein See und für bunte Fische sind.« Er befahl dann, abzusteigen und die Zelte aufzuschlagen, dann stieg er selbst ab und blieb bis zur Nacht. Dann ging er heimlich, ohne dass die Soldaten es merkten, zu seinem Wesir, der ein sehr erfahrener und viel wissender Mann war, und sprach: »Ich will etwas tun, das ich dir mitteilen will; ich will mich nämlich von den Übrigen absondern, um zu sehen, was dies für Fische sind. Ich gehe nun fort. Morgen sagst du den Truppen und hohen Beamten, ich sei krank und es könne niemand vorgelassen werden; du wohnst indes in meinem Zelt, und ich bleibe drei Tage lang weg, nicht länger.« Der Wesir sagte: »Es soll alles so besorgt werden.« Dann umgürtete sich der Sultan mit seinem Schwerte, ging fort und schlug den Weg jenseits des Berges ein, bis der Morgen zu leuchten anfing. Als die Sonne aufging, sah er in der Ferne etwas Schwarzes, er freute sich und dachte, vielleicht finde ich jemanden, der mir Auskunft geben kann. Er ging darauf zu und siehe da, es war ein Schloss, aus schwarzen Steinen gehauen und mit eisernen Platten belegt, das unter einem glücklichen Gestirne gebaut war.

Das Schloss hatte ein Tor, von welchem ein Flügel durch den andern Flügel geschlossen war. Der König freute sich und klopfte leise, hörte aber keine Antwort; er klopfte noch einmal etwas stärker, hörte wieder nichts und erblickte auch niemanden. Da dachte er, ohne Zweifel ist dieses Schloss unbewohnt; er machte sich dann Mut, ging in einen Gang und schrie: »O Bewohner des Schlosses! Hier ist ein fremder, bittender und hungriger Reisender; habt ihr wohl etwas Lebensmittel? Der Herr aller Sklaven wird euch reichlich dafür belohnen.« Er wiederholte dies zum zweiten und dritten Male, hörte aber keine Antwort. Dann fasste er stärkeren Mut, schritt durch den Gang ins Innere des Schlosses, drehte sich rechts und links um und sah niemand, bemerkte aber, dass das Schloss mit seidenen Teppichen, worauf goldene Sterne gestickt waren, bedeckt war, er sah auch schöne Vorhänge und Polster und Sofas. Mitten im Saale war ein großer Raum, rings herum Divans und Nischen und Nebenzimmer; auch war ein Springbrunnen da mit vier goldenen Löwen, die aus dem Rachen Wasser spieen, das so klar wie Perlen und Edelsteine war. Es flogen allerlei Vögel im Saale herum, die ein goldnes Netz nicht entwischen ließ. Der König war sehr erstaunt, niemanden hier zu finden, den er ausfragen konnte; er setzte sich auf die Seite des Saals und hörte dann eine seufzende Stimme, welche sang:

»O Schicksal, du schonst mich nicht und hast kein Erbarmen;
mein Leben schwebt ja zwischen Qualen und Gefahr.
Habt ihr nicht Mitleid mit einem Großen seines Volks,
der im Bunde der Liebe erniedrigt wurde,
mit dem Reichsten unter seinem Volke, der verarmte?«

Als der König diese Verse und ein lautes Weinen hörte, ging er der Stimme nach und fand einen Vorhang an der Türe eines Zimmers hängen, hob ihn auf und sah darin einen Jüngling, auf einem eine Elle hohen Throne sitzend. Er war ein hübscher Jüngling von regelmäßigem Wuchse, klarer Sprache, leuchtender Stirne, frischen Haarlocken, roten Wangen, darauf hatte er ein Fleckchen wie Ambra.

Der König freute sich und grüßte den Jüngling, der einen seidenen Mantel mit goldnen ägyptischen Stickereien anhatte; auf seinem Haupte trug er eine ägyptische Krone. Man merkte ihm aber an, dass er traurig war und geweint hatte; er erwiderte freundlich des Königs Gruß und sagte: »Du verdienst mehr, als dass ich vor dir aufstehe, drum entschuldige mich.« – »Ich entschuldige dich, o Jüngling!«, sprach der Sultan, »ich bin hier dein Gast und komme in einer wichtigen Angelegenheit zu dir. Du sollst mir nämlich über den See und die farbigen Fische Auskunft geben, über dieses Schloss, das du allein bewohnst, ohne dass dir jemand Gesellschaft leistet, sowie auch über die Ursache deines Weinens.« Als der Jüngling dies hörte, flossen seine Tränen auf seine Wangen und überschwemmten seine Brust.

Der König wunderte sich darüber und fragte nochmals: »O Jüngling, warum weinst du?« Da antwortete er: »Wie soll ich nicht über meine Lage weinen?« Er hob den Saum des Kleides auf und der König sah, wie er halb Mensch und halb ein schwarzer Stein war.

Der König war sehr betrübt und niedergeschlagen über diesen Anblick und sagte: »O Jüngling, du hast meinen eigenen Kummer noch vermehrt, ich wünschte über die Fische Nachricht zu bekommen, nun muss ich auch noch nach deiner Geschichte mich erkundigen, es gibt keinen Schutz und keine Macht außer bei Gott. O Jüngling, erzähle mir schnell.« Nun sagte der Jüngling: »Leihe mir dein Gesicht und dein Gehör, denn es hat sich eine wunderbare Geschichte mit mir und diesen Fischen zugetragen; wenn sie mit einer Nadel in den Augenwinkel gestochen wäre, so würde sie eine Belehrung für jeden abgeben, der sich belehren möchte.«

Die Geschichte vom versteinerten Prinzen

»Wisse, o Herr! Mein Vater war König dieser Stadt, sein Name war Sultan Mahmud, er regierte ungefähr siebzig Jahre lang über die Inseln dieser Berge. Als er starb, regierte ich an seiner Stelle und heiratete meine Muhme, die mich so sehr liebte, dass, wenn ich nur einen Tag von ihr abwesend war, sie weder aß noch trank, bis ich wieder bei ihr war; sie lebte auf diese Weise fünf Jahre mit mir. Eines Tages ging sie ins Bad, ordnete ein Nachtessen an, dann kam ich in dieses Schloss und schlief hier, an dem Orte, wo du dich jetzt befindest; ich ließ zwei Sklavinnen zu mir kommen, mich zu beräuchern. Eine saß mir zu Häupten und die andere zu Füßen. Es war mir nicht recht wohl, ich konnte nicht schlafen, obschon meine Augen geschlossen waren, ich atmete schwer. Da hörte ich, wie die eine Sklavin zur andern sagte: ›O Masuda! Sieh unsern armen Herrn! Schade für seine Jugend, die er mit unsrer verfluchten Herrin zubringen muss.‹ – ›Schweige!‹, sagte die andere, ›Gott verdamme die Verräterinnen und Buhlerinnen. Es passt wirklich ein junger Mann wie unser König nicht zu dieser Metze, die keine Nacht zuhause schläft.‹ – ›Aber unser Herr ist sehr dumm‹, versetzte die Erstere wieder, ›er sollte es doch merken, wenn er nachts erwacht und sie nicht neben sich findet.‹ – ›Wehe dir‹, sagte die Zweite, ›Gott verdamme die Metze, unsere Gebieterin, die gibt ihm einen Schlaftrunk, dass er wie ein Toter schläft, dann geht sie aus, bleibt bis morgens weg, wo sie erst ihren Mann aufweckt mit Räucherwerk, das sie ihm vor seine Nase hält. Schade um ihn!‹«

»Als ich«, sagte der Jüngling, »dies Gespräch der beiden Sklavinnen hörte, ward ich sehr aufgebracht. Wie nun meine Frau aus dem Bade kam, konnte ich die Nacht nicht erwarten, wir ließen den Tisch bereiten, aßen ein wenig, gingen dann zu Bett, sie reichte mir wieder einen Schlaftrunk, ich tat, als wenn ich tränke, goss ihn aber aus, dann stellte ich mich, als wenn ich schliefe und streckte mich auf dem Lager aus. Da sprach sie: ›Schlafe! O möchtest du nie mehr erwachen! Bei Gott, deine Gestalt ist mir zum Ekel, ich bin deiner satt.‹ Sie stand dann auf, kleidete sich an, beräucherte sich, gürtete mein Schwert um, öffnete die Türe und ging hinaus; ich stand auf und folgte ihr durch die ganze Stadt nach bis ans Tor, ohne dass sie mich bemerkte. Sie sagte am Tore etwas, das ich nicht verstand, die Riegel fielen und das Tor öffnete sich von selbst. Sie ging zum Tore hinaus, ich folgte ihr, bis sie zwischen einigen Schutthaufen an eine kleine Hütte aus Ziegelsteinen kam, ich stellte mich auf das Dach der Hütte und belauschte sie. Und siehe da, meine Frau stand vor einem alten schwarzen Sklaven, der auf einem Bündel Rohr saß, ganz in Lumpen gekleidet. Sie küsste die Erde vor ihm. Der Sklave hob seinen Kopf zu ihr auf und sagte: ›Wehe dir, wo bleibst du so lange? Soeben waren unsere schwarzen Vettern da, die haben sich jeder mit seinem Liebchen vergnügt, und haben getrunken, ich wollte nichts trinken, weil du abwesend warst.‹ Da sagte meine Frau: ›O mein Herz! Geliebter meines Herzens! Weißt du nicht, dass ich mit meinem Vetter verheiratet bin? Dass ich die Welt hasse, weil ich ihn sehen muss? Wenn ich nichts für dich fürchtete, so ließe ich die Sonne nicht aufgehen, ehe ich seine Stadt verwüstet hätte, dass Nachteulen und Raben darin herumschrieen und Füchse und Wölfe darin wohnten; ich würde ihre Steine hinter den Berg Kaf werfen.‹ – ›Du lügst‹, sagte der Schwarze, ›du Verdammte! Ich schwöre dir bei der Ehre der Schwarzen, dass wir von dieser Nacht an nicht mehr mit unsern Vettern zusammenkommen, ich werde gar nicht mehr dein Freund sein und dich nicht mehr berühren. Du Verdammte spielst nur so mit uns; sind wir denn nur für deine Lust da, du übel Riechende!‹

Als ich hörte, wie er mit ihr umging, ward die Welt ganz schwarz vor mir, ich wusste nicht mehr, wo ich war. Meine Frau fing an zu weinen und sagte zu dem Schwarzen: ›O Geliebter meines Herzens! Was bleibt mir, wenn du mir zürnst? Wer nimmt mich auf, wenn du mich verjagst? O mein Geliebter! Mein Herz! Mein Augenlicht!‹ Sie hörte nicht auf, vor ihm zu weinen und zu flehen, bis er wieder gut war; da freute sie sich, legte einige Kleider ab und sagte: ›Mein Herr! Hast du nichts zu essen für deine Sklavin?‹ Er antwortete: ›Decke dieses Becken auf!‹ Sie deckte es auf und fand darin ein Stück von einer Maus; dieses aß sie, dann sagte er ihr: ›In diesem Topfe ist noch Bier, trinke es!‹ Sie trank, wusch ihre Hand, setzte sich dann zu ihm auf das Bündel Rohr mitten unter den Lumpen. Ich stieg vom Dache herunter, nahm das Schwert, mit dem meine Frau gekommen war, und schwang es, um beide zu töten; ich schlug zuerst den Schwarzen auf den Hals und glaubte schon mit ihm fertig zu sein, aber ich durchschlug nur die Haut, das Fleisch und die Kehle, es waren jedoch die Halsadern nicht durchschnitten. Ich glaubte indessen doch, ihn getötet zu haben, er schrie laut auf und meine Frau fiel seitwärts so, dass sie hinter mir war; ich legte dann das Schwert nieder an seine Stelle, kehrte zur Stadt zurück, ging ins Schloss, begab mich in mein Bett und blieb bis zum Morgen liegen.

Als meine Frau zurückkam, sah ich, dass sie ihre Haare abgeschnitten und Trauerkleider angezogen hatte; sie sagte mir: ›O mein Vetter, wirst du dich wohl dem, was ich tue, widersetzen wollen? Wisse, ich habe Nachricht erhalten, dass meine Mutter gestorben ist, dass mein Vater im heiligen Kriege umgekommen, dass einer meiner Brüder durch einen Schlangenbiss und ein anderer durch einen Sturz das Leben verloren; ich muss daher weinen und trauern.‹ Als ich dies hörte, ließ ich sie gehen und sagte ihr: ›Tue was du willst, ich werde dich nicht hindern.‹ Sie verharrte nun ein volles Jahr in Weinen und Trauern. Nach einem Jahr sprach sie zu mir: ›Ich möchte, dass du mir im Hause eine Grabstätte mit einem Zimmer bauen ließest, damit ich darin allein trauern könnte, ich würde es das Trauergebäude nennen.‹ Ich sagte ihr wieder: ›Tue, was dir gut dünkt!‹ Jetzt erteilte sie sogleich Befehle, ließ sich das Trauerhaus bauen, und in dessen Mitte eine Kuppel errichten. Den Sklaven aber brachte sie in die Grabeshöhle. Diesem war nicht mehr zu helfen. Er lebte zwar, denn seine Zeit war nicht abgelaufen, auch konnte er noch trinken, aber er konnte vom Tage an, wo ich ihn verwundet hatte, nicht mehr sprechen. Meine Frau besuchte ihn nun morgens und abends, und weinte und brachte ihm Wein und Fleischsuppen. So verging ein ganzes Jahr, in welchem ich alles dieses mit Geduld ertrug. Nach diesem Jahre ging ich ihr einmal nach, ohne dass sie es merkte: ich hörte, wie sie weinte und sagte: ›O mein Geliebter! O mein Herz! Warum muss ich das von deiner Liebe erfahren? Warum sieht dich mein Auge nicht immer und warum in einem solchen Zustande? Warum sprichst du nicht mit mir, o sage mir doch etwas!‹, dann fügte sie noch folgende Verse hinzu:

›Ein Tag der Wunscherfüllung ist der,
an welchem ich eure Nähe gewonnen,
ein Tag des Unheils der,
an welchem ihr euch von mir trennt,
wenn ich in der größten Angst und Furcht übernachte,
so ist mir eure Nähe doch süßer als die gewisseste Sicherheit.
Lebte ich im schönsten Wohlbehagen
und besäße ich die ganze Welt, das Reich der Chosroen,
so würde ich es doch nicht so hoch als den Flügel
einer Mücke anschlagen, wenn mein Auge dich nicht sähe.‹

Als sie dies vollendet hatte, sagte ich zu ihr: ›Muhme, höre doch einmal auf zu trauern! Du hast genug vergebens geweint.‹ Sie antwortete mir: ›Widersetze dich meinem Willen nicht, sonst bringe ich mich um.‹ Ich schwieg und überließ sie ihrem Zustande; sie aber fuhr wieder ein Jahr fort zu trauern und zu weinen. Nach dem dritten Jahre, an einem Tage, wo ich gerade eines unangenehmen Ereignisses willen im Zorne war, ging ich ihr wieder nach, denn nun dauerte mir diese Qual doch zu lange; ich fand sie bei der Grabeshöhle unter der Kuppel und hörte, wie sie sagte: ›Werde ich denn, o mein Herr, kein einziges Wort mehr von dir vernehmen? Nun gibst du mir schon drei Jahre keine Antwort.‹ Dann vernahm ich folgende Verse von ihr:

›O Grab! O Grab!
Haben seine Reize aufgehört zu sein?
Ist seine blühende Gestalt von dir gewichen?
O Grab, du bist ja doch kein Himmel und kein Lustgarten,
wie kann Sonne und Mond sich in dir vereinigen?‹

Mein Zorn nahm überhand, als ich dies hörte, und ich rief: ›Wehe! Wie lange wird noch dieser Schmerz dauern?‹ Dann aber sprach ich folgende Verse:

›O Grab! O Grab!
Haben seine Unvollkommenheiten noch nicht aufgehört?
Hat sein abscheulicher Blick sich von dir gewandt?
O Grab! Du bist ja doch kein Teich und kein Topf,
wie kann Schmutz und Ruß sich in dir vereinigen?‹

Als sie meine Verse hörte, stand sie auf und sagte: ›Wehe dir! Du Hund! Du hast mir dies getan, du hast den Geliebten meines Herzens verwundet und hast mich um seine Jugend durch seinen Tod gebracht. Nun ist er schon drei Jahre weder tot noch lebendig.‹ Ich antwortete: ›O du abscheulichste, du schmutzigste Dirne unter allen, die Schwarze lieben! Freilich habe ich dies getan.‹ Jetzt entblößte ich mein Schwert und ging auf sie zu, um sie umzubringen; als sie dies sah, rief sie lachend: ›Ziehe dich zurück wie ein Hund! Was vorüber ist, kehrt nicht mehr wieder, bis die Toten wiederbelebt werden. Gott hat mir Macht gegeben über den, der mir etwas getan, worüber in meinem Herzen ein unauslöschliches Feuer entbrannte.‹ Sie stellte sich dann aufrecht auf die Füße, sprach etwas, das ich nicht verstand und rief: ›Werde durch meine Kraft und meinen Zauber halb Stein und halb Mensch!‹ – Ich ward nun sogleich, wie du mich jetzt siehst, o Herr! Betrübt und niedergeschlagen kann ich weder stehen noch sitzen noch schlafen, ich bin nicht tot bei den Toten und lebe nicht mit den Lebendigen.«

»Als ich so war, wie du mich jetzt siehst«, erzählte der verzauberte Mann ferner, »erhob sich meine Frau und verzauberte die Stadt mit allen Gärten und Marktplätzen, und dies ist der Ort, wo jetzt deine Zelte mit den Truppen sind. Die Bewohner der Stadt waren Muselmänner, Christen, Juden und Feueranbeter. Sie verzauberte nun die Muselmänner in weiße Fische, die Feueranbeter in rote, die Christen in blaue und die Juden in gelbe, ebenso verwandelte sie die Inseln in vier Berge, die sie mit einem See umgab. Aber dies genügte ihr noch nicht. Nun kommt sie noch jeden Tag, entkleidet mich, gibt mir hundert Streiche, bis mein Blut fließt und meine Schultern wund sind; dann umkleidet sie meinen Oberleib mit einem härenen Stoffe und hüllt darüber dieses Ehrenkleid.« Der junge Mann weinte hierauf und sprach folgende Verse:

»Ich trage standhaft deinen Beschluss und dein Urteil, o Gott!
Ich habe Geduld, wenn du an diesem Zustande Wohlgefallen hast;
man hat mir Unrecht und Gewalt angetan,
doch wird vielleicht das Paradies mir meinen Verlust ersetzen.
Gewiss, mein Herr, entgeht deinem Auge kein Übeltäter,
ich bete daher zu dir,
schütze mich gegen das Unrecht meiner Quäler.«

Der Sultan sprach zu dem verzauberten Manne: »Du hast zwar meine Wissbegierde gestillt, doch meinen Kummer nur noch vermehrt. Wo, junger Mann, ist sie und wo ist der Sklave?« – »Mein Herr«, antwortete hierauf der junge Mann, »der Sklave liegt in der Grabstätte unter der Kuppel, und sie ist in dem Saale dieser Türe gegenüber; sie besucht den Sklaven täglich bei Sonnenaufgang, und wenn sie dann zurückkommt, gibt sie mir die hundert Prügel; ich schreie und weine, kann mich aber nicht bewegen, um sie zu bändigen. Ich habe keine Kraft, mich zu verteidigen, weil die eine Hälfte meines Körpers aus Stein und nur die andere Hälfte aus Fleisch und Blut ist. Nach meiner Züchtigung geht sie dann wieder zum Sklaven, gibt ihm Wein und Fleischbrühe zu trinken, und frühmorgens kehrt sie erst wieder zurück.«

Da sprach der König: »Bei Gott! Junger Mann, ich werde hier etwas tun, was lange nach mir allenthalben erzählt werden wird.« Er setzte sich hierauf nieder und unterhielt sich mit dem jungen Manne bis zur Nacht. Sie schliefen dann bis in den Morgen, da machte sich der König auf, legte einen Teil seiner Kleider ab, zog sein Schwert aus der Scheide und ging zur Grabstätte. Hier erblickte er viele Wachskerzen und Lampen, Weihrauch, wohlriechende Öle und andere Aromen. Er schritt auf den Sklaven zu, tötete ihn und warf ihn in einen Brunnen, der im Schlosse war. Dann zog er des Sklaven Kleider an, legte sich tief in die Grabeshöhle, behielt aber immer sein bloßes Schwert unter den Kleidern. Nach einer Weile kam die verruchte Zauberin, und das Erste, was sie tat, war, ihren Vetter zu entkleiden und ihn tüchtig durchzuprugeln. Ihr Vetter schrie: »O wehe, Muhme, habe Mitleid mit mir, ich habe genug gelitten, der Zustand, in dem ich mich befinde, genüge dir!« Sie aber antwortete: »Hast du wohl mit meinem Geliebten Mitleid gehabt?«

Als die Zauberin ihren Vetter geschlagen, bis sie müde war und das Blut von seinen Seiten herabfloss, kleidete sie ihn in ein härenes Kleid, legte ein linnenes darüber und ging dann zum Sklaven. Sie nahm wie gewöhnlich Wein und Fleischbrühe mit, und als sie unter die Kuppel trat, fing sie an zu weinen und zu schreien: »O Geliebter, es war doch sonst deine Gewohnheit nicht, mir deine Nähe zu versagen; o stoße mich nicht länger zurück! Besuche mich wieder, denn dein Besuch gibt mir Leben. O nähere dich mir! Die Trennung ist doch nicht in deiner Gewohnheit. Bleibe nicht fern von mir, denn unsere Feinde frohlocken über uns! O mein Herr, sprich mit mir!« Sie fügte diesen Klagen noch folgende Verse hinzu:

»Wie lange noch diese Zurückhaltung? Diese Pein?
Habe ich noch nicht genug Tränen vergossen?«

»O mein Geliebter! Sprich doch mit mir! Sage mir doch etwas! O meine Seele, antworte mir doch!« Da sprach der König mit schwerer Zunge und tiefer Stimme, so wie die Schwarzen reden: »Ach! Ach! Ach! Es gibt keinen Schutz und keine Macht, außer bei dem erhabenen Gott.« Als sie ihn sprechen hörte, freute sie sich so sehr, dass sie in Ohnmacht fiel; als sie wieder zu sich gekommen war, sprach sie: »O mein Herr! Hast du wirklich mit mir gesprochen? Ist es wahr, dass du mich angeredet?« Da erwiderte der König: »Du Verfluchte! Verdienst du wohl, dass jemand dich anredet?« Sie fragte: »Warum dies?«, und er antwortete: »Du quälst deinen Gemahl den ganzen Tag, er schreit immer um Hilfe, sodass ich gar nicht schlafen kann, er weint und klagt von abends bis morgens und flucht dir und mir. Nun ist mir dies schon längst zum Überdruss und höchst lästig; und wäre dies nicht, ich wäre längst wieder genesen; das ist die Ursache, warum ich dir so lange nicht geantwortet und nichts mit dir gesprochen habe.« Sie antwortete hierauf: »Mit deiner Erlaubnis, mein Herr, will ich ihn befreien.« Und da er zu ihr sagte: »So befreie ihn denn, dass wir einmal Ruhe vor ihm bekommen«, so ging sie hinaus, nahm eine Schüssel voll Wasser, sprach etwas darüber, bis es zu kochen und aufzuwallen anfing wie ein Topf am Feuer. Sie bespritzte hierauf ihren Gemahl damit und sprach: »Bei der Wahrheit dessen, was ich eben gelesen und gesprochen, hat dich Gott so geschaffen oder aus Zorn dir diese Gestalt gegeben, so verändere dich nicht, bist du aber durch meine Zauberkunst so geworden, so nimm durch die Kraft des Schöpfers der Welt deine frühere Gestalt wieder an!«

Sogleich erhob sich der junge Mann ganz aufrecht, freute sich seiner Befreiung und dass er lebte, und rief: »Gott sei gelobt!« Die Frau aber sagte ihm: »Geh von mir hinweg und komme nie wieder hierher. Sobald ich dich wieder sehe, töte ich dich.« Als er weggegangen war, kehrte sie zur Kuppel zurück, trat in die Grabeshöhle hinunter und sagte: »O mein Herr, komme doch heraus, damit ich deine schöne Gestalt wieder sehe.« Der König antwortete wieder in einer Sprache, die der eines Schwarzen glich: »Wohl hast du mir jetzt vor einem Zweige Ruhe verschafft, nun aber schaffe mir auch Ruhe vor dem Stamme!« Sie antwortete: »O mein Herr! Was ist denn der Stamm?« – »Wehe dir!«, versetzte er, »du Verruchte, es sind die Bewohner der Stadt der vier Inseln! Denn jede Nacht um Mitternacht strecken die Fische ihre Köpfe in die Höhe, schreien um Hilfe und fluchen mir; darum kann ich nicht gesund werden. Gehe also schnell hin und befreie sie, kehre dann wieder zurück, gib mir die Hand und hilf mir aufstehen, denn ich bin der Genesung schon sehr nahe.« Als sie dies hörte, freute sie sich und sprach: »Recht gern, mein Herr! Im Namen Gottes, mein Herr!« Sie machte sich dann auf, ging zum See und nahm ein wenig Wasser daraus und sprach einiges über das Wasser. Da fingen die Fische an zu tanzen, ihr Zauber löste sich und die Stadtbewohner standen wieder da, kauften und verkauften, gaben und nahmen. Sie kehrte jetzt wieder zur Kuppel und sprach: »O mein Herr! Gib mir deine edle Hand und steh auf!« Da sagte der König mit tiefer Stimme: »Komm näher!« Sie trat näher zu ihm hin. »Komm noch näher!«, rief er wieder. Als sie hierauf ganz nahe zu ihm hin ging, bis sie ihn berührte, sprang der König auf, spaltete sie mit dem Schwerte in zwei Teile und warf sie so geteilt auf den Boden. Dann ging er hinaus und fand den entzauberten Mann, der ihn erwartete und den er zu seiner Rettung beglückwünschte. Der junge Mann küsste die Hand des Sultans, dankte ihm und wünschte ihm viel Gutes. Der König fragte ihn: »Willst du in deiner Stadt bleiben oder willst du mit mir in meine Stadt kommen?« Da erwiderte der junge Mann: »O Herr der Zeit und Meister deines Jahrhunderts, weißt du wohl, wie weit es von meiner Stadt zu der deinigen ist?« – »Eine halbe Tagreise«, antwortete der König. Aber der junge Mann sagte ihm: »Erwache doch! Man braucht ein volles Jahr von deiner Stadt zur meinigen; nur als du hierher kamst, war die Stadt verzaubert und der Weg dahin so nahe. Jetzt kann ich dich keinen Augenblick verlassen.« Da sagte der König: »Gelobt sei Gott, der dich mir beschert, du sollst nun mein Sohn werden, da ich noch in meinem Leben mit keinem Sohne beschenkt worden bin.« Sie umarmten sich, küssten sich, dankten einander und freuten sich. Als sie miteinander ins Schloss kamen, sagte der entzauberte König den Großen und Ausgezeichneten seines Reichs, dass er nun eine Reise machen wolle; er packte dann ein, was er für die Reise brauchte. Die Fürsten und Kaufleute der Stadt brachten ihm alles, was er bedurfte, und er machte zehn Tage lang seine Vorbereitungen zur Reise. Dann reiste er ab mit dem Sultan, dessen Herz sich nach seiner Residenz sehnte, von der er so lange abwesend war. Er nahm fünfzig Sklaven mit und hundert Ladungen an Geschenken, Vorräten und Gütern. Die Sklaven mussten sie auf der Reise bedienen, die sie ein ganzes Jahr lang Tag und Nacht fortsetzten.

Gott hatte ihnen eine glückliche Reise bestimmt. Sie langten in der Stadt an und ließen sogleich dem Wesir sagen, dass der Sultan glücklich angekommen sei. Der Wesir, alle Truppen und die größte Zahl der Einwohner zogen höchst erfreut dem Sultan entgegen, denn schon hatten sie alle Hoffnung verloren, ihn jemals wiederzufinden. Sie schmückten dann die Häuser der Stadt und breiteten seidene Teppiche auf den Boden aus. Nachdem die Truppen alle vorübermarschiert waren, blieb der Wesir beim Sultan, es verbeugten sich alle vor dem Sultan und brachten ihm ihre Glückwünsche dar. Der König setzte sich auf den Thron und sagte seinem Wesir alles, was dem jungen Manne widerfahren war. Er erzählte ihm auch, was er selbst dessen Muhme getan, und wie er dadurch jenen und die ganze Stadt befreit habe, weshalb er ein ganzes Jahr abwesend geblieben war. Der Wesir wandte sich hierauf zum jungen Manne und wünschte ihm Glück zu seiner Rettung. Der König bestätigte dann die Verwalter und Adjutanten, einen jeden in seinem Range, verteilte Ehrenkleider und machte viele Geschenke; er schickte auch nach dem Fischer, der die Ursache der Befreiung des jungen Mannes und der Einwohner gewesen war. Als jener erschien, beschenkte er ihn und fragte ihn, ob er Kinder habe. Nachdem dieser antwortete, er habe einen Sohn und zwei Töchter, musste er sie gleich holen, der König heiratete die eine und der junge Mann die andere. Hierauf machte der König den Fischer zu seinem Schatzmeister. Dem Wesir verlieh er eine Ehrenkette und schickte ihn als Sultan in die Stadt der schwarzen Inseln, nachdem er ihn hatte schwören lassen, dass er ihn besuchen wolle. Die fünfzig Sklaven, die er mitgebracht hatte, gab er ihm mit und viel Volk, und die übrigen Großen und Statthalter wurden reichlich beschenkt. Der Wesir verabschiedete sich dann, küsste dem König die Hand und reiste ab; der Sultan und der junge Mann blieben in der Stadt, und der Fischer ward einer der reichsten Leute jener Zeit und seine Töchter waren alle mit Königen verheiratet.

Die Geschichte von Sindbad, dem Seefahrer

Man behauptet, o glückseliger und verständiger König, dass unter der Regierung des Kalifen Harun Arraschid in Bagdad zwei Männer lebten: Der eine hieß Sindbad der Seemann und der andere Sindbad der Lastträger. Sindbad der Lastträger war ein sehr armer Mann, der eine große Familie und einen kleinen Verdienst hatte; Sindbad der Seemann hingegen war ein äußerst angesehener und weiser Kaufmann, der einen so ausgebreiteten Handel trieb, dass er am Ende gar nicht mehr wusste, wo er das viele gewonnene Gold und Silber und die Waren aufbewahren sollte.

Er kaufte Sklaven und Sklavinnen und besaß einen Palast, der einem Sultan zur Wohnung hätte dienen können. Die Wände waren mit den reizendsten Malereien und Zierraten bedeckt und glänzten vor Gold und Edelsteinen; alle Zimmer wurden mit Rosenwasser besprengt und köstliche Räucherwerke vermengten sich mit dem Dufte der Blumen, welche in den ans Haus grenzenden Gärten wuchsen; viele Sklaven waren zur Bedienung angestellt und fortwährend erscholl Gesang und Musik von Zimbeln, Harfen und anderen Instrumenten. Während der Seemann dies alles besaß, war der andere ein armer Teufel, der um Lohn den Leuten ihre Lasten da- und dorthin trug.

Eines Tages nun kam ein Mann auf ihn zu und sagte: »Willst du mir diese Last da- und dahin tragen?« Sindbad erklärte sich bereit dazu und nachdem ihm der Fremde den geringen Lohn gegeben und gesagt hatte, wo er den Packen hintragen sollte, ging er fort. Sindbad lud sich die Bürde auf und folgte dem ihm angegebenen Weg. Dieser führte an dem Hause Sindbad des Seefahrers vorüber, und da der Träger sehr ermüdet war, so legte er seinen

Packen nieder, um ein wenig zu ruhen. Vor dem Hause war sauber gekehrt, der Ort war kühl und von Wohlgerüchen geschwängert.

Wie er nun so dasaß und den süßen Duft einatmete und sich abkühlte und ausruhte, hörte er aus dem Inneren des Hauses muntere Vogelstimmen von Nachtigallen, Töne der Laute und Harfe und entzückenden Gesang von Mädchen. Er sah in das Haus hinein und erblickte viele Diener und Sklaven und die feinsten Speisen, wie man es gewöhnlich nur bei Königen und Sultanen findet. Da hob er sein Auge zum Himmel empor und sagte: »O Schöpfer! O Erhalter! O allmächtiger Gott! Niemand ist unter den Sterblichen, der etwas einwenden könnte gegen das, was du tust. Niemand darf dich fragen, warum du so handelst und nicht anders! Du weißt alle Geheimnisse und deine Macht kennt keine Grenze! Sei gelobt und gepriesen, o Herr! Du verteilst Armut und Reichtum, Glück und Unglück, wie es dir gefällt! Wie groß, o Herr, wie erhaben ist deine Macht! Du hast diese Diener und diese Jungen und den Herrn dieses Ortes glücklich gemacht. Dein Befehl wird an allen deinen Geschöpfen vollzogen, die einen führen ein ruhiges Leben, die andern, wie ich, ein mühevolles, von allen Freuden beraubtes.« Dann sprach er folgende Verse:

»Wie viele Qual ohne Ruhe,
während andere den Schatten des Glückes genießen.
Ich lebe in täglichen Beschwerden und Sorgen,
und übergroß ist meine Last.
Andere sind selig ohne Leid,
und nie gibt ihnen das Schicksal eine Last wie mir zu tragen.
Sie sind immer vergnügt im Leben,
haben Reichtum und Ansehen, Essen und Trinken.
Und doch entstehen alle Geschöpfe aus einem Tropfen,
und doch gleichen die andern mir, und ich bin wie sie.
Aber unser Leben und Schicksal ist sehr verschieden,
ihre Würde gleicht der meinigen nicht!
Meine Worte gehen zu dir, o gerechter Richter,
dein Spruch ist doch Gerechtigkeit!«

Kaum hatte Sindbad diese Verse beendet, da sah er einen Jungen von feinem, schönen Ansehen zur Türe herauskommen und auf sich zugehen. Der Junge ergriff ihn an der Hand und sagte: »Mein Gebieter, der Eigentümer dieses Hauses schickt mich zu dir, er will dich sprechen.« Der Träger sträubte sich anfangs einzutreten, doch fand er keinen Grund, sich zu weigern. So hob er denn seine Last auf, legte sie in die Vorhalle des Hauses und folgte dem Jungen ins Haus, bis sie in einen großen Saal kamen. An seinen vier Seiten waren Erhöhungen mit kostbaren Divanen angebracht, in der Mitte sprang ein Springbrunnen, die Fenster gingen auf einen schönen Garten, ein erfrischender Wind führte den Duft der Blumen, den Gesang der Vögel und das Murmeln der Bäche durch die Fenster zu den Ohren der ehrwürdigen Versammlung, welche in weitem Kreise um den Hausherrn herumsaß. Dieser nahm den Ehrenplatz auf einer Erhöhung ein und war ein ehrwürdiger Greis. Als der Lastträger eintrat, grüßte er und küsste die Erde vor den Gästen und dem Hausherrn und dachte: Nur im Paradiese gibt es einen solchen Ort. Dann blieb er wie ein wohlgebildeter, anständiger Mann ruhig stehen. Alle erwiderten seinen Gruß und hießen ihn willkommen. Der Hausherr aber grüßte und empfing ihn noch besonders, lud ihn ein, sich neben ihm niederzulassen und fragte ihn, wie er heiße, wo er her sei und was für ein Geschäft er treibe. Der Lastträger antwortete ihm: »Wisse, mein Herr! Ich heiße Sindbad der Landmann oder Lastträger, denn meine Beschäftigung besteht darin, den Leuten um Lohn ihre Lasten zu tragen. Dies ist mein einziges Geschäft, das mich ernährt. Ich bin ein sehr armer Mann und weiß nichts anderes zu treiben, um mich vor dem Hungertod zu schützen.« Der Hausherr sagte zu ihm: »Sei nochmals willkommen, du Lastträger! Wisse, auch ich heiße Sindbad wie du, ich bin Sindbad der Seemann, und du Sindbad der Landmann. Ich heiße dich daher als meinen Bruder willkommen.« Er ließ ihm daraufhin kostbare Speisen vorsetzen, und da er hungrig war, aß er, bis er satt war. Der Hausherr hieß ihn nun nochmals willkommen, dann fuhr er fort: »Ich möchte nun, dass du die Verse wiederholst, welche ich dich vorhin sprechen hörte, da ich zufällig am Fenster stand.« Bei diesen Worten senkte Sindbad, der sich schämte, voll Verlegenheit das Haupt und sagte: »Bei Gott, Herr! Nimm mir diese Worte nicht übel! Die große Müdigkeit und die Qual der Armut führt oft den Menschen zu törichten und unanständigen Reden!« – »Glaube ja nicht«, erwiderte der Hausherr, »dass ich dir darum zürne! Ich betrachte dich nun als meinen Bruder und du hast nichts von mir zu fürchten. Ich bitte dich daher, sage mir jene Verse noch einmal her.« Der Träger trug nun noch einmal die Verse vor, und sie gefielen dem Hausherrn ungemein. Nachdem er ihm seinen Beifall und Dank ausgedrückt hatte, sagte er zu ihm: »Wisse, o Bruder, man nennt mich Sindbad den Seemann, ich will dir alles erzählen, was mir widerfahren ist, ehe ich zu diesem Hause und zu einer solchen Gesellschaft gelangte, denn erst nach schweren Verlusten, großen Mühseligkeiten und unendlichen Qualen habe ich solchen Wohlstand erreicht. Was habe ich nicht in früherer Zeit leiden müssen! Ich habe viele Reisen gemacht, und jede bildet eine wunderbare Erzählung!«

Hierauf begann er folgendermaßen: »Wisset, ihr geehrten Herren! Mein Vater, der ein sehr reicher Kaufmann war, starb, als ich noch ein kleiner Junge war, und hinterließ mir ein ungeheures Vermögen an liegenden Gütern, Geld und kostbaren Waren. Ich ließ es mir gut gehen und verbrachte meine Zeit mit wohlfeilen Speisen und Getränken und mit Gesellschaften, die ich meinen guten Freunden gab, und glaubte, das würde ewig so weitergehen. Jahrelang hatte ich so gelebt, bis mein Vermögen geschwunden und meine Lage verändert war. Ich war ganz betäubt und zerknirscht, als all mein Geld dahin war und ich einsah, dass ich dem Schicksal nicht entfliehen konnte. Dann besann ich mich, was ich tun sollte. Nach einiger Überlegung verkaufte ich, was ich an Kleidungsstücken, Gerätschaften und liegenden Gütern noch besaß. Ungefähr dreitausend Dirham war der Erlös davon; mich trieb es nun, zu reisen und fremde Länder und Städte zu sehen.«

Die erste Reise Sindbads

»Ich machte mich also auf«, erzählte Sindbad, »und kaufte allerlei Waren ein. Da ich besondere Lust auf eine Seereise hatte, ließ ich alles auf ein Schiff laden, das nach Basra ging. Das Schiff war sehr groß und es waren viele Kaufleute darauf; wir reisten nun von einer Insel zur andern, von einem Meer ins andere, von einem Ufer ans andere. Überall, wo wir ankerten, verkauften oder tauschten wir unsere Waren. So ging es, bis wir an eine schöne Insel kamen. Diese Insel war herrlich grün und schien ein Lustgarten des Paradieses zu sein. Der Kapitän des Schiffes rief seinen Leuten zu, die Segel einzuholen und vor dieser Insel Anker zu werfen. Alle Reisenden verließen das Schiff und begaben sich auf die Insel; der eine wusch seine Kleider, der andere kochte, der dritte ging auf der Insel spazieren, um Gottes Schöpfung zu bewundern. Alle waren munter, aber während wir in der größten Freude waren, schrie auf einmal der Kapitän ganz laut vom Schiffe aus: ›Wehe, ihr Reisenden! Kommt schnell auf das Schiff, lasst alle eure Gerätschaften im Stich und rettet nur schnell euer Leben vor dem Untergang, denn die Insel, auf der ihr seid, ist nichts als ein großer Fisch, der nun zu wenig Wasser hat. Auch hat der Wind den Sand von ihm weggeblasen, und da er jetzt das Feuer auf seinem Rücken spürt, fängt er an, sich zu bewegen und wird nun mit euch ins Meer tauchen; kommt daher schnell aufs Schiff und rettet euer Leben.‹ Aber noch ehe der Kapitän ausgeredet hatte, fing die Insel an, sich zu bewegen und mitten ins stürmende Meer unterzutauchen, sodass alle, die darauf waren, untergingen. Auch ich sank in die schäumenden Wellen, aber Gott half mir durch ein großes Brett, auf dem die Reisenden gewaschen hatten. Ich kletterte darauf, und der Wind spielte mit mir mitten im Meere. Der Kapitän, der die Leute, die auf der Insel waren, untergehen sah, spannte die Segel auf und fuhr mit der Mannschaft, die bei ihm auf dem Schiffe geblieben war, davon. Ich sah das Schiff, konnte es aber nicht mehr einholen. Der Tag war schon vorüber und die Nacht brach herein mit ihrer Dunkelheit. Ich blieb die ganze Nacht hindurch auf dem Brett. Am andern Morgen jedoch warf mich eine große Woge glücklicherweise auf eine Insel. Am Ufer sah ich, als ich meine Füße betrachtete, dass die Fische das Innere meiner Zehen abgefressen hatten, ohne dass ich es bemerkt hatte. Ich warf mich nun auf den Boden nieder, denn ich war von meinen vielen Leiden bewusstlos wie ein Toter. So blieb ich vom ersten Nachmittag bis zum folgenden Morgen liegen, und erwachte erst, als die Sonne schon hoch am Himmel stand. Ich richtete mich auf und versuchte zu gehen, was mir aber bei dem Zustande meiner Füße, die in der Nacht noch angeschwollen waren, sehr schwer wurde; dessen ungeachtet schleppte ich mich weiter, dachte über meine Lage nach, aß von Früchten dieser Insel und trank aus den Bächen. Mitten in der Insel fand ich eine frische süße Wasserquelle und blieb hier einen Tag und eine Nacht, und der Schlaf und die Ruhe, die ich hier fand, gaben mir meine Kräfte wieder; ich ging spazieren und schnitt mir einen Stock, um mich zu stützen. Auf einmal leuchtete etwas wie ein hoher Hügel; ich ging darauf zu und erblickte ein Pferd, welches an einen Baum gebunden war. Als es mich sah, wieherte und tobte es so heftig, dass ich erschrak. Dann rief auf einmal eine männliche Stimme und sagte: ›Wie kommst du hierher, und woher kommst du? Aus welchem Lande bist du?‹ Ich sagte: ›Wisse, Fragender! Ich bin ein fremder Mann, der auf einem Schiffe Schiffbruch erlitt und sich auf diese Insel rettete; nun weiß ich nicht, wohin ich mich wenden soll.‹ Als der Fremde, ein kräftiger, starker Mann, mich angehört hatte, kam er zum Vorschein, ergriff meine Hand und stieg mit mir in eine Höhle hinab, in welcher sich ein schönes, großes Zimmer befand, das mit Teppichen bedeckt war. Er ließ mich niedersitzen und brachte mir einige Speisen, von denen ich aß, bis ich ganz satt war. Mein Geist erholte sich und mein Schrecken ließ nach. Als er sah, dass ich meinen Hunger gestillt und ausgeruht hatte, erkundigte er sich nach meinem Zustand und nach meinen Abenteuern. Ich erzählte ihm meine ganze Geschichte von der frühesten Zeit bis jetzt. Er hörte mit Erstaunen zu, und ich sagte zu ihm: ›Nimm mir nicht übel, mein Herr, da ich dir nun alles, was mich betrifft, erzählt habe, willst du mich wohl auch über deine Lage aufklären und mir sagen, wer du bist und warum du hier so abgeschieden lebst?‹ Da antwortete er: ›Wisse, ich bin der Oberstallmeister des Königs Mihrdjan und habe die Aufsicht über seine Stallknechte und andere Diener; wir züchten ihm echte Rassepferde. Eben haben wir eine Stute von echter Rasse hierher gebracht und an den Ort angebunden, den du gesehen hast, und verbergen uns selbst in dieser Höhle. Denn sobald es still ist, kommt ein Meerhengst und bespringt die angebundene Stute, die er dann mit sich ins Meer nehmen will; weil sie aber angebunden ist und ihm nicht folgen kann, versucht er sie zu zerreißen; sobald er aber mit dem Maul nach ihr schnappt, um sie umzubringen, stürzen wir bewaffnet aus der Höhle hervor, sodass er sich fürchtet, entflieht und ins Meer zurückkehrt. Die Stute trägt dann von diesem Hengste, und die Fohlen werden so gute Pferde, wie man sie nur bei den Sultanen der Inseln und des Meeres trifft. Wir warten gerade, dass der Hengst kommt, und wenn wir mit unserer Arbeit fertig sind, so gehen wir nach Haus und nehmen dich mit. Es ist ein Glück für dich, dass du uns hier getroffen hast; sonst würdest du hier in Trauer sterben, und niemand würde etwas von deinem Tode wissen.‹ Während wir so sprachen, stieg ein Pferd aus den Meereswogen hervor wie ein reißender Löwe; es war höher und breiter als gewöhnliche Pferde und hatte stärkere Füße. Es ging auf die Stute los, besprang sie und wollte sie mitnehmen, da schrie es aber der Mann mit seinem Gefolge an, und sie stürzten mit Lanzen aus der Höhle hervor, sodass es entfloh und wie ein wütendes Kamel ins Meer zurückkehrte. Der Mann band daraufhin die Stute los und ließ sie eine Weile auf der Insel springen. Es kamen dann noch viele andere Männer dazu, die auch mit Stuten auf der Insel waren. Als nun alle versammelt waren, nahmen sie die Polster aus der Höhle, ließen, was noch von Lebensmitteln übrig war, zurück und gingen mit mir fort. Als wir zur Stadt des Königs Mihrdjan kamen, der sich sehr freute, als er die Pferde ankommen sah, erzählte man ihm mein Abenteuer und stellte mich ihm vor; er hieß mich willkommen, erkundigte sich nach meinem Wohle und ich erzählte ihm alles, was mich betraf. Der König war sehr erstaunt und sprach: ›Bei Gott, du betrittst nun ein neues Leben. Gelobt sei Gott, der dich gerettet hat!‹ Er schenkte mir Kleider, zog mich in seine Nähe und seine Großmut ging so weit, dass er mich zum Aufseher über die Küsten des Meeres machte. Lange genoss ich seine Freigebigkeit, wofür ich ihm seine Geschäfte besorgte, bei denen ich auch meinen eigenen Vorteil fand. Sooft Kaufleute oder andere Reisende uns besuchten, erkundigte ich mich nach Bagdad, denn ich hoffte immer, jemanden zu finden, der dahin reisen würde. Aber niemand war je dort gewesen, niemand wusste etwas von Bagdad.

Nachdem ich einige Zeit in diesem Königreiche zugebracht hatte, ging ich einmal gemäß meiner Gewohnheit ans Meeresufer; da landete ein Schiff, das sehr reich beladen war. Ich blieb stehen, bis die ganze Ladung abgeladen war; da kam der Kapitän des Schiffes zu mir und sagte: ›Herr! Wir haben noch Waren auf dem Schiff, deren Eigentümer wir auf einer Insel verloren haben. Wir wissen nicht, ob er noch am Leben oder ob er umgekommen ist!‹ Ich fragte ihn nach dessen Namen und er sagte: ›Sein Name steht auf seiner Ladung, er heißt Sindbad der Seemann, und war von Bagdad aus auf unser Schiff gekommen.‹ Der Kapitän erzählte mir dann alles, was vorgefallen war,

›und‹, setzte er hinzu, ›wir haben ihn nicht mehr gesehen. Wir wollen daher seine Ladung verkaufen, ihren Wert aufnehmen und das Geld seiner Familie bringen.‹ Nun erhob ich meine Stimme und sagte dem Kapitän: ›Ich bin Sindbad der Seemann, den du aus deinem Schiff auf jener Insel abgesetzt hast. Als sich der Fisch zu bewegen anfing, riefst du den Reisenden zu, sich zu retten; einige stiegen schnell aufs Schiff, andere blieben zurück, zu diesen gehörte auch ich.‹ Und so erzählte ich ihm alles, was mir widerfahren war, von Anfang bis zum Ende. Er sagte: ›Gelobt sei Gott für deine Rettung!‹, neigte jedoch nachdenkend seinen Kopf und schwieg, dann sagte er: ›Es ist keine Redlichkeit und kein Glauben mehr unter den Menschen.‹ Ich fragte ihn, warum er dies sage, und er antwortete: ›Weil du mich den Namen Sindbads nennen hörtest und ich dir schon seine ganze Geschichte erzählt habe. Und nun gibst du dich für ihn aus, um dich dieser Ladung zu bemächtigen. Bei Gott! Das ist eine Sünde. Denn ich und alle, die mit auf dem Schiffe waren, sahen ihn mit eigenen Augen ertrinken.‹ Ich sagte ihm: ›O Kapitän! Lüge ist nur Sache der Heuchler, ich habe dir ja schon erzählt, wie es mir ergangen ist und wie ich gerettet wurde.‹ Ich erinnerte ihn dann noch an das, was zwischen mir und ihm auf dem Schiffe vorgefallen war, ehe wir zur Insel kamen, und an verschiedene Zeichen zwischen uns, von dem Tage an, wo wir von Basra abreisten. Als er sich dieser Zeichen und an unsere Gespräche erinnerte, war er endlich überzeugt davon, dass ich wirklich Sindbad war, und benachrichtigte davon alle, die auf dem Schiffe waren. Sie versammelten sich um mich, grüßten mich und erkannten mich. Ich erzählte den Kaufleuten alles, was ich gelitten und gesehen hatte, und wie ich gerettet worden war, und sie waren sehr erstaunt darüber. Der Kapitän übergab mir dann alles, was mir gehörte. Ich öffnete sogleich einen Ballen, nahm einiges Kostbare heraus, schenkte es dem König Mihrdjan und sagte ihm, dass dieser Kapitän der Herr des Schiffes sei, auf dem ich war, und dass meine sämtlichen Waren angelangt seien, worauf er mich sehr ehrte und mir viele Geschenke machte. Ich verkaufte dann meine Ladung und gewann sehr viel daran. Dann kaufte ich andere Waren von dieser Stadt, packte sie ein und brachte sie aufs Schiff. Nachdem ich vom König Mihrdjan, der mir noch viele Geschenke machte, Abschied genommen hatte, reisten wir ab. Wir reisten glücklich Tag und Nacht, von Insel zu Insel und von Meer zu Meer, bis wir in Basra ankamen. Freudig über unser Wohl gingen wir in die Stadt, und nach einem kurzen Aufenthalt dort reisten wir nach Bagdad. Ich begab mich mit den vielen Waren, die ich mitgebracht hatte, in mein Stadtviertel, grüßte meine Nachbarn und Freunde, kaufte mein Haus wieder und bewohnte es mit allen meinen Verwandten, die sich sehr über mein Glück freuten. Dann kaufte ich viele Sklavinnen und Sklaven, Häuser und Güter, schöner als die früheren waren, die ich hatte verkaufen müssen. Ich schaffte mir alles wieder neu an, was ich früher vergeudet hatte. Alle meine Leiden vergaß ich in kurzer Zeit und lebte wieder ganz in der schönsten Freude, in angenehmer Gesellschaft, bei gutem Essen und Trinken. Das ist's, was meine erste Reise betrifft.«

Die zweite Reise Sindbads

»Nach meiner ersten Reise war ich wieder zu meinem früheren Leben zurückgekehrt. Diese Lebensweise gefiel mir eine Weile, eines Tages jedoch, als ich sehr vergnügt war, ergriff mich die Lust zu reisen und zu handeln erneut. Ich kaufte Waren, die sich für eine Seereise eigneten, und schiffte mich auf einem guten Schiffe mit anderen Handelsleuten ein. Nachdem wir uns den Segen Gottes erfleht hatten, lichteten wir die Anker und segelten los.

Wir fuhren von Insel zu Insel, von Land zu Land, von Stadt zu Stadt, sahen uns alles an und machten vorteilhafte Tauschgeschäfte. Eines Tages warf uns das Geschick auf eine Insel, die reich an verschiedenen Fruchtgattungen, Blumen und Vögeln, aber so verlassen war, dass wir weder eine Wohnung, noch überhaupt ein menschliches Wesen entdecken konnten. Der Kapitän ankerte vor dieser Insel, die Reisenden stiegen aus und ergötzten sich an den Bäumen, Bächen und Vögeln, und bewunderten die Schöpfung Gottes. Auch ich verließ das Schiff, setzte mich an einer sprudelnden Quelle nieder und ließ mir von einem Sklaven kostbare Speisen auftragen. Nachdem ich gegessen und getrunken hatte, schickte ich den Diener wieder mit dem Tische aufs Schiff zurück, ich aber erquickte mich an der klaren Luft, die mich umwehte, und schlief ein. Als ich erwachte, sah ich das Schiff nicht mehr und fand mich ganz allein: Das Schiff war abgesegelt und niemand hatte an mich gedacht. Da überfiel mich so großer Kummer und Ärger, dass mir fast die Galle zersprang, denn ich hatte weder Lebensmittel noch sonst etwas bei mir. Ich gab mich allerlei Gedanken hin, seufzte und jammerte, schalt mich selbst, dass ich eine zweite Reise unternommen hatte, obwohl ich doch zu Hause mit meiner Familie im größten Überflusse an Speisen, Getränken und Kleidung in Ruhe hätte leben können.

Zuletzt ergab ich mich in den Willen Gottes, ging eine Weile gedankenlos umher, dann stieg ich auf einen hohen Baum, um von da aus nach allen Seiten nach einer Menschenseele zu spähen. Meine Blicke schweiften über die Meeresfläche hin, konnten jedoch nichts als Himmel und Wasser entdecken. Endlich erblickte ich auf der Insel etwas Weißes. Ich stieg vom Baume und ging in die Richtung, wo ich den Gegenstand meiner Aufmerksamkeit wahrgenommen hatte. Schon in einiger Entfernung bemerkte ich, dass es eine außerordentlich große weiße Kugel war. Näher gekommen ging ich um sie herum, um nach einer Öffnung zu suchen, ohne dass ich jedoch eine entdecken konnte; ich hielt es auch für unmöglich hinaufzusteigen, da sie sehr glatt war. Sie konnte fünfzig Schritte im Umfange haben. Als sich die Sonne zum Untergang neigte, verfinsterte sich auf einmal die Luft. Großes Erstaunen über diese Erscheinung befiel mich, ich entdeckte aber, dass sie von einem Vogel von außerordentlicher Größe herrührte. Es fiel mir ein, dass mir die Matrosen oft von einem Vogel, den sie Roch nannten, erzählt hatten, und dass die große Kugel, die mich in ein solches Erstaunen versetzt hatte, ein Ei dieses Vogels sein müsse. In der Tat, er schlug sein Gefieder auseinander und ließ sich darauf nieder, gleichsam um es auszubrüten.

Als der Vogel auf dem Ei saß und seine Füße ausstreckte, erhob ich mich, band mich daran mit der Binde meines Turbans fest, denn ich dachte bei mir: Morgen wird der Vogel seinen Flug fortsetzen und könnte dich auf diese Weise von dieser verlassenen Insel auf bewohntes Land bringen. Dann machst du die Binde wieder los, brauchst nicht mehr auf Inseln umherzuziehen und bist vor wilden Tieren sicher. So brachte ich die Nacht wachend zu. Am folgenden Morgen flog der Vogel, sobald der Tag anbrach, davon und trug mich tief in die Wolken hinein; er schien das Gewicht, das an einem seiner Füße hing, nicht zu spüren; dann stieg er aus der schreckhaften Höhe wieder herab mit einer Schnelligkeit, die mir die Besinnung raubte. Als er wieder mit mir am Boden war, band ich schnell die Binde los, die mich an ihn gefesselt hatte. Kaum war mir dies gelungen, als er mit dem Schnabel eine Schlange von unerhörter Größe fasste und mit ihr davonflog. Nachdem ich mich wieder etwas gefasst hatte, stellte ich Betrachtungen über meine Lage an. Der Ort, an dem ich mich befand, war ein großer Hügel, unter mir war ein großes, weites Tal, von allen Seiten mit Bergen umgeben, deren Spitzen sich in den Wolken verloren, sodass kein Auge sie sehen konnte, geschweige denn jemand imstande war, auf sie hinaufzusteigen. Ich machte mir abermals Vorwürfe über das, was ich getan hatte, und sagte: ›Es gibt keinen Schutz und keine Macht, außer bei Gott, dem Erhabenen! Sowie ich einer Gefahr entgehe, gerate ich in eine andere.‹

Während ich dann im Tale umherging, entdeckte ich, dass der Boden dort aus Diamant bestand. Es ist ein sehr harter, fester Stein, den man weder mit Eisen noch mit Stahl brechen kann, und der zum Zerschneiden von Porzellan und Perlen und Mineralien gekauft wird. In dem Tale gab es auch eine große Anzahl Schlangen, so lang und dick wie ein großer Dattelbaum, dass jede von ihnen einen Elefanten verschlingen konnte. Während des Tages zogen sich die Schlangen aus Furcht vor dem Vogel Roch in ihre Höhlen zurück und kamen erst Nachts wieder zum Vorschein. Ich ging im Tale umher, auf einmal fiel ein geschlachtetes Tier vom Berge herab. Als ich dies sah, fiel mir ein, was mir früher ein Kaufmann erzählt hatte: ›Es gibt ein Tal mit Diamantstein, das schwer zu erreichen ist; die Kaufleute gebrauchen aber eine List, um sich dort Diamantsteine zu verschaffen: Sie schlachten ein Lamm, ziehen ihm die Haut ab und werfen das Fleisch vom Berg in das Tal, sodass Diamantsteine an dem frischen Fleisch hängen bleiben. Wenn dann die Adler dieses Fleisch nehmen und damit in die Höhe fliegen und dort landen, gehen die Handelsleute auf die Adler los und zwingen sie durch starkes Geschrei, davonzufliegen und das Fleisch im Stich zu lassen. Worauf die Kaufleute die Diamanten von den Fleischstücken lösen und mitnehmen, und das Fleisch den Raubtieren überlassen. Sie bedienen sich dieser List, weil es kein anderes Mittel gibt, um Diamanten und Magnetsteine zu gewinnen.‹

Ich fing an, viele Diamanten zu sammeln und einzustecken. Dann nahm ich das Stück Fleisch und band es mit dem Tuche meines Turbans an meine Brust fest. Bald kam ein Adler und fasste mit seinen Krallen das Stück, in das ich mich hineingebunden hatte, und trug es auf den Gipfel des Berges und wollte es verzehren. Aber die Handelsleute, die in der Nähe wären, schrien laut und machten großen Lärm mit Brettern, um den Adler von seiner Beute zu verscheuchen, was ihnen auch gelang. Ich aber löste, sobald der Adler das Lamm losgelassen hatte, mein Tuch und blieb daneben stehen. Einer der Handelsleute näherte sich hierauf und suchte nach Steinen an dem Tiere, und als er keine fand, schrie er: ›Wehe! Wehe! Alle meine Mühe war vergebens, meine Reise bringt mir gar keinen Vorteil.‹ Als er dann seinen Blick auf mich warf, erschrak er. Ich sagte: ›Fürchte nichts, mein Bruder, ich bin ein Mensch wie du, ich bin auf wunderbare Weise hierher gekommen. Auch sollst du keinen Schaden haben, ich besitze viele Diamantsteine und gebe dir mehr, als du an diesem Tiere gefunden hättest, dem ich meine Rettung verdanke, da ich mit demselben auf diesen Berg gekommen bin. Sei nur ohne Sorge!‹ Ich hatte kaum geendet, als die anderen Handelsleute, die mich bemerkt hatten, sich um mich versammelten und ihr Erstaunen, mich zu sehen, ausdrückten, das ich noch durch die Erzählung meiner Geschichte vermehrte. Sie sagten mir, dass ein jeder von ihnen ein solches geschlachtetes Tier ins Tal werfe, und zeigten mir die Diamanten, die jeder gewonnen hatte. Da zog ich eine Hand voll aus meiner Tasche und gab sie dem Kaufmann, mit dessen Lamm ich auf den Berg gekommen war, und da es mehr war, als er gefunden hätte, freute er sich sehr und dankte mir.

Die übrigen Diamanten verkaufte ich den Kaufleuten und ließ mir einen Beutel geben und legte das übrige Geld in einen Gurt, den ich bei mir trug. Ich reiste dann mit ihnen von Land zu Land und von Stadt zu Stadt, machte überall Geschäfte, bis wir glücklich in Basra anlangten. Dort hielten wir uns einige Tage auf, dann reisten wir weiter nach Bagdad. Meine Familie freute sich über meine glückliche Ankunft und meine Freunde beglückwünschten mich; und ich machte ihnen wie meinen Nachbarn viele Geschenke, setzte wieder mein Handelsgeschäft fort mit allerlei Waren und Edelsteinen, von denen ich mehr als früher besaß, schaffte mir schöne Diener an und ließ mir es gut gehen bei wohlfeilem Essen, Trinken und allerlei Zerstreuungen. Ich wurde wegen meiner Abenteuer bewundert und von jedem, der eine große Reise unternehmen wollte, zurate gezogen.«

Die dritte Reise Sindbads

»Wisset, meine Freunde! Nachdem ich mich einige Zeit in Bagdad dem Wohlleben hingegeben hatte, bekam ich wieder Lust auf Reisen und Erwerb, denn der Mensch sehnt sich immer nach etwas. Ich packte daher viele Waren für eine Seereise zusammen, vergaß meine früheren Leiden, reiste nach Basra, und ging am Ufer des Meeres umher. Da sah ich ein großes Schiff, auf welchem sich angesehene, rechtschaffene und fromme Kaufleute befanden, ich ließ meine sämtlichen Waren auf das Schiff bringen und die Kaufleute erfreuten sich an meiner Gesellschaft. Wir reisten mit Gottes Segen ohne Unfall und machten großen Gewinn. Eines Tages, als wir ganz vergnügt auf wogendem Meere waren, stieß der Kapitän ein Jammergeschrei aus, schlug sich ins Gesicht, riss sich die Haare vom Barte aus und zerriss seine Kleider. Dann rief er laut: ›O ihr Kaufleute! Wir sind alle verloren.‹ Als wir fragten, was es gebe, sagte er: ›Wisset, dass die heftigen Stürme uns vom Wege abgeführt haben, und unser Missgeschick hat uns an die Affeninsel gebracht, auf welcher Affen wie Heuschrecken umherspringen. Noch gab es keinen Menschen, der nicht seinen Tod auf dieser Insel gefunden hätte.‹ Der Kapitän warf die Anker aus und ließ die Segel einholen, aber alsbald kamen die Affen von der Insel auf uns zu und stiegen von allen Seiten in so großer Zahl auf das Schiff, dass wir sie weder töten noch fortjagen konnten. Bald bissen sie mit ihren Zähnen das Ankertau und die Segelstricke durch, zogen das Schiff an Land, ließen uns aussteigen und verschwanden mit dem Schiffe samt allem, was darauf war. Diese Affen hatten gelbe Augen, schwarze Gesichter und klebrige Haare. Wir gingen, ohne zu wissen, was aus uns werden sollte, auf der Insel umher und ernährten uns von Pflanzen. Da leuchtete uns eine Wohnung mitten auf der Insel entgegen und als wir uns derselben näherten, bemerkten wir ein hohes Schloss mit einem großen Tore. Wir traten hinein und befanden uns in einem großen Hofe, in welchem viele Gebeine umherlagen und viel grünes und trockenes Holz aufgestapelt war. Wir wunderten uns sehr darüber, blieben jedoch, da wir sehr müde und niedergeschlagen waren, im Schlosse, in welchem wir keinen Menschen sahen.

Während wir in einem grässlichen Zustande der Verzweiflung waren, bebte auf einmal die Erde, und mit einem Geräusch, ähnlich dem Brausen des Sturmwindes, trat eine schwarze Menschengestalt, groß wie ein Palmbaum, zu uns heran. Sie hatte rote Augen, ein schwarzes Gesicht, weite Nasenlöcher und einen großen Mund. Sie setzte sich auf eine Bank und ruhte ein wenig aus, dann heftete sie ihre Augen auf uns und trat näher. Beim Anblick dieses Riesen bebten und zitterten wir vor Angst. Er fasste mich dann, setzte mich auf seine Hand wie einen Sperling, drehte mich herum und befühlte mich, wie es ein Metzger mit einem Schlachttiere tut, und stellte mich dann auf die Seite, fern von meinen Reisegefährten. Er verfuhr dann mit allen von diesen in gleicher Weise, bis er an den Kapitän kam, welcher der Fetteste von uns war. Diesen packte er am Nacken, warf ihn aufs Gesicht, setzte seinen Fuß auf das Genick und zerbrach es. Dann holte er viel Holz herbei und zündete ein Feuer an, nahm einen großen Bratspieß, durchbohrte damit den Kapitän, hob ihn über die Kohlen und drehte ihn rechts und links, bis er gebraten war. Dann riss er mit den Nägeln von ihm herunter, aß davon, bis er satt war und warf die abgenagten Beine auf die Seite. Endlich kehrte er zu seinem Platz zurück, legte sich auf die Bank und schnarchte wie ein Tier. Wir aber wagten aus Furcht nicht, uns zu rühren, bis Gott den Morgen leuchten ließ und der Riese seines Weges ging, ohne dass wir wussten wohin. Dann traten wir wieder zusammen und bedauerten den Kapitän und dachten: Morgen wird es einem andern von uns ebenso ergehen, und wir werden alle sterben, ohne dass jemand etwas von uns weiß. Wir beschlossen, auf der Insel ein Versteck zu suchen oder zu entfliehen. Wir fanden aber keinen sicheren Ort und daher kehrten wir, nachdem wir einige Pflanzen gegessen hatten, wieder in das Schloss zurück und setzten uns auf unsern früheren Platz. Kaum saßen wir, erbebte die Erde, der Riese erschien, trat auf uns zu, und nachdem er sich ein wenig auf der Bank ausgeruht hatte, drehte er einen nach dem andern von uns herum, ergriff dann einen und verfuhr mit ihm wie mit dem ersten. Nachdem er ihn gebraten und verzehrt hatte, legte er sich wieder auf die Bank und schnarchte, als ob ein Sturmwind brauste, die ganze Nacht durch, wir aber konnten vor Furcht nicht schlafen. Als der Tag leuchtete, verließ er uns, wir traten dann zusammen, klagten über unsere Lage und dachten: Bei Gott, besser ertrinken als gebraten werden. Da sagte einer von uns: ›Meine Freunde, lasst uns eine List ersinnen, diesen Verruchten zu töten und uns und allen Gläubigen Ruhe zu verschaffen.‹ Die übrigen Kaufleute stimmten diesem Vorschlag zu, ich aber sagte: ›Guter Rat ist noch besser als Totschlagen. Wollt ihr ihn durchaus töten, so lasset uns vorher von diesem Holze ein Floß bauen, das wir am Ufer bereithalten. Gelingt es uns, den Riesen zu töten, so mag daraus werden, was Gott will, wenn nicht, so steigen wir auf das Floß und rudern auf die hohe See und vertrauen auf Gott. Werden wir gerettet, ist es gut, ertrinken wir, so sterben wir als Märtyrer und werden nicht getötet und verbrannt.‹ Mein Rat wurde gutgeheißen, wir trugen alsbald Holz zum Ufer, nahmen Stricke, die um das Schloss herum lagen und allerlei Fetzen, die wir zusammenflochten, und banden damit das Floß fest, das wir am Ufer befestigten. Hierauf kehrten wir in das Schloss zurück und kaum hatten wir unsern früheren Platz wieder eingenommen, so bebte die Erde und jenes Ungeheuer kam wieder mit Getöse, faßte einen von uns und verfuhr mit ihm wie mit dem ersten. Als er ihn gebraten und verzehrt hatte, schlief er wie gewöhnlich ein. Da nahmen wir den eisernen Spieß, an dem er die Menschen gebraten hatte, legten ihn auf die Kohlen, trugen noch mehr Holz hinzu und legten einen zweiten Spieß daneben. Als die Spieße rot wie feurige Kohlen waren, gingen wir damit auf den verruchten Schwarzen zu und bohrten die Spieße in seine Augen. Er stieß einen fürchterlichen Schrei aus, erhob sich von der Bank und ging nach uns greifend im Hofe umher. Wir verbargen uns, aber doch überfiel uns große Angst und wir sahen schon den Tod vor Augen. Indessen ging er unter grässlichem Geheul und Gestampf zur Türe hinaus, sodass die Erde unter uns bebte. Auch wir verließen das Schloss und begaben uns an das Ufer der Insel, wo wir unser Floß liegen hatten und sagten zueinander: ›Wenn der Verruchte bis nach Sonnenuntergang ausbleibt, so dürfen wir annehmen, dass er umgekommen ist, kehrt er aber wieder ins Schloss, so müssen wir uns auf das Floß begeben und fortrudern und uns dem Willen Gottes ergeben.‹ Während wir uns so besprachen, kam der Schwarze mit zwei andern, die noch stärker und gräulicher waren als er und wie Werwölfe aussahen, mit Augen wie glühende Kohlen. Als wir ihn so, auf die Schultern seiner beiden Gefährten gestützt, zum Schlosse gehen sahen, begaben wir uns auf unser Floß, das wir so schnell wie möglich vom Ufer wegzurudern versuchten. Die Riesen bemerkten dies zeitig, bewaffneten sich mit großen Steinen, liefen auf das Ufer zu und warfen uns die Steine nach, von denen uns viele trafen und töteten. Da ich und meine Kameraden mit allen Kräften ruderten, so befanden wir uns bald auf hoher See und wurden ein Spiel der Winde und Wellen, die uns hin und her warfen. Wir waren nur noch drei, die übrigen waren umgekommen und wurden, als sie tot waren, von uns ins Meer geworfen.

Trotz aller Hungerqual hörten wir nicht auf, mit aller Kraft zu rudern und uns gegenseitig zu ermutigen, bis wir vom Winde zu einer Insel getrieben wurden, auf welcher wir Bäche, Bäume und Vögel fanden. Obwohl wir vor Ermüdung, Hunger und Furcht wie Leichen waren, freuten wir uns über unsere Rettung und stärkten uns an den Früchten dieser Insel. Als der Abend nahte, legten wir uns nieder und schliefen ein. Auf einmal wurden wir von einem Geräusche, ähnlich dem eines Sturmwindes, geweckt und groß war unsere Furcht, als wir uns von einer mächtigen Schlange umzingelt sahen. Sie fuhr auf einen meiner Kameraden los und würgte ihn hinunter; man sah nur noch seine Schultern und seinen Kopf aus ihrem Rachen hervorstehen; er schrie laut und die Schlange machte eine schnelle Bewegung, indem sie sich zusammen und gleich darauf wieder auseinander rollte. Wir hörten seine Gebeine krachen und verschlungen war der ganze Mann! Darauf kroch die Schlange wieder ihres Weges. Wir beiden übrigen fürchteten, die Schlange möge auch bald in ähnlicher Weise mit uns verfahren und sagten: ›Es gibt keinen Schutz und keine Macht außer bei Gott, dem Erhabenen. Schon fühlten wir uns glücklich, der Grausamkeit der Riesen und der Wut der Wellen entgangen zu sein; und jetzt befinden wir uns in einer Lage, die noch schrecklicher ist.‹

Wir gingen auf der Insel umher, um eine Zuflucht zu suchen, fanden aber keine. Wir aßen von den Früchten, die darauf wuchsen, mit der schrecklichen Vermutung, dass noch diesen Abend einer von uns von der Schlange aufgefressen werde. Endlich bemerkten wir einen hohen Baum, auf den wir stiegen, um uns die Nacht über in Sicherheit zu bringen. Bald darauf näherte sich die Schlange dem Baume, auf dem wir waren. Sie legte sich an dessen Stamm, erreichte meinen Kameraden und würgte ihn hinunter. Ich stieg auf die obersten Zweige und dachte, wenn ich hinunterstürze und umkomme, so habe ich doch Ruhe vor dieser Angst, vor dem Hunger und den Strapazen in der Fremde. Indessen kroch die Schlange, nachdem sie meinen Gefährten am Baume zermalmt hatte, wieder ihres Weges, und ich brachte die Nacht allein auf dem Baume zu, erschüttert von dem, was ich gesehen hatte, und entschlossen, mich vom Baume herunterzustürzen, falls die Schlange wiederkehren sollte. Denn ich dachte: Lieber so sterben, als von der Schlange verschlungen zu werden. Am folgenden Morgen wollte ich mich ins Meer werfen, aber mein Innerstes sträubte sich dagegen, denn der Mensch hängt doch am Leben. Ich machte mich daher auf, suchte Holz und trockenes Gesträuch zusammen und umgab mich dann von allen Seiten mit Brettern, die ich festband, sodass ich wie in einer Kiste lag und die Schlange mich nicht erreichen konnte. Die Schlange kam abends und schlich um mich herum. Sie konnte meiner jedoch nicht habhaft werden wegen des Walls, der mir zum Schutze diente, sie näherte sich mir jedoch immer wieder unter fortwährendem Gezische; ich sah alles und war dem Tode nahe vor Furcht. Als der Tag nahte, zog sie sich zurück; ich machte mich alsbald von dem Holze los, lief auf der Insel umher, aß einige Früchte und gelangte auf einen Hügel, von welchem ich plötzlich ein Schiff mitten in den Meereswellen erblickte. Ich rief aus voller Kehle demselben entgegen, winkte mit dem Zweige eines Baumes und ward sogleich von der Schiffsmannschaft gesehen.

Das Schiff näherte sich dem Ufer und die Leute fragten mich, wer ich sei. Ich antwortete: ›Ich bin ein Mensch, nehmt mich auf, ich will euch erzählen, wie ich hierher gekommen bin.‹ Sie nahmen mich auf, brachten mir einigen Proviant, und als ich mich gestärkt hatte, erzählte ich ihnen meine ganze Leidensgeschichte von meiner Abreise aus der Heimat bis zum Augenblick, in dem ich aufs Schiff kam. Und sie waren sehr erstaunt über meine Abenteuer! Sie zogen mir dann meine zerfetzten und übel riechenden Kleider aus, brachten mir reine Kleider sowie auch verschiedene Lebensmittel und frisches Wasser. So wurde ich wieder neu belebt, nachdem ich schon der Verzweiflung preisgegeben war, und ich wähnte mich im Traume, als ich nach so schwerem Leiden mich wieder in solchem Wohlbehagen sah.

Wir hatten eine Zeit lang günstigen Wind und gingen endlich bei Kalaset, woher man das Sandelholz bezieht, vor Anker. Meine Reisegefährten und sämtliche Handelsleute fingen an, ihre Waren abladen zu lassen, um sie zu verkaufen oder um Tauschhandel zu treiben. Unterdessen rief mich der Schiffskapitän und sprach zu mir: ›Höre, mein Herr! Du bist fremd und arm, und hast uns erzählt, was du erlitten hast; darum will ich dir Gutes tun.‹ Als ich hierauf antwortete, ich sei allerdings in größter Dürftigkeit, er möge tun, was ihm gut dünke, fuhr er fort: ›Wisse! Auf dem Schiffe befinden sich Waren, die einem Handelsmann von Bagdad gehörten, der mehrere Jahre mit uns gereist ist, und den wir dann verloren haben. Wir wollen seine Waren verkaufen, das Geld dafür nehmen und es nach Rückkunft seinen Erben zustellen. Du aber sollst sie verkaufen und einen entsprechenden Lohn dafür in Empfang nehmen, wovon du auf der Reise leben kannst.‹

Ich dankte Gott, sprach kein Wort, und nahm mich zusammen, bis alle Waren ausgeladen waren, und sich die Kaufleute miteinander unterhielten. Da wandte ich mich zum Kapitän und bat ihn, mir Näheres über den Eigentümer dieser Waren zu berichten, und als er erzählte, wie sie ihn auf einer Insel zurückgelassen haben, weil sie ihn ganz vergessen hatten und dabei auch meinen Namen nannte, war meine Freude grenzenlos und ich rief laut: ›O Kapitän, o ihr Kaufleute! Bei Gott, ich bin Sindbad der Seefahrer, die Waren gehören mir, alle Kaufleute werden es bezeugen.‹ Da sagte der Kapitän: ›Wie magst du dies behaupten?‹, und er wollte nichts von all dem glauben. Bald versammelten sich die Übrigen um uns; die einen glaubten mir, während mich die andern für einen Lügner hielten.

Da trat auf einmal ein Handelsmann aus ihrer Mitte hervor, grüßte mich und sprach: ›Du hast wahr gesprochen, Sindbad der Seemann; dieses Geld und diese Waren gehören dir.‹ Dieser Kaufmann sagte zu den anderen: ›Ich erzählte euch vor kurzem das Wunderbarste, was mir jemals auf Reisen begegnet war: Als ich nämlich einst Diamanten sammelte und vom Diamantberge herab Fleischstücke auswarf, hatte sich einst ein Mensch daran festgebunden. Dies war Sindbad, der mir daraufhin viele Diamanten schenkte, von denen er die Taschen voll hatte. Wir reisten dann zusammen nach Basra, von wo aus er sich nach Bagdad begab. Ich danke Gott, dass er wieder bei uns ist, um euch zu überzeugen, dass ich euch die Wahrheit berichtet habe und dass ihn der Herr wieder zu seinen Waren geführt hat.‹

Nachdem dieser Kaufmann so gesprochen hatte, gab ich dem Kapitän noch andere Zeichen, sodass er keinen Zweifel mehr hatte und mich aufs Neue willkommen hieß und umarmte und sagte: ›Gott sei für deine Rettung gepriesen.‹ Dann wurden mir meine Waren ausgeliefert, ich handelte damit und machte ungewöhnlich großen Gewinn. Von der Insel Kalaset segelten wir nach Indien, wo ich Gewürznelken, Ingwer und andere Spezereien einkaufte.

Endlich kam ich, nach einer langen Reise von Insel zu Insel, in Basra an und erreichte schließlich wieder Bagdad mit mehr Geld und Waren, als ich selbst überblicken konnte. Ich machte meinen Freunden und Bekannten viele Geschenke, kleidete Waisen und Witwen, schaffte mir wieder Sklaven und Sklavinnen an, und lebte in süßer Behaglichkeit an guten Speisen und Getränken, an Musik, Gesang und schönen Mädchen mich ergötzend, froh und heiter und gedachte nicht mehr der ausgestandenen Leiden. Das ist der Schluss meiner dritten Reise.«

Die vierte Reise Sindbads

»Ich lebte wieder einige Zeit allen Lebensgenüssen hingegeben und vergaß alle früheren Strapazen im Übermaße meines Glücks und meiner blühenden Geschäfte. Eines Tages besuchten mich vornehme Kaufleute, die durch ihr Gespräch über Handel und Reisen auch meine Wanderlust wieder weckten, sodass ich beschloss, mit ihnen zu reisen, um neue Länder zu sehen. Ich kaufte kostbare Waren für den Seehandel ein und begab mich mit meinen Freunden auf ein großes Schiff. Wir waren längere Zeit unterwegs, als wir eines Tages bei einer bisher außerordentlich günstigen Fahrt von einem Windstoße getroffen wurden, der den Kapitän zwang, die Segel einzuholen und die Anker auszuwerfen. Der Sturm aber zerriss unsere Segel sowie das Ankertau und schlug den Mastbaum um, sodass das Schiff unterging und eine große Anzahl Handelsleute ertrank.

Ich und einige andere Handelsleute hatten das Glück, uns an einem Brett festhalten zu können; die Wellen trieben uns, nach Gottes Bestimmung, auf eine große Insel zu. Wir stiegen an Land, außer uns vor Erschöpfung, Hunger, Durst und Kälte, und ernährten uns von einigen Pflanzen. Die Nacht ruhten wir am Ufer aus. Am darauffolgenden Tag entfernten wir uns vom Ufer, gingen ins Innere der Insel und bemerkten Hütten; denen näherten wir uns und sogleich kam uns ein Schwarzer aus den Hütten entgegen. Ohne uns zu grüßen ergriff er uns und führte uns zu ihrem Oberhaupt. Man stellte uns eine Speise vor, die wir weder kannten noch je gesehen hatten. Meine Kameraden, an denen der Hunger gezehrt hatte, aßen davon. Ich aber hatte einen Ekel davor und wollte trotz meines Hungers nicht einmal davon kosten; dies war mein von Gott beschiedenes Glück, denn kurz darauf bemerkte ich, dass meine Kameraden den Verstand verloren und wie Rasende weiteraßen. Man reichte uns daraufhin Kokosnussöl; meine Kameraden, die schon von Sinnen waren, tranken auch hiervon und rieben sich damit ein. Ich war darüber erstaunt und sah dann, dass es Magier waren, die jeden Fremden, der zu ihnen kam, mästeten und ihrem König, der ein Werwolf war, gebraten zu essen gaben. Dies geschah meinen Kameraden, die durch diese Speise ihren Verstand verloren hatten; ich aber blieb zwei Tage bei ihnen und enthielt mich aus Furcht und Angst jeder Speise und jedes Getränks. Ich zehrte sichtbar ab und meine Haut dorrte aus; die Schwarzen bemerkten meinen krankhaften Zustand und ließen mich leben und kümmerten sich nicht mehr um mich. So konnte ich mich eines Tages von den Hütten der Schwarzen entfernen und, mich von den Pflanzen der Insel ernährend, verstohlen weitergehen. Ich ging die ganze Nacht durch, des Morgens ruhte ich wieder aus und stärkte mich an einigen Pflanzen und Früchten, und setzte so meinen Marsch sieben Tage lang fort.

Am achten Tage bemerkte ich in der Ferne einen Greis, ich ging auf ihn zu und erreichte ihn bei Sonnenuntergang. Da fand ich weiße Menschen bei ihm, die beschäftigt waren, Pfeffer zu sammeln. Sie kamen mir, als sie meiner ansichtig wurden, sogleich entgegen und fragten mich, wer ich sei und woher ich komme. Ich erzählte ihnen, wie ich Schiffbruch erlitten hatte, auf diese Insel gekommen und in die Hände der Schwarzen gefallen war. Sie unterbrachen mich mit der Frage, durch welche Wunder ich den Schwarzen habe entkommen können, welche diese Insel beherrschen? Ich erzählte ihnen alles von Anfang bis zum Ende und sie waren höchst verwundert darüber.

Sie brachten mir dann etwas zu essen, und als ich gegessen und mich ausgeruht hatte, schiffte ich mich mit ihnen ein und wir begaben uns auf die Insel, woher sie gekommen waren. Sie brachten mich zu ihrem König, der mich begrüßte und begierig war, meine Geschichte zu hören, und sich dieselbe genau erzählen ließ.

Nachdem ich alles erzählt hatte, beglückwünschte er mich, hieß mich sitzen und ließ mir zu essen geben; ich pries Gott, dankte ihm für seine Güte und blieb in seiner Hauptstadt, welche sehr bevölkert war und großen Handel trieb. Dieser Aufenthalt tröstete mich mächtig über mein Unglück hinweg, und die Güte, die der König mir zeigte, machte mich vollends zufrieden, und ich freundete mich bald mit den Bewohnern der Stadt an.

Eines Tages sagte der König zu mir: ›Sindbad! Ich habe dich gern und weiß auch, dass alle meine Untertanen dasselbe tun. Ich habe eine Bitte an dich; du musst mir versprechen, sie zu erfüllen, dann wirst du alles Gute erlangen.‹ ›König!‹, war meine Antwort, ›was verlangst du von mir?‹ Der König erwiderte: ›Mein Wunsch ist, dass du eine der vornehmsten Töchter meiner Stadt zur Frau nimmst, damit dich dieselbe fessle und du einer der unsrigen wirst. Ich will dir Einkünfte verschaffen, die dir gestatten, im Überfluss zu leben.‹ Da ich nicht wagte, dem Befehl des Königs zuwiderzuhandeln, so erwiderte ich: ›Du hast zu gebieten, o König der Zeit!‹ Er ließ alsbald den Kadi und die Gerichtszeugen rufen und verheiratete mich mit einer vornehmen, adeligen, sehr schönen Frau, die viel Geld und Güter besaß. Er wies mir dann eine Wohnung an, schenkte mir Sklaven und gab mir Diener, und bestimmte mir Gehalt. Ich freute mich und dachte: Ich gebe mich der Fügung Gottes hin; will er mich einst wieder in meine Heimat zurückführen, so kann es niemand verhindern, und es bleibt mir dann die Wahl, ob ich die Frau mitnehme oder entlasse. Indessen liebte ich bald meine Frau und wurde auch von ihr geliebt, sodass wir eine geraume Zeit sehr glücklich lebten.

Eines Tages hörte ich ein Jammergeschrei aus dem Hause meines Nachbars, mit dem ich befreundet war. Ich fragte nach der Ursache seines Jammers und vernahm, dass seine Gattin gestorben sei. Ich hielt es für meine Pflicht, ihn zu besuchen und ging zu ihm, um ihn zu trösten, und fand ihn tief bekümmert. ›Gott stärke dich, vermehre deinen Lohn, erbarme sich der Verstorbenen, und verleihe dir ein langes Leben!‹, war meine Anrede. ›Ach!‹, rief er aus, ›was können mir deine Wünsche nützen? Ich habe bloß noch eine Stunde zu leben! Ich sehe dich und alle meine Freunde nicht wieder bis zum Auferstehungstage.‹ Ich fragte: ›Wieso dies?‹ ›Wisse‹, erwiderte er, ›man wird alsbald meine Frau waschen und in ein Totengewand hüllen und beerdigen und mich mit ihr begraben. Dies ist der Brauch unseres Volkes: Der lebende Mann wird mit seiner gestorbenen Frau und die lebende Frau mit ihrem gestorbenen Mann begraben, damit sie auch nach dem Tode vereinigt bleiben.‹

Ich sagte: ›Bei Gott, das ist eine abscheuliche Sitte, der sich niemand gern unterwirft.‹ Während wir uns so unterhielten, kamen die meisten Stadtbewohner herbei, um die Trauernden zu trösten. Man legte dann die Frau in einen Sarg und ging damit ans Ende der Insel bis zu einem großen Stein, der eine große Zisterne bedeckte. Der Stein wurde aufgehoben, und sowohl der Leichnam als auch der lebendige Mann an einem Strick hinabgelassen. Der Mann, dem man einen Krug Wasser und sieben Brötchen mitgab, löste den Strick ab, den man wieder heraufzog, worauf dann die Öffnung mit dem Stein verschlossen wurde und jeder seines Weges ging.

Als ich hierauf wieder zum König kam, sagte ich ihm: ›O mein Herr! Wie mögt ihr Menschen lebendig begraben?‹ Er antwortete: ›So ist es Sitte bei uns: Stirbt ein Mann, so wird seine Gattin mit ihm begraben; stirbt eine Frau, so folgt ihr der Gatte ins Grab. So war es Sitte bei unsern Vätern und Ahnen und den Königen vor uns.‹ Ich sagte: ›Das ist eine schlimme Sitte‹, dann fragte ich: ›Gilt dieses Gesetz auch für Fremdlinge?‹ ›Allerdings‹, erwiderte er, ›sie sind nicht davon ausgenommen.‹ Die Furcht, dass meine Frau vor mir sterben könnte und dass ich dann lebend mit ihr begraben würde, flößte mir sehr trübe Gedanken ein. Ich befand mich wie in einem Gefängnis durch diese Worte des Königs und verabscheute meinen Aufenthalt in einer solchen Stadt.

Am Ende beruhigte ich mich wieder und dachte: Vielleicht sterbe ich vor meiner Frau, oder mir wird Gott helfen, dass ich vor ihrem Tode in meine Heimat zurückkehre. Aber nach einiger Zeit erkrankte sie, hütete das Bett und starb. Mein Schmerz war groß, denn ich konnte nicht mehr entfliehen. Viele Leute kamen, um mich und die Verwandten der Frau zu trösten, und auch der König selbst erschien, um mir sein Beileid zu bezeugen. Da sie es gewohnt waren, den Verstorbenen die schönsten Kleider und den kostbarsten Schmuck anzuziehen, so geschah dies auch bei meiner Frau. Man stattete sie aus und trug sie in einem Sarge zu jener Zisterne; dann sprach man mir Trost zu und verabschiedete sich von mir. Ich schrie: ›Ist es erlaubt von Gott, einen Fremden lebendig zu begraben? Ich bin nicht einer der Eurigen, kannte eure Sitte nicht; hätte ich sie gekannt, so hätte ich keine eurer Frauen geheiratet.‹ Sie hörten mich aber nicht an und hatten kein Mitleid mit mir. Sie banden mich fest, ließen mich in die Zisterne hinab und riefen mir zu: ›Mache den Strick los!‹, und als ich dies nicht tat und fortwährend schrie, warfen sie den Strick auf mich herab und deckten die Öffnung wie gewöhnlich zu.

Als die Leute fort waren, sah ich mich in der Zisterne um, welche von einem abscheulichen Gestank erfüllt war, und vernahm ein leises Stöhnen, das meine Angst noch vermehrte. Es kam von einem Manne, der wenige Tage vor mir hinabgelassen worden war. Ich wurde fast rasend vor Verzweiflung und dachte: Es gibt keinen Schutz und keine Macht außer bei Gott. Gottes Wille geschehe! Warum musste ich mich in dieser Stadt verheiraten, ich war doch früher so vergnügt? Ich erinnerte mich an mein früheres glückliches Leben und dachte: Wäre ich doch wenigstens einen schönen Tod gestorben und gewaschen und beerdigt worden! Bei Gott, so wie ich einem Unheil entkomme, stürze ich in ein anderes, und am Ende soll ich so jämmerlich umkommen und lebendig begraben werden. Gott verdamme das Gelüste nach weltlichen Dingen, nur meine Gier hat mich in eine so verzweifelte Lage gebracht. Ich fuhr dann fort, mir selbst Vorwürfe zu machen und mir zu sagen, dass ich dies und noch mehr von Gott verdient habe, da ich ein freies, ruhiges Leben geführt und nicht geruht hatte, bis ich in eine dunkle Zisterne zu Leichen geworfen wurde. Ich hatte eine schlimme Nacht, war hungrig und durstig, und befand mich in solcher Dunkelheit, dass ich den Tag nicht von der Nacht unterscheiden konnte. Ich streckte die Hand nach dem Brot aus und aß etwa die Hälfte eines Brötchens, nahm auch ein wenig Wasser aus dem Krug, denn ich dachte: Ich will wenig essen, vielleicht rettet mich Gott noch. Dann ging ich an den Seiten der Zisterne umher und sah, dass es eine große Höhle war, in welcher viele Leichen und Knochen umherlagen. Plötzlich ging die Öffnung der Zisterne wieder auf, es kam Licht von oben, und ich dachte: Es wird vielleicht wieder jemand begraben. Ich blickte hinauf, ohne gesehen zu werden, und bald ließ man einen toten Mann und eine hübsche lebendige Frau zu mir herab, der man wie gewöhnlich einen Krug Wasser und sieben Brötchen mitgab. Sobald die Leute von der Öffnung entfernt waren, machte ich mich auf und gab ihr schnell mit einem der Knochen, die umher lagen, zwei Schläge auf den Kopf, wovon sie die Besinnung und das Leben verlor. Ich nahm dann ihr Brot und ihr Wasser und was sie an Schmuck und Edelsteinen an sich hatte und nährte mich von diesem Brot, nahm aber nie zu viel zu mir, damit der Vorrat lang währte, denn ich hoffte immer noch auf Gottes Hilfe.

So lebte ich längere Zeit, indem ich immer die Leute, die man lebendig herabließ, erschlug und mich ihres Vorrats bemächtigte. Eines Tages, als ich so dasaß, hörte ich ein Rasseln an den Knochen, die an der Seite der Zisterne lagen. Ich stand auf, um zu sehen, was dies bedeute, denn ich fürchtete mich. Da bemerkte ich, wie etwas vor mir herging; ich ergriff einen Knochen und verfolgte den Gegenstand, er lief aber vor mir weg. Ich verfolgte ihn so lange, bis ich ein Licht entdeckte, das in der Ferne einem Sterne glich. Ich ging immer naher auf dieses zu und entdeckte zuletzt, dass es von einer Öffnung des Felsens kam, die auf das Meer hinausging und durch welche Tiere kamen, um die toten Gebeine zu fressen. Als ich dessen gewiss war, beruhigte ich mich und sah wieder neues Leben vor mir, nachdem ich mich dem Tode verfallen geglaubt hatte, und mir war, als träumte ich. Ich gab mir Mühe, um durch die Öffnung zu gelangen. Nun befand ich mich am Ufer des Meeres, durch einen hohen Berg von der Stadt getrennt, zu welcher kein Weg führte.

Ich dankte Gott für meine Rettung, Dann ging ich in die Höhle zurück, um das Brot und Wasser zu suchen, das ich noch darin hatte. Daraufhin kehrte ich wieder zurück und nahm alle Diamanten, Perlen, Rubine und goldenen Armspangen mit den übrigen Goldstoffen, die sich in den Bahren befanden, weg, um sie ans Meeresufer zu tragen. Ich machte mehrere Packen daraus und hüllte sie in Totengewänder ein. Ich ging dann jeden Tag wieder in die Höhle, erschlug die Leute, die man lebendig herabgelassen hatte, und nahm ihr Brot und ihr Wasser. Nach einiger Zeit, als ich so am Ufer des Meeres saß, bemerkte ich ein Schiff, das vorübersegelte. Ich rief aus vollem Halse, damit man mich hörte und winkte mit einem Fetzen von einem Totengewande, das neben mir lag. Man bemerkte mich und eine Schaluppe wurde abgesandt, um mich an Bord zu nehmen. Auf die Frage der Matrosen, wer ich sei und wie ich an diesen Ort kam, wo sie vor mir noch keinen Menschen gesehen hatten, antwortete ich, ich sei ein Kaufmann und habe mich auf einem Schiffe befunden, das untergegangen ist und habe mich mit großer Anstrengung hierher gerettet. Ich sagte ihnen aber nichts von dem, was mir in der Stadt und in der Höhle widerfahren war, weil ich fürchtete, es würde jemand aus der Stadt auf dem Schiffe sein.

Sie nahmen mich mit meinen Schätzen auf, und als ich auf das Schiff kam, sammelte sich alles um mich herum; und als der Kapitän mich ausfragte, wiederholte ich, was ich den Matrosen erzählt hatte und sagte, dass ich meine ganze Ladung verloren hatte, kein Geld besäße und nur einigen Schmuck aus dem Schiffbruch gerettet habe. Ich bot ihm dann einiges davon an, da er mich doch aufgenommen hatte, er nahm aber nichts an und sagte, dass er Gott zu Ehren jeden, der Schiffbruch erlitten habe oder auf einer Insel verlassen sei, aufnehme und mit Proviant versorge, und dass er sich freue, mich außer Gefahr auf seinem Schiffe zu sehen. In der Tat versorgte mich der Kapitän unentgeltlich, bis wir glücklich nach Basra kamen, wo ich mich nach kurzem Aufenthalt weiter nach Bagdad aufmachte. Ich teilte meine Schätze mit meiner Familie und mit meinen Freunden, beschenkte die Armen und Waisen und lebte wieder einige Zeit in Lust und Wonne mit meinen Freunden. Das sind die Abenteuer meiner vierten Reise.«

Die fünfte Reise Sindbads

»Die Genüsse zuhause übten eine solche Gewalt auf mich aus, dass ich schnell die ausgestandenen Leiden und Strapazen vergaß. Aufs Neue reizte mich der Trieb, fremde Länder zu sehen; ich kaufte daher Waren, ließ sie einpacken und reiste damit nach Basra. Als ich ans Ufer des Meeres kam, sah ich ein großes Schiff, auf dem viele Kaufleute waren. Ich kaufte es, nahm Kapitän und Matrosen in Sold und schiffte mich mit einem Sklaven und Dienern ein.

Wir reisten mit Gottes Hilfe Tag und Nacht, von Stadt zu Stadt und von Land zu Land, bis uns das Geschick auf eine verlassene Insel trieb, wo wir ein Ei des Vogels Roch fanden, das in der Ferne einer Kuppel gleich sah. Das Junge war gerade im Begriff herauszuschlüpfen, denn sein Schnabel war schon zu sehen. Die Handelsleute, die mit mir an Land gegangen waren, schlugen mit Steinen auf das Ei; ich aber rief ihnen zu, das Ei nicht zu berühren, da sonst der Vogel unser Schiff zertrümmern würde, aber sie hörten nicht auf meine Worte, so sehr ich sie auch deshalb anschrie. Sie brachten im Ei eine Öffnung an, aus der sie das Junge des Vogels Roch herausnahmen, es schlachteten und sein Fleisch aßen.

Plötzlich verfinsterte sich die Atmosphäre, und die Sonne verhüllte sich, obgleich es Mittagszeit war. Als wir gen Himmel sahen, bemerkten wir, dass die Flügel des Vogels Roch die Sonne verdunkelten; jener kreiste in der Luft über seinem Ei umher. Der Kapitän rief uns zu, so schnell wie möglich aufs Schiff zu kommen, um nicht vom Vogel Roch getötet zu werden. Wir eilten auf das Schiff und entfernten uns eilig vom Ufer. Inzwischen sah sich der Vogel nach seinem Ei um, und stieß ein furchtbares Geheul aus, als er es zerbrochen fand. Er verfolgte uns sofort mit seinem Weibchen, und trotz aller Anstrengung, das Schiff so schnell wie möglich in Bewegung zu setzen, befanden sich die Vögel bald über unserm Schiffe und wir bemerkten, dass jeder zwischen seinen Krallen ein Felsenstück von ungeheurer Größe hielt. Der Roch ließ hierauf das Felsenstück, das er hielt, über uns fallen; der Steuermann aber konnte dem Schiffe noch schnell genug eine andere Wendung geben, wodurch der Felsen ins Meer fiel und dasselbe bis auf den Grund aufwühlte, sodass das Schiff in die Höhe gehoben und dann wieder niedergeworfen wurde und nahezu unterging.

Kaum waren wir durch Gottes Hilfe dieser Gefahr entronnen, so ließ das Weibchen die noch größere Felsenmasse mitten auf unser Schiff fallen, sodass es zerschmettert wurde. Die Matrosen und Reisenden ertranken; auch ich selbst sank unter Wasser, konnte mich aber glücklicherweise an einem Stück der Schiffstrümmer festhalten. Als ich mich so drei Tage mit den Händen hielt und mit den Füßen ruderte, wurde ich endlich mit günstigem Winde auf eine Insel zugetrieben. Ich war wie eine Leiche vor Hunger, Müdigkeit und Ärger, und ich machte mir wieder Vorwürfe, dass ich mein glückliches Leben aufgegeben und mich aus Übermut neuen Gefahren ausgesetzt hatte. Als ich eine Weile geschlafen und mich gestärkt hatte, ging ich auf der Insel umher und fand sie reich an Vögeln, Bächen und Baumfrüchten. Ich aß und trank, bis ich gesättigt war und legte mich des Abends nieder, in großer Furcht, weil ich keine Spur von einem menschlichen Wesen entdeckt hatte.

Am nächsten Morgen jedoch, als ich ein wenig auf der Insel zwischen Bäumen und Bächen spazieren ging, bemerkte ich einen Mann, der bei einem Wasserrade saß. Er war ganz nackt und hatte nur eine Schürze aus Palmfasern und einen Gürtel aus geflochtenen Blättern an. Ich dachte, er ist vielleicht fremd wie ich, und näherte mich ihm grüßend. Er erwiderte meinen Gruß mit Anstand und Freundlichkeit und hieß mich willkommen. Ich fragte ihn, wer er sei, woher er komme und an welchem Orte ich mich befände. Er aber gab mir durch Zeichen zu verstehen, dass ich ihn zu dem Brunnen des Wasserrads tragen sollte.

Anfangs dachte ich, dass sein Zustand diese Hilfe wirklich nötig mache; ich nahm ihn daher auf meinen Rücken und trug ihn bis an den bezeichneten Ort; dann hieß ich ihn absteigen und wollte ihn niedersetzen. Ich konnte ihn aber nicht von den Schultern herunterbringen, denn er hatte mir die Beine um den Hals geschlungen, deren Haut der eines Büffels glich und die schwer wie ein Berg waren. Als ich sah, in welch neues Unglück ich mich gestürzt hatte, rief ich: ›Es gibt keinen Schutz und keine Macht, außer bei Gott, dem Erhabenen.‹ Sooft ich von einem Übel frei bin, stürzte ich in ein anderes, mein Herz wurde von Schrecken erfüllt, die Welt schwarz vor meinen Augen, und ich fiel wie eine Leiche zur Erde nieder. Der Mann hob seine Beine ein wenig auf und ich ruhte; dann erhob ich mich und wollte davonlaufen, aber er rief mich zurück und befahl mir, ihn unter den Bäumen umherzutragen, und als ich mich nicht beeilte, sprang er wieder auf meine Schultern und stieß mich so mit seinen Füßen, dass ich glaubte, er habe mir Brust und Rippen zerbrochen. So trug ich ihn dann mitten in die Insel, denn sooft ich stehen blieb, schlug er mich; ich war wie sein Gefangener, sodass ich am Leben verzweifelte. Er aber aß von den Früchten der Bäume, verunreinigte mich und stieg weder bei Tag noch bei Nacht von meinem Nacken herunter; selbst wenn er schlief, hatte er seine Beine fest um meinen Hals geschlungen, sodass ich mich nicht losmachen konnte; und wenn ich nicht alsbald nach seinem Wunsche aufstand oder weiterging, so schlug er mich auf die Seiten und auf die Brust, und seine Schläge waren ärger als Peitschenhiebe, sodass ich aus Furcht vor ihm ganz gehorsam war. Ich wünschte den Tod herbei und machte mir Vorwürfe, dass ich mich von meiner Leidenschaft aus der Ruhe in solche Qualen habe stürzen lassen; auch nahm ich mir vor, mich in Zukunft keinem Menschen mehr zu nähern, der mich um Hilfe bittet.

Eines Tages fand ich auf meinem Wege mehrere trockene Kürbisse; ich nahm einen, höhlte ihn aus und drückte den Saft mehrerer Trauben hinein. Als ich den Kürbis angefüllt hatte, schloss ich die Öffnung wieder, die ich am oberen Teile angebracht hatte, und legte ihn einige Tage lang in die Sonne, bis sich der Traubensaft in starken Wein verwandelt hatte. Dann trank ich jeden Tag davon; er gab mir Kraft und berauschte mich so, dass ich keine Müdigkeit mehr fühlte. Eines Tages wurde ich vom Weine so munter, dass ich anfing zu singen, Verse zu rezitieren, die Hände zusammenzuschlagen, und mit dem Mann hin und her zu hüpfen. Als der Mann die Wirkung bemerkte, die das Getränk auf mich hatte, gab er mir zu verstehen, dass er auch davon trinken wolle; ich reichte ihm daher den Kürbis, den er ergriff und bis auf den letzten Tropfen leerte. Er wurde alsbald sehr heiter, klatschte mit den Händen, hüpfte auf meinen Schultern, seine Beine fingen an, sich zu lockern, er zitterte an allen Gliedern und wurde ganz betäubt; da löste ich ihm seine Beine von meinen Schultern, setzte ihn auf die Erde und freute mich sehr, als ich ihn bald ganz bewusstlos sah. Ich holte dann einen großen Stein zwischen den Bäumen hervor und warf ihn mit aller Kraft auf seinen Kopf, sodass ich ihm den Hirnschädel zerschmetterte und sein Blut sich mit seinem Fleische mischte. Gott eilte mit seiner Seele in die Hölle. (Möge er kein Erbarmen mit ihm haben!)

Ich ging dann wieder ans Ufer des Meeres, ernährte mich von den Früchten der Insel und sah immer auf das Meer hinaus. Groß war meine Freude, als eines Tages ein Schiff heransegelte und an dieser Insel ankerte. Ich ging auf die Mannschaft zu, grüßte sie, man erwiderte meinen Gruß und bald sammelten sich alle Leute vom Schiffe um mich, um zu hören, wie ich hierhergekommen war. Nachdem ich meine ganze Geschichte erzählt hatte, sagte der Kapitän: ›Der Alte, den du erschlagen hast, wird der Scheich des Meeres genannt, noch niemand ist ihm lebendig entkommen, und wer unter ihm umgekommen ist, den hat er gefressen.‹ Man wünschte mir Glück zu meiner Rettung, schenkte mir Lebensmittel und Kleidungsstücke und nahm mich mit auf das Schiff, das nach wenigen Tagen zu einer großen Stadt getrieben wurde.

In der Stadt gab es ein großes Schloss, das von Mauern mit einem eisenbeschlagenen Tore umgeben war. Durch dieses Tor begaben sich abends die Bewohner der Stadt, gingen ans Ufer und bestiegen ihre Boote, auf denen sie mitten im Meere die Nacht zubrachten, aus Furcht vor den Affen. Ich dachte mit Verwunderung darüber nach und erinnerte mich an meine früheren Abenteuer mit den Affen, und gedachte auch meiner Freunde. Während ich so in Gedanken vertieft in der Stadt umherging, segelte das Schiff weiter und ich bereute es, mich davon entfernt zu haben, aber meine Reue konnte mir nichts mehr nützen. Als ein Mann aus dieser Stadt mich so nachdenkend sah, sagte er zu mir: ›Du scheinst hier fremd zu sein.‹ Ich antwortete: ›Allerdings, ich befand mich auf dem Schiffe, das hier geankert hatte, und während ich mich in der Stadt umsah, segelte es weiter und ließ mich zurück; ich bin nun allein, ganz unbekannt mit der Stadt und ihren Bewohnern.‹ Der Mann erwiderte: ›Sei ohne Furcht, geh mit mir auf mein Boot, denn wenn du die Nacht in der Stadt bleibst, kommst du um.‹ Ich folgte ihm und stieg in sein Boot, das sich ungefähr eine Meile weit von der Küste entfernte und erst am Morgen wieder zur Stadt zurückkehrte; denn wer die Nacht über in der Stadt blieb, wurde von den Affen aufgefressen. Den Tag über ging jeder seinem Geschäfte nach. Mich aber fragte der Mann, der mich aufgenommen hatte: ›Verstehst du kein Handwerk?‹ Ich antwortete: ›Bei Gott, ich bin kein Handwerker, ich war ein reicher Kaufmann, trieb Handel, habe aber durch Schiffbruch alles verloren.‹ Ich erzählte ihm dann meine ganze Leidensgeschichte, und als er sie mit großem Erstaunen angehört hatte, sagte er, indem er mir einen baumwollenen Beutel mit Steinen gefüllt überreichte: ›Nimm diesen Beutel und folge mir!‹ Er führte mich dann zu einer Gesellschaft und sagte: ›Hier ist ein fremder Mann, der Schiffbruch erlitten hat und nichts mehr besitzt und kein Handwerk versteht; nehmt ihn mit, lehrt ihn euer Geschäft, vielleicht erwirbt er so viel, dass er damit in seine Heimat zurückkehren kann.‹ Die Leute, denen er mich so empfohlen hatte, hießen mich willkommen. Hierauf sagte der Mann: ›Tu nun, was sie tun, und wenn du zurückkehrst, so komme wieder zu mir.‹ Er verließ mich dann und ich folgte den übrigen, bis wir zu hohen, glatten Bäumen gelangten, auf die kein Mensch hinaufklettern konnte und unter welchen viele Affen lagen. Als die Affen uns sahen, stiegen sie auf die Bäume. Die Leute warfen ihnen Steine aus ihren Taschen nach, worauf die Affen Früchte pflückten und herabwarfen. Als ich die Früchte näher betrachtete, erkannte ich Kokosnüsse, und die Bäume waren Kokosnussbäume, an dessen Früchte man nur auf diese Weise gelangen konnte. Ich nahm dann auch Steine aus meinem Beutel und schleuderte sie gegen die Affen, die mich wiederum mit Nüssen bewarfen, die ich in großer Zahl sammelte. So brachten wir den ganzen Tag zu, abends kehrten wir in die Stadt zurück und ich übergab dem Manne, der mich aufgenommen, was ich gesammelt hatte. Er freute sich und sagte: ›Geh jeden Tag mit den Leuten und bringe, was dir Gott beschert. Vielleicht bringst du so viel Kokosnüsse zusammen, dass du, wenn du sie verkaufst, mit dem Erlös in deine Heimat zurückkehren kannst.‹ Ich dankte ihm und fuhr fort, Nüsse zu sammeln und zu verkaufen und das Geld um mich herumzubinden.

Eines Tages ankerte wieder ein Schiff vor dieser Stadt, auf welchem viele Kaufleute waren, die mit ihren Waren Tauschhandel trieben. Ich ging zu meinem Wirte und sagte ihm, dass ich die Absicht habe, mit dem angekommenen Schiffe abzureisen. Er ging zum Kapitän, mietete mir einen Platz, gab mir noch einige Lebensmittel und nahm Abschied von mir. Ich begab mich daraufhin mit vielen Kokosnüssen auf das Schiff, denn ich hatte nur einen Teil derselben verkauft, auch schenkten mir meine Gefährten noch viele Nüsse. Und so reisten wir von Insel zu Insel, bis wir zu einer großen Stadt kamen. Ich tauschte meine Nüsse gegen Gewürznelken und Pfeffer. Dann kamen wir auf die Insel der Perlensammler, ich gab den Tauchern dort meine übrigen Kokosnüsse und ließ sie für mich untertauchen. Sie brachten viele kostbare Perlen herauf und ich wurde reicher als ich es je war.

Dann reisten wir immer weiter bis nach Basra. Hier hielt ich mich einige Tage auf, um auszuruhen, dann mietete ich ein Schiff und fuhr mit allen meinen Waren weiter nach Bagdad, zu meiner Familie und zu meinen Freunden, von denen ich geglaubt hatte, ich würde sie nie mehr wiedersehen. Nun lebte ich wieder wie früher in Lust und Wonne und vergaß bald alle meine Leiden. Das sind meine Abenteuer der fünften Reise«, so schloss Sindbad seine Erzählung. »Gelobt sei Gott, der mich mit meinen Freunden, worunter auch du, Sindbad der Lastträger, gehörst, wieder vereinigt hat.«

Die Geschichte vom Zauberpferd

Herr, man erzählt:
Es herrschte einmal vor undenklichen Zeiten ein König in Persien namens Sabur. Er war der größte und mächtigste unter allen Herrschern seiner Zeit und besaß unermessliche Länder und Reichtümer. Er war sowohl berühmt wegen seiner schönen Tugenden als auch wegen seiner furchtbaren Macht und Größe. Seine Verwandten liebte er zärtlich, gegen die Fremden war er milde, und nie wurde ein Fall bekannt, dass ein Unterdrückter ihn vergebens um Recht gegen die Gewalt angefleht hätte. Er war Vater von drei Mädchen und einem Sohne.

Dieser König feierte jährlich zwei Feste, Niradj und Mihrdjan. An diesen Festtagen pflegte er alle seine Paläste zu öffnen, Geschenke zu machen, Amnestien zu verhängen, Pförtner und andere Aufseher zu entfernen, sodass alle seine Untertanen freien Zutritt zu ihm hatten, um ihn zu begrüßen, zu beglückwünschen und Geschenke darzubringen. Nun traf es sich an einem dieser Festtage, dass drei äußerst gelehrte und erstaunlich weise Männer mit kostbaren Geschenken in seine Stadt kamen. Sie waren alle drei aus verschiedenen Ländern und sprachen auch verschiedene Sprachen. Der eine war ein Inder, der andere ein Grieche und der Dritte ein Perser. Der Inder ging zuerst zum König, warf sich vor ihm nieder und übergab ihm ein höchst bewundernswertes Geschenk. Es war eine mit kostbaren Edelsteinen verzierte goldene Bildsäule, die ein goldenes Horn in der Hand hielt. Nachdem es der König von allen Seiten genau betrachtet hatte, sagte er zu dem Inder: »Weiser Mann, zu welchem Zweck soll dies dienen?« – »Herr«, erwiderte der Inder, »dies Bildnis hat die Eigenschaft, dass es, wenn ein Spion in die Stadt kommt, sogleich in das goldene Horn stößt. Der Spion wird sogleich zu zittern anfangen und tot niederfallen.« Der König, überrascht von den Worten des Inders, sagte zu ihm: »O Weiser! Wenn du wahr sprichst, so werde ich alle deine Wünsche erfüllen.« Hierauf trat der griechische Weise vor, warf sich dem König zu Füßen und überreichte ihm ein silbernes Becken, in dessen Mitte ein goldener Pfau saß, umgeben von seinen 24 Jungen. Nachdem es der König betrachtet hatte, fragte er den Weisen, was der Zweck dieses Werkes sei. »Herr!«, erwiderte der Grieche, »dieser Pfau hier wird nach jeder Stunde eines seiner Jungen picken und so die Tageszeit anzeigen. Nach einem Monat dann wird er jedes Mal den Schnabel öffnen, und darin wird der Mond erscheinen.« Als der König das hörte, sagte er: »O Weiser, sprichst du wahr, so soll jeder deiner Wünsche erfüllt werden.« Sodann trat der persische Weise hervor, beugte sich zur Erde und überreichte dem König ein Pferd aus Ebenholz, mit Gold und Edelsteinen beschlagen, mit prächtigem königlichen Sattel und Zaum und Steigbügeln. Der König war sehr erstaunt beim Anblick dieses kunstreich gebildeten Pferdes und fragte, wozu dieses leblose Pferd diene. »Mein Gebieter!«, antwortete der Weise, »dieses Pferd legt mit seinem Reiter in einem Tag eine Strecke von einem Jahr zurück, denn es steigt durch die Luft.« Der König war im höchsten Grade erstaunt über das Zusammentreffen dieser drei Wunder an einem Tage und sagte zu dem Perser: »Bei dem erhabenen Gott, wenn du die Wahrheit gesprochen hast, so gewähre ich dir im Voraus jede Bitte, die du mir vorbringen magst.« Er bewirtete dann die Weisen drei Tage lang, um ihre Gaben zu prüfen. Jeder brachte sein Werk mit und machte den König mit dessen Bewegungen bekannt. Das Bildnis stieß alsbald ins Horn, der Pfau pickte die Jungen und der Weise schwang sich aufs Pferd, stieg in die Höhe und ließ sich wieder herunter. Der König geriet beinahe außer sich vor Freude und sagte zu den Weisen: »Ihr habt eure Versprechen erfüllt und die Wahrheit eurer Worte durch die Tat bewiesen; nun ist es an mir, auch mein Versprechen in Erfüllung gehen zu lassen. Fordere jeder von mir, was er will, er soll es auf der Stelle haben.« – Die Weisen hatten von den drei Töchtern des Königs gehört, sie sagten daher: »Wenn der König mit uns zufrieden ist, unsere Geschenke annimmt und uns erlaubt, etwas zu erbitten, so möchten wir, dass der König uns seine drei Töchter gebe und uns zu seinen Schwiegersöhnen annehme.« Der König sagte: »Ich werde eurer Bitte willfahren«, und ließ sogleich beim Kadi die Ehe-Kontrakte abfassen.

Die Prinzessinnen aber hatten währenddessen hinter einem Vorhang dem Schauspiel zugesehen, und als die jüngste ihren künftigen Gemahl, den Perser, betrachtete, entdeckte sie, dass er ein hundertjähriger Greis war, mit einer Stirne voll Runzeln und Falten, mit borstigem Haupthaare, während die Haare der Augenbrauen und des Bartes ausgefallen waren. Seine Augen waren rot und triefend, seine Wangen abscheulich gelb und eingefallen, er hatte eine Nase wie eine Gurke, seine Zähne waren teils ausgefallen, teils locker, seine Lippen blau und lappig wie Kamelnieren, und seine ganze Haut eingeschrumpft und lederfarben. In der Tat, er war ein Wunder an Hässlichkeit. Das Mädchen aber war das schönste und liebenswürdigste ihrer Zeit; niedlicher als eine Gazelle, zarter als ein Zephyr, übertraf sie den Mond an Glanz und milder Schönheit und beschämte alle Baumzweige, wenn sie sich sanft wiegte. Sie war schöner und anmutiger als ihre Schwestern.

Als diese Prinzessin nun ihren Bräutigam sah, eilte sie in ihr Gemach, streute Erde auf ihr Haupt, zerriss ihre Kleider und fing an, sich unter lautem Weinen und Wehklagen Gesicht und Brust zu zerschlagen. Ihr Bruder, der sie weit mehr als seine anderen Schwestern liebte, kam eben von einer Reise zurück. Wie er nun ihr Geschrei und Weinen hörte, eilte er zu ihr hin, schlug sich an die Brust und fragte sie, was ihr denn zugestoßen sei? Sie sagte: »Wisse, teurer Bruder! Mein Vater hat mich mit einem Zauberer verlobt, der ihm ein schwarzes hölzernes Pferd geschenkt und ihn mit seiner Zauberkunst überlistet hat. Ich aber mag diesen Alten nicht, ich will nicht seinetwillen auf die Welt gekommen sein.« Ihr Bruder sprach ihr Trost und Mut zu, verließ sie dann und eilte zu seinem Vater, den er fragte: »Wer ist der Zauberer, mit welchem du meine jüngste Schwester verlobt hast, und was hat er dir für ein Geschenk gebracht, dass du seinetwillen deine Tochter vor Gram sterben lassen willst? Das soll nicht sein!« Der Weise, der diese Rede mit anhörte, grimmte in seinem Herzen dem Prinzen. Der König aber sprach zu seinem Sohne: »Wenn du das Pferd und seine Kunst gesehen hast, so wirst du vor Erstaunen fast den Verstand verlieren.« Er befahl dann den Dienern, es herbeizuführen, und als der Prinz es sah, gefiel es ihm, und da er ein guter Reiter war, schwang er sich sogleich in den Sattel und stieß ihm die Steigbügel in den Leib. Als sich aber das Pferd nicht von der Stelle bewegte, sprach der König zu dem Weisen: »Geh und zeige ihm, wie man es in Bewegung setzt, dann wird er sich wohl deinem Wunsche nicht mehr widersetzen.« Der Weise, der mittlerweile einen tödlichen Hass auf den Prinzen bekommen hatte, ging zu ihm hin, und zeigte ihm einen Wirbel an der rechten Seite des Pferdes, welcher dazu diente, das Pferd steigen zu lassen, und verließ ihn. Der Prinz rieb den Wirbel und nun stieg das Pferd mit ihm in die Höhe und flog mit so reißender Schnelligkeit dahin, dass er bald nicht mehr gesehen wurde. Der König ward besorgt um seinen Sohn und fragte den Weisen: »Wie kann er nun aber das Pferd wieder zur Erde lenken?« »Herr«, versetzte der Weise, »diese Kunst besitze ich nicht, auch ist's seine und nicht meine Schuld, wenn du ihn bis zum Auferstehungstag nicht mehr wiedersiehst. Aus Dünkel und Hochmut verschmähte er, mich zu fragen, auf welche Weise das Pferd dazu gebracht wird, wieder nach unten zu fliegen, und ich selbst dachte im Augenblick nicht daran, es ihm zu sagen.« Der König geriet über diese Worte in so heftigen Zorn, dass er den Weisen schlagen und einsperren ließ. Er selbst riss die Krone von seinem Haupt, schlug sich ins Gesicht und auf die Brust, jammerte und weinte. Die Tore des Palastes wurden geschlossen und alle Festlichkeiten eingestellt. Nicht allein der König, seine Gemahlin und Töchter waren von diesem großen Unglück schmerzlich berührt, sondern auch alle Stadtbewohner teilten den Kummer über den Verlust des Prinzen. So war auf einmal Lust in Trauer und Glück in Unglück verwandelt und aus einem Freudentage ein Trauertag geworden.

Der Prinz war indessen von dem Pferd bis in die Nähe der Sonne emporgetragen worden, er war dem Tode nahe und darauf gefasst, zwischen den Himmelskörpern umzukommen. Da dachte er: Wenn ich doch sterben muss, so will ich wenigstens sehen, ob der, der den Wirbel zum Aufsteigen gemacht, nicht auch einen gemacht hat, der das Pferd dazu bringt, dass es wieder hinabfliegt. Der Prinz war nämlich ein kluger und scharfsinniger Mann. Er streckte seine Hand zur linken Seite des Pferdes aus und fand einen zweiten Wirbel, den er sogleich rieb. Augenblicklich senkte sich das Pferd nieder; und als er wieder rieb, erblickte er bald die Erde wieder und war außer sich vor Freude und dankte Gott für seine Rettung. Dann rieb er wieder den rechten Wirbel ein wenig und flog in geringer Höhe weiter. Als es Abend war, erblickte er eine blühende Ebene, durch die murmelnde, silberklare Bäche flossen, wo herrliche Blumen standen und muntere Gazellen umhersprangen. Gleich darauf sah er eine große Stadt, mit einer festen Zitadelle, Türmen und hohen Mauern; und auf der anderen Seite der Stadt war ein hohes, großes und festes Schloss, um welches er vierzig gepanzerte Sklaven mit Schwertern und Lanzen bewaffnet umhergehen sah. Er dachte bei sich selbst: O wüsste ich doch nur, in welchem Lande ich mich befinde. Nach einigem Nachdenken entschloss er sich, die Nacht auf der Terrasse des Schlosses zuzubringen und sich nach und nach mit den Bewohnern desselben anzufreunden. Die Nacht war schon hereingebrochen, als das Pferd auf der Terrasse landete und er äußerst hungrig und durstig abstieg. Er untersuchte die Terrasse von allen Seiten, bis er endlich eine Treppe fand, die in das Innere des Schlosses hinabführte. Er stieg die Treppe hinunter und kam auf einen Platz vor der Türe des Schlosses; hier sah er sich überall um und bemerkte ein Licht, das aus dem Innern des Schlosses schimmerte. Als er darauf zuging, kam er an eine Türe, vor welcher ein Sklave schlief. Zu seiner Seite brannte ein Licht und lag ein Schwert, das wie eine Feuerflamme funkelte; der Prinz zauderte einige Augenblicke, bald aber fasste er sich und näherte sich dann auf Zehenspitzen dem Schlafenden und zog ihm das Schwert aus der Scheide. Damit ging er vorwärts, ohne zu wissen, was die Bestimmung über ihn verhängen werde. Bald erblickte er wieder eine Türe, welche mit einem Vorhang bedeckt war. Er ging darauf zu, hob den Vorhang und trat in das Zimmer, in dem ein Thron aus weißem Elfenbein stand, mit Perlen, Rubinen und anderen Edelsteinen besetzt. Und an dessen Fuße lagen vier schlafende Sklavinnen. Er näherte sich dem Thron, um zu sehen, wer auf ihm liege, und fand ein schlafendes Mädchen, schön wie der leuchtende Mond, von ihren langen Haaren umwallt. Er bewunderte ihre Schönheit und Anmut, ihren Wuchs und ihr Ebenmaß. Ihre Stirne leuchtete wie der Mond, ihre Wangen, von einem zarten Male angehaucht, glichen Anemonen. Als der Prinz sie sah, kümmerte er sich nicht mehr um Gefahr und Tod. Er näherte sich ihr zitternd und bebend und küsste sie auf ihre rechte Wange. Sie erwachte sogleich, öffnete ihre Augen und blickte den Prinzen an und sagte zu ihm: »Wer bist du, Jüngling, und woher kommst du?« Er antwortete: »Ich bin dein Sklave und dein Geliebter.« »Wer aber hat dich hierher gebracht?«, fragte die Prinzessin weiter. »Mein Gott und mein Schicksal«, erwiderte der Prinz.

Die Prinzessin, dessen Vater sie mit einem der vornehmsten Männer der Stadt verlobt hatte, glaubte, der Prinz sei ihr Verlobter. Sie betrachtete ihn näher und da er schön wie der leuchtende Mond war, breitete sich über ihr Herz das Netz der Liebe wie ein flammendes Feuer aus und sie begann sich mit ihm traulich zu unterhalten. Plötzlich erwachten die Sklavinnen und als sie den Prinzen neben ihrer Herrin sitzen sahen, riefen sie: »O Herrin!

Wer ist denn der junge Mann, der bei dir ist?« – »Ich weiß es nicht«, antwortete die Prinzessin. »Ich habe ihn so bei mir gefunden, als ich erwachte. Ohne Zweifel ist es mein Verlobter.« Die Sklavinnen aber sagten: »O Herrin, beim erhabenen Gott! Dein Verlobter kann nicht einmal dieses Mannes Diener sein.« Und mit diesen Worten gingen sie zu dem noch immer schlafenden Sklaven, weckten ihn auf und riefen ihm zu: »So bewachst du das Schloss, dass Leute hereinkommen, während wir schlafen?« Als der Sklave dies hörte, sprang er erschrocken auf und wollte nach seinem Schwert greifen; da er es aber nicht mehr fand, ging er voller Angst zu seiner Herrin. Sowie er den Prinzen neben der Prinzessin sitzen sah, rief er ihm entgegen: »Wer hat dich hierher gebracht, du Betrüger! Du Dieb! Du Niedriggeborener!« Bei diesen Schimpfreden sprang der Prinz mit dem Schwert in der Faust wie ein Löwe auf, aber der Sklave entfloh und eilte zitternd und bebend in die Gemächer des Königs und erzählte ihm, was vorgefallen war. Der König erschrak, ergriff sein Schwert und sagte zu dem Sklaven: »Wehe dir, du Hund, was ist das für eine schlimme Nachricht?« »Herr«, erwiderte der Sklave, »der Schlaf hat uns überwältigt und als wir erwachten, sahen wir auf einmal einen Mann von vornehmem Aussehen und schöner Gestalt neben meiner Gebieterin sitzen. Weder ich noch eine der Sklavinnen konnten begreifen, wie er hereingekommen, ob er von oben oder von unten gekommen ist.« Der König eilte selbst in die Gemächer der Prinzessin, um diesen Vorfall zu untersuchen. Als er in ihr Zimmer trat und den Prinzen neben seiner Tochter sitzen sah, geriet er in eine unglaubliche Wut; er zog sein Schwert, drang auf ihn ein und wollte ihm den Kopf spalten. Der Prinz aber erhob sich vom Thron, streckte ihm sein Schwert entgegen und sagte: »Beim erhabenen Gott! Wäre mir dies Haus nicht durch meinen Eintritt heilig, so würde ich dich denen, die in deiner Väter Gruft liegen, nachsenden!«

Der König sagte: »Wer bist du, Betrüger? Und wer ist dein Vater, dass du es wagst, in solchem Tone mit mir zu reden und meine Tochter in ihrem Schlosse zu überfallen? Weißt du nicht, dass ich der größte König der Erde bin? Bei dem erhabenen Gott, ich will dich der Welt zum Beispiel und Schrecken den martervollsten Tod sterben lassen, du Dieb! Du Niedriggeborener!« Der Prinz lächelte und sagte: »Herr! Du setzt mich in Erstaunen durch deinen schwachen Verstand und dein grobes Benehmen! Könntest du dich auch meiner bemächtigen und mich umbringen lassen, was würde es dir nützen? Würden da die Leute nicht sagen, ›der König hat einen jungen Mann bei seiner Tochter gefunden und ihn töten lassen.‹ So würde Spott und Schande über dich kommen, und kein Mensch würde mehr Ehrfurcht vor dir haben. Übrigens sind wir auch Könige und Söhne von Königen, und wenn wir wollten, wäre es uns ein Leichtes, dich vom Throne ins Verderben zu stürzen! Doch Gott sei davor, dass je etwas Böses von mir bekannt werde. Kannst du übrigens deiner Tochter einen besseren Mann wünschen? Wenn sie Prinzessin ist, so bin ich ein Sohn des Königs von Persien!« Der König fragte ihn: »Warum aber bist du nicht, wie es Sitte ist, zu mir gekommen und hast um sie angehalten?« Der Prinz erwiderte: »Was geschehen ist, ist geschehen. Doch will ich dir einen Vorschlag machen. Lass von deinen Truppen versammeln, so viel du willst, und ich will ganz allein gegen sie kämpfen. Werde ich besiegt, so geschieht es, weil ich eine Schuld begangen habe, schlage ich sie aber in die Flucht, so wird man mich wohl nicht mehr mit Geringschätzung behandeln.« Der König war sehr zufrieden mit dem Vorschlag. »Es sei so!«, sprach er, versammelte, sobald der Tag anbrach, seine Truppen und stellte sie in Schlachtordnung. Dann befahl er, den Prinzen herbeizuführen und ihm ein Pferd und Waffen zu bringen. Der Prinz aber sagte: »Ich will mein eigenes Pferd besteigen. Befehle nur, dass man es von der Terrasse, wo es angebunden ist, herabhole.« Als das Pferd herbeigeführt wurde, bewunderte der König dessen Schönheit und künstliche Arbeit. Der Prinz bestieg es und die Truppen umringten ihn von allen Seiten, um ihn zu erschlagen. Der Prinz drehte den Wirbel an der rechten Seite des Pferdes, und augenblicklich erhob es sich in die Luft wie ein Vogel. Der König rief immer: »Ergreift ihn!« Die Soldaten aber sagten: »O König, wen sollen wir ergreifen? Bei dem erhabenen Gott, der ist ein Teufel, ein abtrünniger Geist! Gelobt sei Gott, der dich von ihm befreit hat.« Der König und seine Truppen kehrten verwirrt und betäubt ins Schloss zurück. Der König ging in die Gemächer der Prinzessin und erzählte ihr das Vorgefallene, dann schimpfte er über den Prinzen und sagte: »Gott verdamme diesen schlechten, betrügerischen Zauberer!« Der König glaubte nämlich, durch solche Reden seine Tochter trösten zu müssen, und ahnte nicht, dass ihr Herz für den Prinzen in Liebe entbrannt war. Als er aber die Tränen sah, die aus ihren Augen quollen, versuchte er sie zu beruhigen und verließ sie. Die Prinzessin aber brach nun in lautes Weinen und Jammern aus, und konnte weder essen noch trinken noch schlafen.

Der Prinz Kamr al Akmar (Mond der Monde, so hieß er) durchflog indessen die Luft, bis er in das Land seines Vaters kam. Er ließ sich auf der Terrasse seines väterlichen Schlosses nieder und stieg vom Pferde. Er eilte in die inneren Gemächer nach seiner Gewohnheit, und hier fand er seinen Vater, seine Mutter und Schwestern in Trauerkleider gehüllt, mit bleichen, schmerzentstellten Gesichtern. Sein Vater sah ihn zuerst; er stieß einen lauten Schrei aus und fiel in Ohnmacht. Doch als er nach einer Weile wieder zu sich kam, drückte er seinen Sohn an seine Brust. Die Königin und die Prinzessinnen stürzten auf ihn zu, umarmten und küssten ihn und fragten ihn unter Tränen, wie es ihm ergangen sei. Er erzählte ihnen alles, was ihm begegnet war, von Anfang bis zum Ende. Als er seine Erzählung beendet hatte, sagte sein Vater: »Gelobt sei Gott, der Erhabene, für deine Rettung; du Freude meines Auges und Leben meines Herzens!« Die Nachricht flog schnell durch die Stadt und verbreitete überall Jubel und Freude. Man schlug Trommeln und Pauken und tauschte die Trauerkleider mit Freudenkleidern. Die Stadt wurde festlich geschmückt und die Leute drängten sich herbei, um dem König Glück zu wünschen. Dieser ordnete große Festlichkeiten an, erließ alle Strafen und ließ alle Gefangenen frei. Als die öffentlichen Festlichkeiten zu Ende waren, begab sich der König mit seinem Sohn ins Schloss. Da sie nun so bei Tische saßen und aßen und tranken und sich belustigten, ergriff eine schöne Sklavin die Laute, schlug die Saiten und rezitierte sehnsüchtige Liebes-Verse. Als der Prinz diese Verse hörte, ward sein Herz ganz entzündet von der Flamme der Sehnsucht. Schmerz und Trauer überwältigten seine Seele, er verließ heimlich seinen Vater, bestieg das Pferd aus Ebenholz und flog auf ihm fort, bis er das Schloss der Prinzessin erblickte. Dort landete er wieder auf der Terrasse und stieg dieselbe Treppe wie vorher hinab, wo er auch den Sklaven, wie das erste Mal, schlafend fand. Leise ging er an ihm vorbei auf den Vorhang zu, der die Türe des Schlafgemachs der Prinzessin bedeckte. Er blieb ruhig hinter dem Vorhang stehen und lauschte. Er hörte die Prinzessin laut weinen und jammern und Verse rezitieren, immer wieder von Neuem, bis sie endlich einschlief. Des Prinzen Herz pochte heftig und seine Brust war beklommen. Er trat in das Zimmer und ging zu dem Thron, wo die Prinzessin lag und zog sie an der Hand. Die Prinzessin erwachte sogleich bei dieser Berührung, und wie sie die Augen aufschlug, sah sie den Prinzen vor sich stehen. Der Prinz sagte zu ihr: »Warum weinst du und bist so traurig?« Als sie ihn erkannte, sprang sie auf, fiel ihm um den Hals, küsste ihn und sagte: »Deinetwegen, weil ich von dir getrennt bin.« Der Prinz sagte: »Lass das Geschehene, ich bin jetzt sehr hungrig und durstig.«

Sie ließ sogleich Speisen und Getränke auftragen und unterhielt sich dann mit ihm bis tief in die Nacht hinein. Als der Morgen anbrach, stand er auf, um Abschied von ihr zu nehmen, ehe der Sklave erwachte. Schems ulnahar (so hieß sie) fragte ihn: »Wohin gehst du?« – »Zu meinem Vater«, sagte er, »doch verspreche ich dir, jede Woche einmal zu dir zu kommen.« Sie aber sagte: »Ich beschwöre dich bei dem erhabenen Gott, nimm mich mit dir, wohin du auch gehen magst, und lass mich nicht ein zweites Mal die Bitterkeit der Trennung kosten.« Der Prinz fragte: »Willst du mit mir ziehen?«, und als sie mit einem Ja antwortete, sagte er: »So erhebe dich, damit wir abreisen können.« Schems ulnahar eilte sogleich zu einer Kiste und zog die kostbarsten, mit Gold und Juwelen besetzten Gewänder an. Dann gingen sie leise, ohne dass die Mädchen etwas merkten, hinaus, kamen auf die Terrasse und stiegen beide auf das Ebenholzpferd. Der Prinz rieb den Wirbel, worauf das Pferd wie ein Vogel durch die Lüfte flog, bis sie sich über der Hauptstadt des Königs von Persien befanden. Dort ließ der Prinz das Pferd in einem Garten außerhalb der Stadt langsam landen, hob die Prinzessin herunter, führte sie in ein Lusthaus und sagte: »Bleibe du einstweilen hier, ich will zu meinen Eltern gehen und sie von deiner Ankunft benachrichtigen. Die Wesire und die ganze Armee sollen dir entgegeneilen und mit Pracht und Glanz vor dir herziehen.« Hierauf eilte er zu seinem Vater und erzählte ihm sein ganzes Abenteuer. Der König und die Königin freuten sich sehr und man gab sogleich den Befehl, alle zusammenzurufen und alle Leute strömten hinaus Richtung Garten.

Der persische Weise, den der König bei der ersten Rückkehr des Prinzen wieder freigelassen hatte, hielt sich gewöhnlich beim Gärtner auf und ging oft im Garten ein und aus. So traf es sich denn, dass er an dem Tage, an dem der Prinz mit der Prinzessin ankam, sein Pferd und den Prinzen erkannte und die Prinzessin sah. Er näherte sich dem Lusthaus und dachte: Bei dem erhabenen Gott, dieser junge Mann hat mein Herz in Flammen gesetzt wegen seiner Schwester, ich will ihm jetzt Gleiches mit Gleichem vergelten und dieses Mädchen mit meinem Pferd zugleich entführen. Er klopfte sogleich an die Tür des Gemachs, und als die Prinzessin fragte, wer da sei, antwortete er: »Dein Sklave und dein Diener. Dein Herr schickt mich zu dir und lässt dich bitten, mir zu folgen. Ich soll dich auf dem Pferd der Stadt näher bringen, weil meine Herrin, die Königin, nicht so weit gehen kann und sich doch so sehr darauf freut, dich zu sehen und zu begrüßen.« Die Prinzessin zweifelte nicht an der Wahrheit dieser Botschaft und öffnete die Türe. Wie sie aber seine hässliche Gestalt sah, sagte sie: »Hat meine Herrin keinen feineren Diener als dich, um mich zu ihr zu bringen?« Der Perser antwortete: »Meines Herrn Sklaven sind alle einer schöner als der andere, aber aus Eifersucht wählte er mich, denn ich bin einer seiner ältesten Diener.« Die Prinzessin fand dies alles wahrscheinlich. Sie schwang sich aufs Pferd, der Perser setzte sich hinter sie, rieb den Wirbel, so dass sich das Pferd in die Lüfte schwang und Richtung China flog.

Zur gleichen Zeit brach der Empfangszug vom Palast her auf. Unter dem Schall von Trommeln, Pauken und Trompeten zog der Prinz mit seinem Vater, seiner Mutter, den Wesiren, an der Spitze der Truppen in den Garten ein. Der Prinz trat zuerst in das Lusthaus, um seine geliebte Prinzessin zu holen, als er aber das Gemach leer fand, warf er seinen Turban auf die Erde und schlug sich ins Gesicht und auf die Brust. Als er den Gärtner bemerkte, schrie er ihn an: »Du Betrüger, wo ist die Prinzessin, was hast du mit ihr gemacht? Sage mir die Wahrheit oder ich schlage dir den Kopf vom Rumpfe!« Der Gärtner, der in der größten Verlegenheit war, sagte: »Mein Herr! Du sprichst da von etwas, wovon ich gar nichts weiß. Bei meinem Leben und dem geehrten Barte deines Vaters! Ich weiß nicht, was du meinst und habe nichts gesehen von dem, weshalb du mich in Verdacht hast.« Der Prinz fragte dann den Gärtner, wer heute in den Garten gekommen sei. Dieser antwortete: »Niemand außer dem persischen Weisen.« Der Prinz wusste, als er dies hörte, dass der persische Weise die Prinzessin entführt hatte. Er geriet ganz außer sich und schämte sich auch vor den Leuten. Nach einigem Nachdenken sagte er zu seinem Vater: »Gehe du mit den Truppen in die Stadt zurück, ich weiche nicht von hier, bis ich im Klaren über diese Sache bin.« Sein Vater schlug sich weinend auf die Brust und sagte: »Mein Sohn! Fasse dich und tröste dein Herz. Und wähle dir eine Prinzessin zur Gattin von allen Prinzessinnen der Erde.« Der Prinz aber antwortete nicht, sondern ließ ihn allein in die Stadt zurückkehren. Und so ward die Freude wieder in Trauer verwandelt.

Der persische Weise lenkte derweilen das Zauberpferd in China zur Erde und stieg mit der Prinzessin in einer grünen Ebene unter einem Baum an einer Quelle ab. Als sie sich dort niedergelassen hatten, fragte die Prinzessin: »Wo ist dein Herr und wo ist sein Vater und seine Mutter?« Er antwortete: »Gott verdamme sie alle. Jetzt bin ich dein Herr. Dies Pferd hier gehört mir, ich habe es gemacht. Glaube nur nicht, dass du den Prinzen je wiedersehen wirst. Ich bin besser als er und werde jeden deiner Wünsche befriedigen und dich kleiden, wie du es verlangst. Ich bin ein reicher Mann und besitze nicht nur viele Sklaven und Sklavinnen, sondern auch viele Güter, und mein Einkommen ist unermesslich.« Er scherzte dann mit ihr und versuchte, sich bei ihr einzuschmeicheln, aber sie stieß ihn weit von sich weg und fing an zu seufzen und zu weinen. Der Weise schlief derweilen am Boden ein. (Möge Gott ihn nie wieder aufrichten!)

Durch die Bestimmung des erhabenen Gottes traf es sich nun, dass der König von China gerade in jener Gegend jagte, und da ihn große Hitze sehr durstig machte, suchte er diese Quelle unter dem Baume auf, um seinen Durst zu löschen und auszuruhen. Als er hier ein weinendes Mädchen sah, mit einem Pferde an der Seite, während der Weise auf der anderen Seite hingestreckt lag, bewunderte er ihre Schönheit und ward ganz entzückt von ihr. Als er sie eine Weile betrachtet hatte, stieß er den Weisen mit dem Fuße, bis er sich erhob, dann fragte er ihn, wer das Mädchen sei, das er mit sich führe? Er antwortete: »Sie ist meine Frau.« Die Prinzessin sprang bei diesen Worten auf und sagte: »Er lügt, o Herr! Er ist ein listiger Zauberer, der mich durch List und Verrat gestohlen hat.« Der König von China sagte: »Führt diesen Alten sogleich gefesselt ins Gefängnis.« Die Diener des Königs vollstreckten diesen Befehl. Der König kehrte dann an ihrer Seite zur Stadt zurück und fragte sie unterwegs, was denn das für ein Pferd sei. Die Prinzessin antwortete: »O Herr! Auf dem hölzernen Pferde ritt er vor den Leuten und machte allerlei Kunststücke darauf.« Wie der König das hörte, befahl er seinen Dienern, das Pferd in die Schatzkammer zu führen. Er gab die Jagd auf und sagte: »Wir sind ausgezogen, um wilde Tiere zu jagen und haben dafür eine menschliche Gazelle gefangen.« Er war sehr heiter und vergnügt, und als er in seinen Palast kam, ließ er der Prinzessin ihr Gemach anweisen, und noch am selben Abend ging er zu ihr, um ihr seine Hand anzubieten. Die Prinzessin stellte sich aber wahnsinnig. Sie schlug die Hände zusammen, stampfte mit den Füßen und zerriss unter wildem Schreien ihre Kleider. Der König verließ höchst verwirrt und betrübt über diesen Krankheitsanfall ihr Gemach, stellte Frauen zu ihrer Bedienung auf und verschwendete viel Geld an Ärzte und Astrologen, die die Prinzessin von ihrer Verstandesverwirrung heilen sollten.

Während das mit der Prinzessin vorfiel, wanderte der Prinz von einem Land zum anderen und durchstreifte alle Städte, bis ihn der Allwissende und Allhörende wie durch einen Zufall nach China führte. Er kam in die Hauptstadt und als er die Bazare und öffentlichen Plätze besuchte, um zu hören, worüber die Leute sich unterhalten, hörte er mehrere Leute auf dem Bazar von dem König und einem Mädchen sprechen, das man allgemein bedauerte. Er näherte sich den Leuten und ersuchte sie, ihm diese Begebenheit mitzuteilen. »Wisse«, sagte der eine von ihnen, »unser König ging vor einiger Zeit auf die Jagd, da sah er ein schönes Mädchen mit einem alten Manne und neben ihnen stand ein Pferd von schwarzem Holz. Als der König den Alten nach dem Mädchen fragte, sagte dieser: »Sie ist meine Frau.« Das Mädchen aber schrie: »Bewahre Gott, er lügt und ist ein Zauberer, der mich listigerweise aus meines Vaters Hause entfernt hat.« Der König ließ den Alten ins Gefängnis werfen, das hölzerne Pferd befahl er in seine Schatzkammer zu führen. Das Mädchen aber nahm er mit sich ins Schloss und wollte sie heiraten. Da ward das Mädchen plötzlich verrückt und besessen. Seit einem Jahr wendet der König alles für Ärzte und Astrologen auf, aber noch hat sich keiner gefunden, der ihr hätte helfen können.« Als der Prinz diese Erzählung hörte, war er außer sich vor Freude. Sodann verkleidete er sich als Astrologe und nahm eine Schachtel mit einer Hand voll Sand und ein altes Buch von feinem Pergament unter den Arm; zudem nahm er in die eine Hand einen Stock, in die andere einen Rosenkranz und ging, wie die Astrologen pflegen, die Perlen des Rosenkranzes abzählend, langsam einher und schrie: »Glück unserm Quartier und dem eurigen!« So kam er an das Tor des Palastes, wo er zum Pförtner sagte: »Ich möchte, dass du dem König sagst: ›Ein weiser Sterndeuter ist aus Persien gekommen, er hat die Geschichte deiner Sklavin gehört und will sie heilen.‹« Der Pförtner eilte schnell ans Tor und führte den Prinzen zum König. Dieser benahm sich ganz wie ein echter Sterndeuter, sprach viel Vernünftiges und Verständliches, und murmelte eine Menge Worte durcheinander, die keiner der Anwesenden verstehen konnte, er grüßte dann den König und neigte den Kopf zur Erde. Der König sagte zu ihm: »O Weiser, ich habe ein Mädchen, das seit einem Jahre mit den Händen schlägt und mit den Füßen stampft. Wenn du sie heilst, so gebe ich dir, was du begehrst.« Der Prinz sagte: »Führe mich zu ihr, damit ich die Ursache ihrer Krankheit erforsche und sehen kann, zu welcher Klasse von Geistern der gehört, der in ihr haust.« Der König befahl sogleich dem Oberstkämmerer, den verkleideten Prinzen in die Gemächer der Prinzessin zu führen, damit er ihren Zustand untersuche. Als der Prinz vor die Türe ihres Zimmers kam, hörte er, wie sie unter vielen Tränen Verse rezitierte. Sein Herz entbrannte um ihretwillen und er trat schnell in das Zimmer, in welchem sie mit geschlossenen Augen ganz entstellt von brennender Liebe lag und sagte: »Gott möge dich aus diesem Zustande retten, Schems ulnahar! Mit der Hilfe des Allmächtigen ist die Erlösung da! Ich bin Kamr al Akmar!« Als sie seine Stimme hörte und ihn erkannte, erhob sie sich, schlang ihre Arme um seinen Nacken und küsste ihn; dann fragte sie den Prinzen, wie er denn zu ihr habe kommen können. Er aber antwortete ihr: »Es ist jetzt keine Zeit für lange Gespräche, denn der Oberstkämmerer steht im Vorgemach, und ich weiß noch nicht, auf welche Weise ich dich befreien soll. Indessen will ich einen Versuch machen, ob es nicht durch List geschehen kann. Ist das nicht möglich, so eile ich zu meinem Vater zurück und werde dann an der Spitze aller Truppen nach China kommen und Krieg mit ihm führen, Gott wird dann nach seinem Willen beschließen.« Daraufhin verließ er sie, ging zum König zurück und sagte: »Herr! Ich will dir ein Wunder zeigen!« Der König erhob sich sogleich und ging mit Kamr al Akmar zur Prinzessin. Diese fing sogleich an zu schreien und zu schäumen, stampfte mit den Füßen und schlug mit den Händen. Hierauf ging der Prinz auf sie zu, murmelte seine Beschwörungen her und schäumte und blies ihr ins Gesicht, biss sie ins Ohr und flüsterte ihr zu: »Stehe jetzt mit Würde auf, gehe zum König hin, küsse ihm die Hand und zeige dich ihm gefällig.« Als der verkleidete Prinz das Ohr der Prinzessin losließ, sank sie wie ohnmächtig nieder und blieb einige Augenblicke so liegen; dann stand sie auf wie eine vom Schlaf Erwachte, näherte sich dem König, küsste voll Ehrerbietung seine Hand und sagte: »Willkommen, mein Herr und König! Ich bin erstaunt darüber, dass du deine Sklavin heute besuchst.« Der König war außer sich vor Freude, als er diese Worte hörte, welche mit einer süßen Stimme gesprochen wurden. Er wendete sich dann zu dem Prinzen und sagte: »Wünsche dir etwas, ich gewähre dir deine Bitte im Voraus.« Der Prinz entgegnete: »Herr! Die Zeit der Wohltat ist noch nicht da, denn ich fürchte sehr, dass die Krankheit des Mädchens wieder ausbricht. Ich wünschte«, fuhr der Prinz fort, »dass sie von zehn Sklavinnen ins Bad getragen werde. Sie darf aber nicht mit dem Fuß den Boden berühren. Dann lass ihr den kostbarsten Schmuck von Edelsteinen umhängen, damit ihr Herz seinen Kummer vergisst und ihr Gemüt sich erfreut. Ist das alles geschehen, so lass sie außerhalb der Stadt an den Ort bringen, wo du sie gefunden hast. Denn dort ist der böse Geist in sie gefahren.« Als der König diese Worte des Prinzen hörte, sagte er ihm: »Gott grüße dich, o Künstler, o Philosoph, ich habe noch keinen so geschickten Arzt gefunden. Wie mochtest du nur wissen, dass ich das Mädchen außerhalb der Stadt gefunden habe?« Er ließ sogleich die Befehle des Prinzen ausführen und kleidete sie mit einem Schmuck, der eine ganze Schatzkammer wert war. Dann trug man sie unter den Baum, wohin sich auch der König mit den Wesiren und seinen Truppen sowie mit dem Prinzen begab. Dieser murmelte Beschwörungen, blickte bald gen Himmel, bald zur Erde, und ließ Räucherwerke bereiten. Nach einer Weile hob er den Kopf in die Höhe, trat zu dem König und sagte: »Herr! Mir ist klar geworden, dass der Teufel, der in dieses Mädchen gefahren ist, seinen eigentlichen Sitz im Leibe eines Tieres aus schwarzem Ebenholz hat. Wird nun dieses Tier nicht gefunden, und kann ich dem bösen Geist nicht auflauern, so wird das Mädchen jeden Monat von ihm befallen.« Bei diesen Worten des Prinzen sagte der König: »Du bist ein göttlicher Mann und Meister aller Weisen und Philosophen! Du hast bei Gott Recht, denn ich sah mit eigenen Augen, wie neben dem Mädchen und dem alten Räuber ein Pferd von schwarzem Ebenholz stand, das vielleicht das Tier ist, von dem du sprichst.« Der König gab sogleich die nötigen Befehle, und nach kurzer Zeit ward das Pferd herbeigeführt. Der Prinz untersuchte es aufs Genaueste, um sich zu überzeugen, dass es unbeschädigt war, dann befahl er, das Räucherwerk anzuzünden. Hierauf zog er eine Hand voll zerschnittenes Papier aus seinem Turban und sagte: »Sobald ich auf dem Pferde sitze, so setzt das Mädchen hinter mich und werft dieses Papier in die Flammen. Wenn dem Pferd dieser Geruch in die Nase kommt, wird es das Maul und die Nüstern aufsperren, um ihn einzusaugen, und dann wird der Teufel aus seinem Leibe fahren, sobald ich diesen Wirbel drehe.« Man befolgte genau seine Befehle und sobald das Mädchen hinter ihm saß, drehte er den Wirbel und das Pferd erhob sich mit ihm und der Prinzessin wie ein Vogel. Der König rief zu seinen Leuten: »Haltet sie! Haltet sie!« Als sie ihn aber davonfliegen sahen, sagten sie: »O Herr! Was ist da zu tun? Das ist ein Teufel oder ein böser Geist!« Der König aber, der noch in die Luft starrte, als schon längst jede Spur von dem Pferd verschwunden war, schrie plötzlich laut auf und fiel in Ohnmacht. Als er wieder zu sich kam, sagte er: »Es gibt keine Macht und keinen Schutz außer bei Gott, dem Erhabenen! Hat jemals einer einen Menschen fliegen sehen? Bei Gott, das ist höchst wunderbar!« Dann kehrte er mit seinen vor Erstaunen ganz erstarrten Wesiren und Truppen in die Stadt zurück, ließ den weisen Perser aus dem Gefängnis holen und schrie ihn an: »Elender Betrüger! Warum hast du mir die wunderbare Eigenschaft dieses hölzernen Pferdes nicht gesagt, sodass es einem nichtswürdigen Landstreicher gelungen ist, mir dieses Mädchen zu entführen, das noch einen ganzen Schatz an ihrem Körper hängen hat?« Als der Weise diese Worte hörte, schrie und weinte er laut und schlug sich ins Gesicht und sagte: »O Herr! Wisse, ich habe dieses kunstreiche Pferd gemacht und es Sabur, dem König von Persien gebracht, der mir dafür die Hand seiner jüngsten Tochter versprach. Sein Sohn aber ist der Räuber des Mädchens und des Pferdes, und er sieht so und so aus ...« Hierauf erzählte er ihm seine ganze Geschichte von Anfang bis zu Ende, und der König geriet darüber in solchen Grimm, dass er dem Bersten nahe war, und er betrauerte sein ganzes Leben hindurch den Verlust des Mädchens und des Pferdes. Der Prinz aber durchflog die Luft, bis er sich der Residenz seines Vaters näherte und landete wieder im Schlosse seines Vaters. Das Sprichwort sagt: »Durch häufiges Fallen lernt man Gehen.« Wäre er gleich anfangs vorsichtig gewesen, so wären ihm all diese Unglücksfälle nicht zugestoßen.

Seine Eltern waren über seine Ankunft mit dem Mädchen und dem Pferde nicht wenig erfreut. Diese glückliche Nachricht flog schnell durch die ganze Stadt, und alle, die es hörten, lobten und dankten Gott dem Allmächtigen. Das ganze Volk, die Wesire und die Truppen versammelten sich, um dem König Glück zu wünschen. Auch dem großen König, dem Vater der Prinzessin, schickte man Boten mit Briefen, und dieser sandte die herrlichsten Geschenke an seine Tochter und an seinen Schwiegersohn. Nun ließ der König die Stadt festlich schmücken. Sieben Tage und sieben Nächte dauerten die Festlichkeiten, eine Menge Geld ward unter den Armen ausgeteilt und das Zauberpferd wurde in die Schatzkammer gestellt. Und ihr ganzes Leben war eine fortlaufende Kette der süßesten Annehmlichkeiten, bis auch sie der Zerstörer aller Freuden und der Trenner aller Bündnisse, der Tod, überfiel.

Die Geschichte von Ali Baba und den vierzig Räubern

In einer Stadt in Persien lebten zwei Brüder, von denen der eine Casim und der andere Ali Baba hieß. Da ihr Vater ihnen nur wenig Vermögen hinterlassen hatte und sie dieses wenige gleichmäßig unter sich aufgeteilt hatten, so sollte man denken, ihre äußeren Umstände seien ziemlich gleich gewesen; allein der Zufall wollte es anders. Casim heiratete eine Frau, die bald nach ihrer Hochzeit einen gut ausgestatteten Laden, ein reich gefülltes Warenlager und eine Menge liegender Güter erbte, sodass er auf einmal ein wohlhabender Mann und einer der reichsten Leute der Stadt wurde. Ali Baba dagegen heiratete eine Frau, die ebenso arm war wie er selbst, er wohnte sehr ärmlich und verschaffte sich und den Seinigen den Lebensunterhalt, indem er in einem nahen Walde Holz fällte, das er dann auf drei Eseln, seinem einzigen Besitz, in die Stadt brachte und verkaufte.

Eines Tages, als Ali Baba wieder im Walde war und eben seine Esel mit Holz beladen wollte, sah er auf einmal in der Ferne eine gewaltige Staubwolke aufsteigen, die sich geradewegs dem Platze näherte, an dem er sich befand. Er blickte sehr gespannt zu ihr hin und erkannte bald, dass es eine große Reiterschaar war, die rasch auf ihn zukam. Obwohl es in der Gegend keine Räuber gab, so kam Ali Baba doch auf den Gedanken, diese Reiter könnten dergleichen sein, und beschloss daher, seine Esel ihrem Schicksale zu überlassen und nur seine eigene Person zu retten! Er stieg also auf einen Baum, dessen Äste zwar nicht hoch, aber außerordentlich dicht belaubt waren, und nahm darauf mit großer Zuversicht seinen Posten ein, weil er von da aus alles sehen konnte, was unten vorging, ohne selbst gesehen zu werden. Der Baum stand am Fuße eines einzeln stehenden Felsens, der viel höher als der Baum und so steil war, dass man auf keine Weise hinaufsteigen konnte.

Die Reiter, sämtlich große und stattliche Leute, und sowohl mit Waffen als auch mit Pferden sehr gut bestückt, stiegen an dem Felsen ab, und Ali Baba, der ihrer vierzig zählte, zweifelte aufgrund ihrer Gesichter und ihres ganzen Aufzugs nicht mehr daran, dass es Räuber waren. Er täuschte sich auch nicht. Es waren wirklich Räuber, die zwar diese Gegend nicht im Mindesten beunruhigten, sondern ihr Geschäft in weiter Ferne trieben und hier bloß ihren Sammelplatz hatten.

Jeder von den Reitern zäumte sein Pferd ab, band es an, warf ihm einen Sack voll Gerste, den er hinter sich gehabt hatte, über den Kopf und packte dann seine Tasche ab. Die meisten der Taschen schienen Ali Baba so schwer, dass er glaubte, sie müssten voller Gold und Silber sein.

Der stattlichste der Räuber, den Ali Baba für ihren Hauptmann hielt, näherte sich ebenfalls mit seiner Tasche auf der Schulter dem Felsen, der dicht an dem großen Baume war, wohin Ali Baba sich geflüchtet hatte, und nachdem er sich durch einiges Gestrüpp den Weg gebahnt hatte, sprach er die Worte »Sesam, öffne dich!« so laut und deutlich, dass Ali Baba sie hörte. Kaum hatte der Räuberhauptmann diese Worte ausgesprochen, so öffnete sich eine Türe, durch die er alle seine Leute vor sich eintreten ließ; er selbst ging zuletzt hinein und die Türe schloss sich wieder.

Die Räuber blieben lange in dem Felsen, und Ali Baba musste geduldig auf dem Baume bleiben und warten; denn er fürchtete, es möchten einzelne oder auch alle zusammen in dem Augenblick, in dem er seinen Posten verlassen und fliehen wollte, herauskommen. Gleichwohl geriet er in Versuchung herabzusteigen, sich zweier Pferde zu bemächtigen und mit seinen drei Eseln in die Stadt zu reiten; aber dann fand er dieses Unternehmen doch zu gewagt.

Endlich öffnete sich die Türe wieder, die vierzig Räuber traten heraus und der Hauptmann, der zuletzt hineingegangen war, war jetzt der erste, der herauskam; er ließ die übrigen alle an sich vorbeiziehen und Ali Baba hörte, dass auf seine Worte »Sesam, schließe dich!« sich die Türe wieder schloss. Jeder kehrte zu seinem Pferde zurück, zäumte es, band seine Tasche über den Sattel und schwang sich wieder hinauf. Als der Hauptmann sah, dass sie alle zum Weiterreiten gerüstet waren, stellte er sich mit seinem Pferd an ihre Spitze und schlug wieder denselben Weg ein, auf dem sie gekommen waren.

Ali Baba stieg nicht sogleich vom Baume herab. »Sie könnten«, sprach er bei sich selbst, »etwas vergessen haben, weswegen sie wieder umkehren müssten und dann würden sie mich ertappen.« Er verfolgte sie mit den Augen, bis sie außer Sicht waren und stieg zur größeren Sicherheit erst lange nachher herab. Da er die Worte, kraft derer der Räuberhauptmann die Türe geöffnet und wieder geschlossen hatte, gut in seinem Gedächtniss behalten hatte, so überkam ihn die Lust, einen Versuch zu unternehmen, ob sie vielleicht dieselbe Wirkung haben würden, wenn er sie ausspräche. Er drängte sich daher durch das Gestrüpp, fand die Türe, die von demselben verdeckt war, stellte sich vor sie hin und sprach die Worte »Sesam öffne dich!«, und siehe da, in diesem Augenblick sprang die Türe sperrangelweit auf.

Ali Baba hatte einen dunklen und finstern Ort erwartet, aber wie groß war sein Erstaunen, als er das Innere des Felsens sehr hell, weit und geräumig und von Menschenhänden zu einem hohen Gewölbe ausgehöhlt sah, das von oben herab durch eine künstlich angebrachte Öffnung Licht bekam. Er erblickte hier mannigfache Ballen von köstlichen Kaufmannswaren, Seidenstoffen und Brokat, besonders auch wertvolle Teppiche; was ihn aber am meisten anzog, war eine Unmenge an geprägtem Gold und Silber, das teils in Haufen aufgeschüttet, teils in ledernen Säcken oder Beuteln immer einer nach dem andern dalag. Bei diesem Anblick kam es ihm vor, als ob diese Felsenhöhle nicht erst seit einer Reihe von Jahren, sondern schon seit Jahrhunderten Räubern als Zufluchtsort gedient habe.

Ali Baba besann sich nicht lange; er trat in die Höhle, und sobald er darin war, schloss sich die Türe wieder; doch beunruhigte ihn das nicht, denn er wusste ja das Geheimnis, um sie wieder zu öffnen. Mit dem Silbergeld gab er sich nicht lange ab, sondern machte sich nur an das gemünzte Gold und besonders an das, was in den Säcken war. Von diesem nahm er so viel, wie er tragen und seinen drei Eseln aufladen konnte. Er bepackte sie mit den Säcken, und um diese zu verbergen, legte er Holz obendrauf, sodass niemand etwas davon sehen konnte. Als er fertig war, stellte er sich vor die Türe, und kaum hatte er die Worte »Sesam, schließe dich!« ausgesprochen, so schloss sie sich auch wieder.

Ali Baba machte sich auf den Weg zur Stadt zurück, und als er vor seinem Hause anlangte, trieb er seine Esel in einen kleinen Hof, dessen Türe er sorgfältig hinter sich zuschloss. Hierauf lud er das wenige Holz, das seinen Schatz bedeckte, ab, trug die Säcke in sein Haus und legte sie vor seiner Frau auf den Tisch. Seine Frau nahm die Säcke in die Hand, und als sie merkte, dass sie voller Gold waren, glaubte sie, ihr Mann habe sie gestohlen. Wie er nun alle Säcke hereingebracht hatte, konnte sie nicht umhin, zu ihm zu sagen: »Ali Baba, solltest du so gottverlassen sein, dass …« Ali Baba unterbrach sie mit den Worten: »Sei ruhig, liebes Weib, und mach dir keine Sorgen darüber; ich bin kein Dieb, denn ich habe dies alles nur Dieben genommen.« Er schüttete die Säcke aus, deren Inhalt einen großen Haufen Gold ausmachte, der seine Frau ganz blendete; dann erzählte er ihr die Geschichte vom Anfang bis zum Ende und bat sie vor allen Dingen, die Sache geheim zu halten.

Als sich die Frau von ihrem Erstaunen und Schrecken wieder erholt hatte, freute sie sich mit ihrem Manne über das Glück, das ihnen widerfahren war, und wollte den ganzen Goldhaufen, der vor ihr lag, Stück für Stück zählen. »Liebe Frau«, sagte Ali Baba zu ihr, »du bist nicht gescheit. Du würdest nie mit dem Zählen fertig werden. Ich will eine Grube graben und es vergraben; wir haben keine Zeit zu verlieren.« – »Es wäre doch gut«, antwortete die Frau, »wenn wir wenigstens ungefähr wüssten, wie viel es ist. Ich will in der Nachbarschaft ein kleines Maß borgen und es damit zählen, während du die Grube gräbst.« – »Liebe Frau«, sagte Ali Baba darauf, »dies würde uns nichts nützen und ich rate dir, lass davon ab. Wenn du es aber unbedingt tun willst, vergiss ja nicht, die Sache verschwiegen zu halten.«

Um ihr Gelüste zu befriedigen, ging Ali Babas Frau zu ihrem Schwager Casim, der nicht weit von ihr wohnte. Casim war nicht zuhause, und sie wandte sich daher an seine Frau mit der Bitte, ihr doch ein Maß zu leihen. »Recht gern«, antwortete die Schwägerin, »warte nur ein wenig, ich will es dir gleich bringen.« Die Schwägerin holte das Maß; da sie aber Ali Babas Armut kannte, so war sie neugierig zu erfahren, was für Getreide seine Frau damit messen wollte, und klebte unten an das Maß heimlich etwas Teig. Daraufhin kam sie zurück und überreichte es Ali Babas Frau.

Als Ali Babas Frau nach Hause zurückkam, stellte sie das Maß auf den Goldhaufen, füllte es an und leerte es in einiger Entfernung davon auf das Sofa. Als sie nun alles gemessen hatte, war sie sehr zufrieden mit der ansehnlichen Zahl der Maße und teilte es ihrem Manne mit, der soeben die Grube vollendet hatte.

Während Ali Baba das Geld vergrub, trug seine Frau das Maß zurück, hatte aber nicht bemerkt, dass unten noch ein Goldstück daran klebte. »Liebe Schwägerin«, sagte sie zu ihr, als sie es zurückgab, »du siehst, dass ich dein

Maß nicht zu lange behalten habe; ich bin dir sehr verbunden dafür; hier hast du es wieder.«

Kaum hatte Ali Babas Frau ihr den Rücken zugewandt, als Casims Frau das Maß von unten besah, und man kann ihr Erstaunen nachfühlen, als sie das am Boden klebende Goldstück fand. Alsbald fuhr der Satan des Neides in ihr Herz. »Wie!«, sagte sie, »Ali Baba hat das Gold maßweise, woher mag der Elende es wohl genommen haben?« Casim, ihr Mann, war wie gesagt nicht zuhause, sondern in seinem Laden, von dem er erst am Abend zurückerwartet wurde. Die Zeit bis zu seiner Heimkehr dünkte ihr eine Ewigkeit, denn sie brannte vor Ungeduld, ihm diese Nachricht mitzuteilen, die für ihn ebenso überraschend sein musste wie für sie.

Als Casim nach Hause kam, sagte seine Frau zu ihm: »Du glaubst ein reicher Mann zu sein, Casim, allein du täuschst dich: Ali Baba ist tausendmal reicher als du; er kann sein Gold nicht zählen, sondern muss es messen.« Casim verlangte eine Erklärung dieses Rätsels, und sie erzählte ihm, wie schlau sie auf die Entdeckung gekommen war; zugleich zeigte sie ihm das Goldstück, das unten am Boden kleben geblieben war. Statt sich über das Glück des bisher so armen Bruders herzlich zu freuen, empfand Casim eine Eifersucht, die ihm keine Ruhe mehr ließ. Er konnte deswegen beinahe die ganze Nacht nicht schlafen, und am anderen Morgen ging er noch vor Sonnenaufgang zu ihm und redete ihn an: »Ali Baba, du bist sehr zurückhaltend in deinen Angelegenheiten. Du spielst den Armen, den Notleidenden, den Bettler, und misst das Gold in Maßen.« »Lieber Bruder«, antwortete Ali Baba, »ich weiß nicht, was du da sagen willst; erkläre dich deutlicher.« – »Verstelle dich nur nicht so«, antwortete Casim, und indem er ihm das Gold zeigte, das seine Frau ihm gegeben hatte, fügte er hinzu: »Wie viel solcher Goldstücke hast du? Meine Frau hat dieses hier unten an dem Maße gefunden, das die deinige gestern von ihr geborgt hat.«

Aus dieser Rede erkannte Ali Baba, dass in Folge des Eigensinns seiner Frau Casim und dessen Weib bereits von der Sache wussten, deren Geheimhaltung ihm so wichtig war. Doch der Fehler war einmal gemacht, und man konnte ihn nicht mehr ungeschehen machen. Ohne sich seinen Verdruss im Mindesten anmerken zu lassen, gestand er daher seinem Bruder die ganze Sache und erzählte ihm, durch welchen Zufall und an welchem Ort er den Schlupfwinkel der Räuber entdeckt hatte; zugleich erbot er sich, den Schatz mit ihm zu teilen, wenn er nur das Geheimnis bewahren wolle. »Ja, das verlange ich ohnehin«, versetzte Casim mit stolzem Tone; »aber«, fügte er hinzu, »ich will auch noch ganz genau wissen, wo der Schatz ist, wie ich den Felsen erkennen und wie ich wohl selbst hineinkommen kann, wenn es mich gelüstet; sonst zeige ich dich bei Gericht an. Weigerst du dich also, so hast du nicht nur nichts mehr zu hoffen, sondern wirst auch noch das verlieren, was du schon hast; ich aber werde für diese Angabe meinen Anteil erhalten.« Mehr aus Gutmütigkeit als durch die unverschämten Drohungen seines rohen Bruders eingeschüchtert, gab Ali Baba ihm vollständig Auskunft über alles, was er wünschte, und teilte ihm auch die Worte mit, die er sprechen musste, um in die Höhle hinein- und wieder herauszugelangen.

Mehr wollte Casim nicht wissen. Er verließ seinen Bruder mit dem festen Vorsatz, ihm zuvorzukommen und sich des Schatzes allein zu bemächtigen. Am anderen Morgen brach er vor Tagesanbruch mit zehn Maultieren auf, die mit großen Kisten beladen waren; er schlug den Weg ein, den Ali Baba ihm beschrieben hatte, gelangte an den Felsen und erkannte den Baum, auf dem sich Ali Baba versteckt hatte. Er suchte die Türe, fand sie und sprach die Worte: »Sesam, öffne dich!« Die Türe ging auf, er trat hinein und sogleich schloss sie sich wieder. Bei der Besichtigung der Höhle geriet er in große Verwunderung, da er darin weit mehr Reichtümer antraf, als er nach Ali Babas Erzählung vermutet hatte; und sein Erstaunen wurde immer größer, je mehr er alles einzeln betrachtete. Als ein geiziger Mann, dem Reichtümer über alles gingen, hätte er gerne den ganzen Tag lang seine Augen an dem Anblick so vielen Goldes geweidet, wenn es ihm nicht eingefallen wäre, dass er eigentlich gekommen war, um das Gold zu holen und seine zehn Maulesel damit zu beladen. Er nahm daher so viel Säcke, wie er tragen konnte, ging damit auf die Türe zu, und da er an alles andere mehr dachte, als an das, was jetzt für ihn am Wichtigsten war, so geschah es, dass er sich an die notwendigen Worte nicht mehr erinnern konnte und statt ›Sesam‹ sagte: »Gerste, öffne dich!« Wie groß war seine Bestürzung, als er sah, dass sich die Türe nicht öffnete, sondern verschlossen blieb. Nun nannte er noch mehrere andere Namen von Getreidearten, nur den rechten nicht, und die Türe blieb verschlossen. Auf diesen Zufall hatte sich Casim nicht gefasst gemacht. Schrecken und Angst bemächtigten sich seiner, und je mehr er sich anstrengte, um das Wort ›Sesam‹ in sein Gedächtnis zurückzurufen, umso verwirrter wurde er. Verzweifelt warf er jetzt die Säcke, die er vollgestopft hatte, zu Boden, ging mit großen Schritten in der Höhle auf und ab, und all die Reichtümer, von denen er sich umgeben sah, hatten jetzt keinen Reiz mehr für ihn. Doch lassen wir Casim sein Schicksal beweinen, er verdient unser Mitleid nicht.

Die Räuber kehrten gegen Mittag zu ihrer Höhle zurück, und als sie in die Nähe kamen und die mit Kisten beladenen Maulesel Casims erblickten, wurden sie unruhig, sprengten heran und jagten die zehn Maulesel, die Casim anzubinden vergessen hatte, auseinander, so dass sie sich im Walde zerstreuten. Die Räuber gaben sich nicht die Mühe, den Mauleseln nachzureiten: es war ihnen weit wichtiger, ihren Besitzer aufzufinden. Während nun einige um den Felsen herum die Runde machten, um ihn zu suchen, stieg der Hauptmann nebst den übrigen ab, ging mit blankem Säbel geradewegs auf die Türe zu, sprach die Worte, und die Türe öffnete sich.

Casim, der mitten in der Höhle das Stampfen von Pferden hörte, zweifelte nicht daran, dass die Räuber angekommen und er selbst verloren sei. Gleichwohl beschloss er, einen Versuch zu unternehmen, um ihren Händen zu entrinnen und sich zu retten; er stellte sich dicht vor die Türe, um hinauszustürzen, sobald sie sich öffnen würde. Kaum hörte er das Wort ›Sesam‹, das seinem Gedächtnis entfallen war, und sah die Türe aufgehen, so stürmte er so ungestüm hinaus, dass er den Hauptmann zu Boden warf. Den anderen Räubern aber vermochte er nicht zu entgehen; diese hielten ebenfalls ihre blanken Säbel in der Hand und nahmen ihm auf der Stelle das Leben. Dann gingen einige in die Grotte hinein und fanden nahe bei der Türe die Säcke, die Casim vollgestopft hatte, um seine Maulesel damit zu bepacken, und legten die Schätze wieder auf den vorigen Platz; dabei bemerkten sie nicht, dass diejenigen, die Ali Baba fortgeschafft hatte, fehlten.

Als sie sich nun über diese Begebenheit gemeinschaftlich berieten, begriffen sie zwar, wie Casim nicht habe aus der Grotte herauskommen können, aber wie er hineingekommen war, das konnten sie nicht verstehen. Sie kamen auf den Gedanken, er sei vielleicht von oben herabgestiegen; allein die Öffnung, durch welche das Licht hereinfiel, war zu hoch, und der Gipfel des Felsens zu unzugänglich, sodass sie einstimmig erklärten, dieses Rätsel könnten sie nicht lösen. Dass er durch die Türe hereingekommen sei, vermuteten sie nicht, denn dazu musste er das Geheimnis kennen, wie sie zu öffnen sei, und in dessen Besitz, glaubten sie, sei niemand außer ihnen selbst. Sie konnten ja nicht wissen, dass Ali Baba sie belauscht und es gehört hatte. Wie nun auch die Sache gewesen sein mochte, nun ging es darum, ihre gemeinschaftlichen Reichtümer sicher verwahrt zu wissen, und so kamen sie überein, den Leichnam Casims in vier Teile zu teilen und innerhalb der Grotte nicht weit von der Türe zwei zur Rechten und zwei zur Linken aufzuhängen – zum abschreckenden Beispiel für jeden, der die Frechheit haben würde, etwas Ähnliches zu wagen; sie selbst beschlossen, erst nach Verlauf einiger Zeit, wenn sich der Leichengeruch verloren hatte, in ihre Höhle zurückzukehren. So verließen sie ihren Zufluchtsort, nachdem sie ihn wohl verschlossen hatten, stiegen wieder zu Pferd und durchstreiften die Ebene in der Richtung, wo die Straßen am meisten von Karawanen genutzt wurden, um wie gewöhnlich Jagd auf dieselben zu machen und sie auszuplündern.

Indes war Casims Frau in großer Unruhe, als die finstere Nacht anbrach und ihr Mann immer noch nicht zurück war. Voll Kummer ging sie zu Ali Baba und sagte zu ihm: »Lieber Schwager, du weißt gewiss, dass dein Bruder Casim in den Wald gegangen ist und zu welchem Zweck. Er ist immer noch nicht zurückgekommen und doch ist bereits tiefe Nacht; ich fürchte, es ist ihm irgendein Unglück zugestoßen.«

Ali Baba hatte nach der letzten Unterredung mit seinem Bruder dessen Reise vermutet und war deshalb an diesem Tage nicht selbst in den Wald gegangen, um ihm keinen Anlass zum Argwohn zu geben. Ohne ihr irgendeinen Vorwurf zu machen, der sie oder ihren Mann, wenn er noch am Leben gewesen wäre, hätte beleidigen können, sagte er zu ihr, sie solle sich deswegen noch nicht bekümmern, denn ohne Zweifel habe Casim es für zweckmäßig gefunden, erst später in die Stadt zurückzukehren. Casims Frau glaubte dies umso leichter, da sie bedachte, wie sehr ihrem Mann daran liegen musste, die Sache geheim zu halten. Sie kehrte also nach Hause zurück und wartete geduldig bis Mitternacht. Dann aber verdoppelte sich ihr Kummer und ihr Herzeleid umso mehr, da sie ihrem geängstigten Herzen nicht durch Schreien und Weinen Luft verschaffen konnte, weil sie wohl einsah, dass die wahre Ursache davon vor der Nachbarschaft ein Geheimnis bleiben musste. Jetzt, da ihr Fehler nicht wieder gutzumachen war, bereute sie ihre närrische Neugierde und ihr sträfliches Begehren, die häuslichen Angelegenheiten ihres Schwagers und ihrer Schwägerin durchschauen zu wollen. Sie weinte die ganze Nacht durch, und bei Tagesanbruch eilte sie wieder zu ihm, indem sie mehr durch Tränen als durch Worte zu verstehen gab, warum sie komme. Ali Baba wartete nicht, bis seine Schwägerin ihn bat, er möge nachsehen, was aus Casim geworden sei. Er machte sich auf der Stelle mit seinen drei Eseln auf und ritt in den Wald.

Er näherte sich dem Felsen, ohne auf dem ganzen Wege weder seinen Bruder noch die Maulesel angetroffen zu haben und wunderte sich sehr über das Blut, das er am Eingang der Höhle bemerkte; ihn überkam eine üble Vorahnung. Er trat vor die Türe, sprach die Worte, sie öffnete sich und das Erste, was ihm in die Augen fiel, war der Leichnam seines gevierteilten Bruders. Bei diesem traurigen Anblick besann er sich nicht lange, sondern beschloss, seinem Bruder die letzte Ehre zu erweisen; denn er dachte nicht mehr daran, wie wenig brüderliche Liebe dieser stets für ihn gehegt hatte. Er fand in der Höhle allerlei Zeug, um darin die vier Teile seines Bruders in verschiedene Ballen zu packen, womit er einen seiner Esel belud; obendrüber legte er Holz, damit niemand sie bemerken konnte. Die beiden andern Esel bepackte er ohne weitern Aufschub mit vollen Goldsäcken, über die er, wie das erste Mal, Holz legte, und nachdem er dies vollendet und der Türe befohlen hatte, sich wieder zu schließen, zog er in die Stadt zurück. Er war jedoch vorsichtig und wartete am Ausgang des Waldes so lange, dass er erst bei Anbruch der Nacht die Stadt erreichte. Zu Hause angekommen, trieb er nur die zwei mit Gold beladenen Esel in den Hof, überließ seiner Frau die Arbeit, sie abzuladen, und nachdem er ihr mit wenigen Worten das Schicksal Casims mitgeteilt hatte, führte er den dritten Esel zu seiner Schwägerin. Ali Baba klopfte an die Türe und sie wurde ihm von einer gewissen Morgiane geöffnet. Diese Morgiane war eine geschickte, kluge und erfinderische Sklavin, welche die größten Schwierigkeiten zu überwinden wusste, und Ali Baba kannte sie als solche. Als er daher in den Hof getreten war und dem Esel das Holz und die beiden Packen abgenommen hatte, zog er Morgiane beiseite und sagte zu ihr: »Morgiane, das Erste, was ich von dir verlange, ist unverbrüchliche Verschwiegenheit. Du wirst bald sehen, wie viel deiner Gebieterin und mir daran liegen muss. Diese zwei Packen enthalten den Leichnam deines Herrn; wir müssen jetzt daran denken, ihn so zu beerdigen, als ob er eines natürlichen Todes gestorben wäre. Führe mich zu deiner Gebieterin, und achte auf das, was ich ihr sagen werde.« Morgiane meldete ihn ihrer Gebieterin, und Ali Baba, der ihr auf dem Fuße folgte, trat ins Zimmer. »Nun, mein Schwager!«, rief ihm die Witwe mit großer Ungeduld entgegen, »was für Nachricht bringst du mir von meinem Manne? Dein Gesicht verkündet nichts Tröstliches.« – »Schwägerin«, antwortete Ali Baba, »ich kann dir nichts sagen, bevor du mir nicht versprochen hast, dass du mich vom Anfang bis zum Ende anhören willst, ohne den Mund zu öffnen. Nach dem Vorfall, den ich dir zu erzählen habe, ist es für dein eigenes Wohl und deine Ruhe gleich wichtig wie für mich, dass die Sache verschwiegen bleibt.« – »Ach!«, rief die Schwägerin halblaut aus, »diese Einleitung lässt mich vermuten, dass mein Mann nicht mehr am Leben ist; zugleich aber sehe ich ein, wie notwendig die Verschwiegenheit ist, die du von mir forderst. Ich muss mir freilich viel Gewalt antun, aber sprich nur, ich höre dich.« Ali Baba erzählte hierauf seiner Schwägerin den ganzen Erfolg seiner Reise bis zu seiner Heimkehr mit Casims Leichnam. »Schwägerin«, fügte er hinzu, »du hast nun freilich viele Gründe, um betrübt zu sein, umso mehr, je weniger du es erwarten konntest. Dieses Unglück lässt sich nicht mehr ändern; wenn aber irgendetwas im Stande ist, dich zu trösten, so erbiete ich mich, die wenigen Güter, die mir Gott beschert hat, mit den deinigen zu vereinigen und dich zu heiraten; zugleich gebe ich dir die Versicherung, dass meine Frau nicht eifersüchtig sein wird und ihr euch gewiss recht gut miteinander vertragt. Gefällt dir mein Vorschlag, so müssen wir vor allem darauf achten, die Sache so einzuleiten, dass jedermann glaubt, mein Bruder sei eines natürlichen Todes gestorben; und hierin denke ich, kannst du dich ganz auf Morgiane verlassen; auch ich werde meinerseits alles beitragen, was in meiner Macht steht.«

Was konnte Casims Witwe Besseres tun, als Ali Babas Vorschlag annehmen? Neben dem Vermögen, das ihr durch den Tod ihres ersten Mannes zufiel, bekam sie einen zweiten Mann, der reicher war als sie selbst, und infolge der Entdeckung des Schatzes noch reicher werden konnte. Sie lehnte also den Antrag nicht ab, sondern betrachtete ihn im Gegenteil als einen sehr triftigen Grund, sich zu trösten. Indem sie daher ihre Tränen trocknete, die bereits reichlich zu fließen begonnen hatten, und jenes durchdringende Klagegeschrei, das Frauen bei dem Verluste ihrer Männer zu erheben pflegen, unterließ, zeigte sie Ali Baba, dass sie sein Anerbieten annahm. In dieser Stimmung verließ Ali Baba die Witwe Casims, und nachdem er Morgiane gebeten hatte, ihre Rolle gut zu spielen, kehrte er mit seinem Esel nach Hause zurück.

Morgiane tat, was man von ihr erwartete; sie ging in demselben Augenblicke wie Ali Baba aus dem Hause und zu einem Apotheker, der in der Nähe wohnte. Sie klopfte an seinen Laden und verlangte gewisse Arzneien, die bei den gefährlichsten Krankheiten von sehr großem Nutzen sind. Der Apotheker gab ihr einige für das Geld, das sie auf den Tisch gelegt hatte, und fragte, wer denn im Hause ihres Herrn krank sei? »Ach!«, erwiderte sie mit einem tiefen Seufzer, »Casim, mein guter Herr, ist es selbst. Man kann aus seiner Krankheit nicht klug werden, er spricht nichts und kann nichts essen.« Mit diesen Worten nahm sie die Arzneien, von denen Casim keinen Gebrauch mehr machen konnte. Am andern Morgen kam Morgiane wieder zu demselben Apotheker und verlangte mit Tränen in den Augen einen Saft, den man Kranken nur in der äußersten Gefahr zu geben pflegte; wenn dieser Saft sie nicht gesund machte, so gab man alle Hoffnung auf ihre Genesung auf. »Ach!«, sagte sie mit großer Betrübnis, als sie ihn aus den Händen des Apothekers empfing, »ich fürchte sehr, dass dies Mittel ebensowenig anschlagen wird wie die Arzneien. Ach, was war es für ein guter Herr, und jetzt soll ich ihn verlieren!« Da man nun auch von der andern Seite Ali Baba und seine Frau den ganzen Tag mit betrübten Gesichtern nach Casims Hause hin und her gehen sah, so wunderte sich niemand über das Jammergeschrei, das Casims Frau und besonders Morgiane am Abend erhoben, um Casims Tod zu verkünden.

Am andern Morgen ging Morgiane, die auf dem Marktplatz einen alten, ehrlichen Schuhflicker kannte, der seinen Laden immer zuerst und lange vor den andern öffnete, in aller Frühe aus, um ihn aufzusuchen. Sie begrüßte ihn mit dem gewöhnlichen Gruß und drückte ihm sogleich ein Goldstück in die Hand. Der Schuhflicker, der in der ganzen Stadt unter dem Namen Baba Mustafa bekannt und ein sehr lustiger Kamerad voll heiterer Einfälle war, besah das Stück genau, und als er sich überzeugt hatte, dass es aus Gold war, sagte er: »Ein schönes Handgeld! Was befiehlst du? Ich bin bereit, alles zu tun« »Baba Mustafa«, sagte Morgiane zu ihm, »nimm all dein Handwerkszeug, das zum Flicken nötig ist, und komm schnell mit mir; du musst dir aber, wenn wir an dem und dem Orte angekommen sind, die Augen verbinden lassen.« Bei diesen Worten machte Baba Mustafa Schwierigkeiten. »Nein, nein«, antwortete er, »du verlangst gewiss etwas von mir, was gegen mein Gewissen oder gegen meine Ehre ist.« – »Gott behüte«, erwiderte Morgiane, indem sie ihm ein zweites Goldstück in die Hand drückte, »ich fordere nichts von dir, was du nicht in allen Ehren tun könntest. Komm nur und mache dir keine unnötige Angst.« Baba Mustafa folgte, und Morgiane führte ihn, nachdem sie ihm an der bezeichneten Stelle ein Tuch vor die Augen gebunden hatte, in das Haus ihres verstorbenen Herrn und nahm ihm das Tuch erst in dem Zimmer ab, wohin sie den Leichnam gebracht und seine vier Teile gehörig zusammengesetzt hatte. »Baba Mustafa«, sagte sie jetzt zu ihm, »ich habe dich hierher gebracht, damit du diese vier Stücke da zusammennähst. Verliere keine Zeit, und wenn du fertig bist, bekommst du noch ein Goldstück.« Als Baba Mustafa fertig war, verband ihm Morgiane in demselben Zimmer wieder die Augen, und nachdem sie ihm das versprochene dritte Goldstück ausgehändigt und um Verschwiegenheit gebeten hatte, führte sie ihn an den Ort zurück, wo sie ihm hinwärts die Augen verbunden hatte. Hier nahm sie ihm das Tuch wieder ab und ließ ihn nach Hause gehen; sie verfolgte ihn mit den Blicken, so weit sie konnte, damit er keine Lust bekommen sollte, zurückzukehren und sie selbst zu beobachten.

Dann hatte Morgiane heißes Wasser bereitet und Ali Baba, der zugleich mit ihr ins Haus zurückgekehrt war, wusch Casims Leiche, beräucherte ihn mit Weihrauch und hüllte ihn mit den gewöhnlichen Feierlichkeiten und Gebräuchen ins Leichentuch. Bald brachte auch der Schreiner den Sarg, den Ali Baba bei ihm bestellt hatte. Damit nun der Schreiner nichts merkt, nahm Morgiane den Sarg an der Türe in Empfang, und nachdem sie ihn bezahlt und weggeschickt hatte, half sie Ali Baba, die Leiche hineinzulegen. Sobald dieser den Deckel darauf genagelt hatte, ging sie zur der Moschee und meldete, dass alles für die Beerdigung bereit sei.

Kaum war Morgiane wieder zu Hause, als der Imam nebst den übrigen Dienern der Moschee ankam. Vier von Casims Nachbarn nahmen den Sarg auf die Schultern und trugen ihn hinter dem Imam, der fortwährend Gebete sprach, auf den Begräbnisplatz. Morgiane, als die Sklavin des Verstorbenen, folgte unter Tränen und mit entblößtem Haupte, erhob ein lautes Klagegeschrei, zerschlug sich heftig die Brust und raufte sich die Haare aus. Hinter ihr ging Ali Baba, begleitet von den Nachbarn, bis man den Begräbnisplatz erreichte.

Was nun Casims Frau betrifft, so blieb diese zu Hause, um ihrer Betrübnis nachzuhängen und ein lautes Klagegeschrei mit ihren Nachbarinnen zu erheben, die der bestehenden Sitte zufolge während der Begräbnisfeierlichkeit zu ihr gekommen waren, um ihre Wehklagen mit denen der Witwe zu vereinigen.

Auf diese Art blieb Casims unglücklicher Tod ein Geheimnis zwischen Ali Baba, dessen Frau, Casims Witwe und Morgiane; und diese vier Personen bewahrten es so behutsam, dass kein Mensch in der Stadt nur im Mindesten etwas argwöhnte, geschweige denn erfuhr. Drei und vier Tage nach Casims Beerdigung schaffte Ali Baba die wenigen Gerätschaften, die er besaß, samt dem aus der Schatzhöhle der Räuber geholten Gelde (letzteres aber nur bei Nacht) in das Haus der Witwe seines Bruders, um fortan da zu wohnen. Zugleich verkündete er seine Heirat mit seiner Schwägerin, und da Heiraten dieser Art bei seiner Religion durchaus nicht ungewöhnlich sind, so wunderte sich auch niemand darüber. Was Casims Laden betrifft, so hatte Ali Baba einen Sohn, der seit einiger Zeit seine Lehrjahre bei einem bedeutenden Kaufmann beendet und von ihm immer gute Zeugnisse erhalten hatte. Diesem übergab er den Laden.

Wir wollen indes Ali Baba sein neues Glück genießen lassen und uns wieder ein wenig nach den vierzig Räubern umsehen. Sie kehrten nach der abgesprochenen Frist in ihren Schlupfwinkel im Walde zurück und waren über die Maßen erstaunt, als sie Casims Leichnam nicht mehr vorfanden; noch höher aber war ihre Verwunderung, als sie an ihren Goldsäcken eine bedeutende Verminderung bemerkten. »Wir sind verraten und verloren«, sprach der Hauptmann, »wenn wir nicht sogleich die nötigen Gegenmaßnahmen ergreifen; sonst werden wir allmählich alle unsere Reichtümer einbüßen, die unsere Vorfahren und wir selbst mit so viel Mühe erworben haben. Aus dem Schaden, der uns zugefügt wurde, geht hervor, dass der Dieb, den wir ertappt hatten, das Geheimnis kannte, um die Türe zu öffnen, und wir zum Glück gerade in dem Augenblicke dazukamen, als er wieder hinausgehen wollte. Er war jedoch nicht allein und ein anderer muss ebenfalls das Geheimnis kennen, der, der seine Leiche fortgeschafft und unseren Schatz bedeutend vermindert hat. Da es nun nicht scheint, dass mehr als zwei Personen um das Geheimnis wissen, so müssen wir, nachdem wir den Ersten umgebracht haben, auch den Zweiten aus dem Wege räumen. Was sagt ihr dazu, brave Leute, seid ihr nicht auch meiner Meinung?«

Der Vorschlag des Räuberhauptmanns leuchtete der ganzen Bande vollkommen ein; sie billigten ihn alle und kamen überein, dass man fortan jede andere Unternehmung hintanstellen und die vereinigten Kräfte bloß dieser Aufgabe allein widmen sollte; ja man solle nicht eher davon ablassen, bis der Zweck erreicht sei.

»Eben das«, fuhr der Hauptmann fort, »habe ich von eurem Mut und eurer Tapferkeit erwartet; vor allem aber muss ein kühner und gewandter Mann aus eurer Mitte ohne Waffen, in der Tracht eines fremden Reisenden, in die Stadt gehen und seine ganze Geschicklichkeit aufbieten, um herauszufinden, ob man nicht von dem auffallenden Tode dessen spricht, den wir, wie er es verdiente, umgebracht haben, wer er war und in welchem Hause er wohnte. Dies ist für jetzt das Wichtigste, damit wir nichts tun, was wir bereuen würden, und uns nicht in einem Lande verraten, in dem wir so lange unbekannt waren und es so wichtig für uns ist, auch fernerhin unbekannt zu bleiben. Um indes denjenigen, der sich für diese Aufgabe anbietet, anzufeuern und damit er uns nicht einen falschen Bericht bringt, der unser aller Verderben nach sich ziehen könnte, so frage ich euch, ob ihr es nicht für angemessen haltet, dass er sich im Falle eines falschen Berichts der Todesstrafe unterwirft?«

Ohne erst die Abstimmung der andern abzuwarten, sagte einer der Räuber: »Ich unterwerfe mich der Bedingung und halte es für eine Ehre, bei diesem Geschäfte mein Leben zu wagen. Gelingt es mir nicht, so werdet ihr euch wenigstens erinnern, dass es mir weder an gutem Willen noch an Mut gefehlt hat.«

Der Räuber erhielt große Lobsprüche vom Hauptmann und seinen Kameraden und verkleidete sich dann so vollständig, dass niemand ihn für den halten konnte, der er wirklich war. Er traf seine Maßregeln so, dass er gerade um die Zeit, in der der Tag zu grauen anfing, in die Stadt kam. Auf dem Marktplatz angelangt, sah er nur einen einzigen Laden offen, nämlich den von Baba Mustafa.

Baba Mustafa saß mit dem Pfriemen in der Hand auf seinem Stuhle und wollte eben sein Geschäft beginnen. Der Räuber trat auf ihn zu, wünschte ihm einen guten Morgen, und da er sein hohes Alter bemerkte, sagte er zu ihm: »Guter Mann, du fängst sehr frühe an zu arbeiten; du kannst bei deinen Jahren unmöglich jetzt schon gut sehen. Auch wenn es noch heller wäre, so zweifle ich doch, dass deine Augen noch scharf genug sind zum Flicken.« – »Wer du auch sein magst«, antwortete Baba Mustafa, »so scheinst du mich nicht zu kennen. Ich bin zwar wirklich schon sehr alt, habe aber dennoch treffliche Augen; und zum Beweis dafür will ich dir nur sagen, dass ich vor noch nicht langer Zeit einen Toten an einem Orte zusammengeflickt habe, wo es nicht viel heller war als es hier jetzt ist.« Der Räuber war hocherfreut, sogleich einen Mann getroffen zu haben, der ihm, wie er hoffte, von selbst und ungefragt über das Auskunft gab, weswegen er hierher gekommen war. »Einen Toten?«, fragte er ganz verwundert. Und um ihn zum Sprechen zu bringen, fügte er hinzu: »Warum denn einen Toten zusammennähen? Du wolltest offenbar sagen, das Leichentuch, worin er eingehüllt war!« – »Nein, nein«, antwortete Baba Mustafa, »ich weiß recht gut, was ich sagen will. Du möchtest mich gerne zum Sprechen bringen, aber ich werde dir nichts mehr davon erzählen.« Der Räuber zog ein Goldstück aus der Tasche, drückte es Baba Mustafa in die Hand und sagte zu ihm: »Ich habe durchaus nicht die Absicht, in ein Geheimnis eindringen zu wollen, obwohl ich dir versichern kann, dass ich es nicht verbreiten würde, wenn du es mir anvertrautest. Das Einzige, um was ich dich bitte, ist, dass du so gefällig sein mögest, mir das Haus zu beschreiben oder zu zeigen, wo du den Leichnam zusammengenäht hast.« – »Wenn ich dies auch gern tun wollte«, antwortete Baba Mustafa, indem er Miene machte, ihm das Goldstück zurückzugeben, »so versichere ich dir doch, dass es mir unmöglich wäre, und du kannst mir dies auf mein Wort glauben. Man hat mich nämlich an einen gewissen Ort geführt, wo mir die Augen verbunden wurden, und von da zu einem Hause, von wo aus man mich nach Vollendung meines Geschäfts auf dieselbe Weise an denselben Ort zurückführte. Du siehst also ein, dass ich dir unmöglich deinen Wunsch erfüllen kann.« – »So wirst du dich doch«, fragte der Räuber weiter, »wenigstens einigermaßen an den Weg erinnern, den man dich mit verbundenen Augen geführt hat. Ich bitte dich, komme jetzt mit mir, ich will dir an derselben Stelle die Augen verbinden und dann wollen wir miteinander dieselbe Straße und dieselben Kreuz- und Querwege gehen, an die du dich erinnerst. Da aber jeder Arbeiter seines Lohnes wert ist, so gebe ich dir hiermit ein zweites Goldstück. Komm und tu mir diesen Gefallen.«

Die beiden Goldstücke lockten Baba Mustafa. Er betrachtete sie eine Zeit lang in seiner Hand, ohne ein Wort zu sprechen, und ging mit sich zu Rate, was er tun solle. Endlich zog er seinen Geldbeutel, steckte sie hinein und sagte dann zum Räuber: »Ich kann zwar nicht versichern, dass ich mich des Wegs, den man mich damals führte, genau erinnere; da du es aber so haben willst, so komm, ich will mein Möglichstes tun, um mich darauf zu besinnen.« Baba Mustafa machte sich nun zur großen Freude des Räubers auf, und ohne seinen Laden zu verschließen, führte er ihn an den Ort, an dem ihm Morgiane die Augen verbunden hatte. Als sie dort angekommen waren, sagte Baba Mustafa: »Hier hat man mich verbunden und ich sah gerade zu derselben Seite wie jetzt.« Der Räuber, der schon sein Schnupftuch bereithielt, verband ihm nun gleichfalls die Augen und ging neben ihm her, indem er ihn teils führte, teils sich von ihm führen ließ, bis er stehen blieb.

»Weiter«, sagte Baba Mustafa, »bin ich, soviel ich weiß, nicht gekommen.« Und er befand sich wirklich vor Casims Hause, wo jetzt Ali Baba wohnte. Der

Räuber machte, bevor er ihm das Tuch von den Augen nahm, schnell mit einem Stück Kreide ein Zeichen vor die Türe und fragte ihn, als er ihm das Tuch abgenommen hatte, ob er wisse, wem das Haus gehöre. Baba Mustafa antwortete, er wohne nicht in diesem Stadtviertel und könne ihm auch nichts Weiteres davon sagen. Als der Räuber sah, dass er von Baba Mustafa nichts mehr erfahren konnte, dankte er ihm für seine Mühe und ließ ihn zu seinem Laden zurückgehen; er selbst aber ging wieder in den Wald, in der festen Überzeugung, dort gut aufgenommen zu werden.

Bald nachdem der Räuber und Baba Mustafa sich getrennt hatten, ging Morgiane eines Geschäftes wegen aus dem Hause Ali Babas; und als sie zurückkam, bemerkte sie das Zeichen, das der Räuber an die Türe gemacht hatte. Sie blieb stehen und betrachtete es aufmerksam. »Was mag wohl dieses Zeichen bedeuten?«, sagte sie zu sich selbst; »sollte jemand Böses gegen meinen Herrn im Schilde führen, oder ist es bloß zum Scherze gemacht worden? Dem sei wie es wolle, es kann nichts schaden, wenn man sich für jeden Fall sicherstellt.« Sie nahm sofort ebenfalls Kreide, und da die zwei oder drei vorhergehenden und dahinterfolgenden Türen fast ebenso aussahen wie ihre Haustüre, so zeichnete sie dieselben an der gleichen Stelle und ging sodann in das Haus zurück, ohne ihrem Herrn oder dessen Frau etwas davon zu sagen.

Der Räuber indes setzte seinen Weg in den Wald fort und kam sehr bald zur übrigen Gesellschaft zurück. Er stattete sogleich Bericht vom Erfolg seiner Reise ab und pries über die Maßen sein Glück, dass er gleich anfangs einen Mann fand, der ihm das, was ihn in die Stadt geführt hatte, erzählt habe, denn er hätte es sonst von niemandem erfahren können. Alle zeigten große Freude darüber und der Hauptmann sprach folgendermaßen zu der ganzen Gesellschaft: »Kameraden, wir haben keine Zeit mehr zu verlieren; lasst uns gut bewaffnet, aber ohne dass man es uns ansieht, aufbrechen, und um keinen Verdacht zu erregen, einzeln, einer nach dem andern, in die Stadt gehen; dort kommt von verschiedenen Seiten her auf dem Marktplatze zusammen, während ich mit unserm Kameraden, der uns eben diese gute Nachricht gebracht hat, das Haus auskundschafte, um dann die zweckmäßigsten Vorkehrungen treffen zu können.«

Die Rede des Räuberhauptmanns wurde mit großem Beifall aufgenommen, und bald waren alle reisefertig. Sie zogen nun zu zweit und dritt von dannen, und da sie immer in angemessener Entfernung voneinander gingen, so gelangten sie ohne Verdacht zu erregen in die Stadt. Der Hauptmann und der Räuber, der morgens dort gewesen war, trafen zuletzt ein. Dieser führte den Hauptmann in die Straße, wo er Ali Babas Haus gekennzeichnet hatte, und als er an die erste, von Morgiane bezeichnete Haustüre kam, machte er ihn darauf aufmerksam und sagte, das sei die rechte. Als sie aber, um sich nicht verdächtig zu machen, weitergingen, bemerkte der Hauptmann, dass die nachfolgende Türe ebenfalls dasselbe Zeichen an derselben Stelle hatte; er zeigte es daher seinem Führer und fragte ihn, ob es dies Haus sei oder das vorige. Der Räuber kam in Verlegenheit und wusste nichts zu antworten, besonders als er und der Hauptmann sahen, dass die zwei oder drei folgenden Türen ebenfalls dasselbe Zeichen hatten. Er versicherte dem Hauptmann mit einem Schwur, dass er bloß eine Einzige gekennzeichnet habe, und fügte dann hinzu: »Es ist mir unbegreiflich, wer die übrigen so ähnlich markiert hat, und ich muss in dieser Verwirrung gestehen, dass ich die Tür, die ich selbst gekennzeichnet habe, nicht mehr herausfinden kann.« Als nun der Hauptmann seinen Plan vereitelt sah, begab er sich zum Marktplatz und ließ seinen Leuten durch den ersten Besten, der ihm begegnete, sagen, sie haben sich dieses Mal vergebliche Mühe gemacht und es bleibe nichts anderes übrig, als den Rückweg zu ihrem gemeinschaftlichen Zufluchtsort anzutreten. Er selbst ging voran und sie folgten ihm alle in derselben Ordnung, wie sie gekommen waren.

Nachdem sich die Bande im Walde versammelt hatte, erklärte ihr der Hauptmann, warum er sie habe wieder umkehren lassen. Sogleich wurde der Führer einstimmig des Todes schuldig erklärt, auch gestand er selbst, dass er es verdient habe, weil er bessere Vorsichtsmaßnahmen hätte ergreifen sollen; und ohne Zittern bot er demjenigen den Hals hin, der den Auftrag erhielt, ihm den Kopf abzuschlagen.

Da es für das Wohl der Bande sehr wichtig war, den Schaden, den man ihr zugefügt hatte, nicht ungerächt zu lassen, so trat ein anderer Räuber auf, versprach, es solle ihm besser gelingen als seinem Vorgänger, und bat sich die Übertragung dieser Aufgabe als eine Gunst aus. Diese wurde ihm gewährt; er ging in die Stadt, bestach Baba Mustafa wie es sein Vorgänger getan hatte, und Baba Mustafa führte ihn mit verbundenen Augen vor Ali Babas Haus. Der Räuber kennzeichnete dasselbe an einer weniger bemerkbaren Stelle mit Rötel, in der Hoffnung, er werde es auf diese Art gewiss von den weiß markierten unterscheiden können. Aber bald darauf ging Morgiane wie am vorigen Tag aus dem Hause, und als sie zurückkam, entging ihren scharf blickenden Augen das rote Zeichen nicht. Sie dachte sich dabei das Gleiche wie bei dem weißen Zeichen, und machte sogleich an die Türen der Nachbarhäuser an die gleiche Stelle dasselbe Zeichen mit Rötel.

Inzwischen kehrte der Räuber zu seiner Bande in den Wald zurück, erzählte, welche Vorkehrung er getroffen hatte, und sagte, es wäre ihm jetzt unmöglich, das markierte Haus mit den andern zu verwechseln. Der Hauptmann und seine Leute glaubten mit ihm, die Sache müsse jetzt gelingen. Sie begaben sich daher in derselben Ordnung und mit derselben Vorsicht wie Tags zuvor, auch ebenso bewaffnet, zur Stadt, um den Plan auszuführen, den sie ersonnen hatten. Der Hauptmann und der Räuber gingen sogleich in die Straße Ali Babas, fanden sich aber mit derselben Schwierigkeit wie das erste Mal konfrontiert. Der Hauptmann war darüber erzürnt, und der Räuber geriet in dieselbe Bestürzung wie derjenige, der vor ihm diesen Auftrag gehabt hatte. So sah sich denn der Hauptmann genötigt, ebenso unbefriedigt wie das erste Mal noch an demselben Tage mit seinen Leuten den Rückweg anzutreten. Der Räuber, der an dem Misslingen des Plans schuld war, erlitt gleicherweise die Strafe, der er sich freiwillig unterworfen hatte.

Da nun der Hauptmann seine Bande um zwei wackere Leute vermindert sah, fürchtete er, sie möge noch mehr abnehmen, wenn er sich bei der Erforschung von Ali Babas Haus auch fernerhin auf andere verlassen wollte. Ihr Beispiel zeigte ihm, dass sie mehr zu kühnen Waffentaten geeignet waren als zu einer solchen Unternehmung, bei der man klug und listig zu Werke gehen musste. Er übernahm daher die Sache selbst und ging in die Stadt, wo ihm Baba Mustafa denselben Dienst leistete wie den beiden Abgesandten seiner Bande vorher; er machte jedoch kein Merkzeichen an Ali Babas Haus, sondern ging mehrere Male vorüber und betrachtete es so genau, dass er es durchaus nicht mehr verwechseln konnte. Dann ging der Räuberhauptmann wohl zufrieden mit seiner Reise in den Wald zurück, und als er in die Felsenhöhle kam, wo die ganze Bande ihn erwartete, sagte er zu ihnen: »Kameraden, jetzt kann uns nichts mehr daran hindern, volle Rache für die Bosheit zu nehmen, die an uns verübt worden ist. Ich kenne das Haus des Schurken, den sie treffen soll, ganz genau und habe unterwegs darüber nachgedacht, so schlau anzugreifen, dass niemand weder von unserer Höhle noch von unserm Schatze etwas ahnen wird; denn dies ist der Hauptzweck, den wir bei unserm Unternehmen vor Augen haben müssen, sonst würde es uns ins Verderben stürzen. Hört einmal zu«, fuhr der Hauptmann fort,

»was ich ausgesonnen habe, um diesen Zweck zu erreichen.« Sofort erklärte er ihnen, wie er die Sache anzupacken gedachte, und als ihm alle Beifall zollten, befahl er ihnen, sich in die umliegenden Dörfer und Flecken und auch in die Stadt zu zerstreuen, und neunzehn Maulesel zu kaufen, nebst achtunddreißig großen ledernen Ölschläuchen, von denen einer voll, die andern aber leer sein sollten.

Binnen zwei bis drei Tagen hatten die Räuber alles beisammen. Da die leeren Schläuche an der Öffnung für seinen Zweck etwas zu eng waren, ließ der Hauptmann sie ein wenig weiten, und nachdem er in jeden Schlauch einen seiner Leute mit den nötigen Waffen hatte hineinkriechen lassen, wobei jedoch eine aufgetrennte Ritze offen blieb, damit sie frei atmen konnten, verschloss er die Schläuche so, dass man glauben musste, es sei Öl darin; um die Täuschung zu vollenden, befeuchtete er sie von außen mit Öl, das er aus dem vollen Schlauche nahm.

Nachdem er diese Anordnung getroffen und die siebenunddreißig Räuber, jeder in einem Schlauche steckend, nebst dem mit Öl angefüllten Schlauche auf die Maultiere geladen hatte, machte sich der Hauptmann um die festgesetzte Stunde mit denselben auf den Weg in die Stadt und kam in der Abenddämmerung, etwa eine Stunde nach Sonnenuntergang, dort an. Er ging zum Tore hinein und geradewegs auf Ali Babas Haus zu, in der Absicht, bei ihm anzuklopfen und von ihm für sich und seine Maultiere ein Nachtlager zu erbitten. Er brauchte nicht anzuklopfen, denn Ali Baba saß vor der Türe, um nach dem Abendessen frische Luft zu schnappen. Er ließ daher seine Maulesel anhalten, wandte sich an Ali Baba und sagte zu ihm: »Herr, ich bringe das Öl, das du hier siehst, aus weiter Ferne her, um es morgen auf dem Markte zu verkaufen; aber da es schon so spät ist, weiß ich nicht, wo ich eine Unterkunft finden soll. Wenn es dir nicht zu lästig wäre, so würde ich dich um die Gefälligkeit bitten, mich für diese Nacht in deinem Hause aufzunehmen; ich würde dir großen Dank dafür bezeugen.« Obgleich Ali Baba den Mann, der jetzt mit ihm sprach, bereits ihm Walde gesehen und auch reden gehört hatte, so konnte er ihn doch in seinem Ölhändleraufzuge unmöglich als den Hauptmann jener vierzig Räuber wiedererkennen. »Sei mir willkommen«, sagte er zu ihm, »und tritt ein!« Mit diesen Worten machte er ihm Platz, sodass er samt seinen Maultieren hineingehen konnte.

Ali Baba rief nun seinen Sklaven und befahl ihm, die Maultiere in den Stall zu führen, sobald sie abgepackt wären. Auch ging er in die Küche und befahl Morgiane, sie solle für den neu angekommenen Gast schnell ein gutes Abendbrot bereiten und in einem Zimmer ein Bett für ihn herrichten.

Ali Baba tat noch mehr, um seinen Gast zu ehren. Als er sah, dass der Räuberhauptmann seine Maulesel abgepackt hatte, und diese wie befohlen in den Stall gebracht wurden, nahm er den Fremden, der die Nacht unter freiem Himmel zubringen wollte, bei der Hand und führte ihn in den Saal, wo er seine Besucher zu empfangen pflegte, mit der Erklärung, er werde es nicht zulassen, dass er im Hof übernachte. Der Räuberhauptmann verbat sich diese Ehre, indem er sagte, er wolle ihm durchaus nicht zur Last fallen; der wahre Grund aber war, dass er dann seinen Plan ungestörter ausführen konnte. Indes bat ihn Ali Baba so höflich und so dringend, dass er ihm nicht länger widerstehen konnte. Ali Baba leistete demjenigen, der ihm nach dem Leben trachtete, nicht bloß so lange Gesellschaft, bis Morgiane das Abendbrot auftrug, sondern unterhielt sich mit ihm auch noch fortwährend über allerlei Dinge, von denen er glaubte, sie könnten ihm Vergnügen bereiten, und verließ ihn nicht eher, bevor er sein Mahl beendet hatte. »Ich lasse dich jetzt allein«, sagte er dann zu ihm, »wenn du irgendetwas wünscht, so darfst du es nur sagen. Alles, was in meinem Hause ist, steht zu deinen Diensten.« Der Räuberhauptmann stand zugleich mit Ali Baba auf und begleitete ihn bis zur Türe. Während nun Ali Baba in die Küche ging, um mit Morgiane zu sprechen, begab er sich in den Hof unter dem Vorwand, er wolle im Stall nachsehen, ob es seinen Maultieren an nichts fehle.

Nachdem Ali Baba Morgiane wiederum gebeten hatte, für seinen Gast aufs Beste zu sorgen, fügte er hinzu: »Morgiane, ich will dir jetzt nur noch sagen, dass ich morgen vor Tagesanbruch ins Bad gehe; mache meine Badetücher zurecht und gib sie Abdallah – so hieß sein Sklave –, sodann bereite mir eine gute Fleischbrühe, bis ich nach Hause komme.« Nachdem er ihr diese Befehle gegeben hatte, ging er zu Bett.

Indes befahl der Räuberhauptmann seinen Leuten, was sie tun sollten. Vom ersten Schlauche an bis zum letzten sagte er zu jedem: »Wenn ich von meinem Schlafgemach kleine Steinchen herabwerfe, so schneide mit dem Messer, das du bei dir hast, den Schlauch von oben bis unten auf und krieche aus der Öffnung heraus; ich werde dann bald bei euch sein.« Dann kehrte er zurück, und sobald er sich an der Küchentüre zeigte, nahm Morgiane ein Licht, führte ihn zu dem für ihn eingerichteten Zimmer und ließ ihn dort allein, nachdem sie ihn zuvor gefragt hatte, ob er noch etwas wünsche.

Um keinen Argwohn zu erregen, löschte er bald darauf das Licht aus und legte sich ganz angekleidet nieder, damit er gleich nach dem ersten Schlafe wieder aufstehen konnte.

Morgiane vergaß Ali Babas Befehl nicht. Sie legte seine Badetücher zurecht, übergab sie Abdallah, der noch nicht schlafen gegangen war, und stellte den Topf für die Fleischbrühe ans Feuer. Während sie nun den Topf abschöpfte, ging plötzlich die Lampe aus. Im ganzen Hause war kein Öl mehr da und zufällig auch keine Lichter mehr vorrätig. Was sollte sie nun anfangen? Um ihren Topf abzuschöpfen, musste sie sehen können. Sie vertraute ihre Verlegenheit Abdallah an, der ihr zur Antwort gab: »Da gibt es freilich keinen anderen Rat, als dass du dir aus einem der Schläuche unten im Hofe etwas Öl holst.«

Morgiane dankte Abdallah für diesen Rat, und während er sich neben Ali Babas Zimmer niederlegte, um ihn dann ins Bad zu begleiten, nahm sie den Ölkrug und ging in den Hof. Als sie sich dem ersten besten Schlauch näherte, fragte der Räuber, der darin steckte, ganz leise. »Ist es Zeit?« Obwohl der Räuber leise gesprochen hatte, so wurde Morgiane doch wegen dieser Stimme stutzig; und das umso mehr, als sie bemerkte, dass alle Schläuche geöffnet worden waren. Denn der Räuberhauptmann hatte nicht nur die Maulesel abgeladen, sondern auch alle Schläuche aufgemacht, um seinen Leuten frische Luft zu verschaffen. Diese hatten ohnehin eine sehr üble Lage darin, obwohl sie Atem holen konnten.

Jede andere Sklavin als Morgiane, obwohl sie freilich nicht wenig überrascht war, statt des gesuchten Öls einen Mann in dem Schlauche zu finden, hätte deswegen wahrscheinlich Lärm gemacht und vielleicht großes Unglück angerichtet. Morgiane war aber weit verständiger als ihresgleichen. Sie begriff sogleich, wie wichtig es war, die Sache geheim zu halten, in welch dringender Gefahr Ali Baba nebst seiner Familie und sie selbst schwebte, und dass sie jetzt so schnell wie möglich und ohne allen Lärm ihre Vorkehrungen treffen musste. Gott der Herr hatte sie mit Verstand gesegnet, sodass sie die Mittel dazu bald erkannte. Sie fasste sich im nächsten Augenblicke wieder, und ohne im Mindesten Schrecken zu verraten, antwortete sie, als ob sie der Räuberhauptmann wäre: »Noch nicht, aber bald.« Darauf näherte sie sich dem folgenden Schlauch, wo sie dieselbe Frage hörte, und so fort, bis sie zum letzten kam, der mit Öl gefüllt war; sie gab auf jede Frage immer dieselbe Antwort.

Morgiane erkannte daraus, dass ihr Herr Ali Baba nicht, wie er glaubte, einen Ölhändler, sondern siebenunddreißig Räuber nebst ihrem Hauptmann, den verkleideten Kaufmann, in seinem Hause beherbergte. Sie füllte daher in aller Eile ihren Krug mit Öl, das sie aus dem letzten Schlauche nahm, kehrte sodann in die Küche zurück, und nachdem sie Öl in die Lampe gegossen und sie wieder angezündet hatte, nahm sie einen großen Kessel, ging wieder in den Hof und füllte ihn mit Öl aus dem Schlauche. Sodann ging sie wieder in die Küche und setzte ihn über ein gewaltiges Feuer, in das sie immer neues Holz schob, denn je eher das Öl zum Sieden kam, desto eher konnte sie auch den Plan ausführen, den sie zum gemeinsamen Wohl des Hauses gefasst hatte und der keinen Aufschub zuließ. Als das Öl endlich kochte, nahm sie den Kessel und goss in jeden Schlauch, vom ersten bis zum letzten, so viel siedendes Öl wie nötig war, um die Räuber zu ersticken und zu töten.

Nachdem Morgiane diese Tat, die ihrem Mut alle Ehre machte, ebenso geräuschlos ausgeführt als ausgedacht hatte, kehrte sie mit dem leeren Kessel in die Küche zurück und verschloss sie. Sodann löschte sie das große Feuer, das sie angezündet hatte, und ließ bloß so viel übrig wie nötig war, um die Fleischbrühe für Ali Baba vollends zu kochen. Zuletzt blies sie auch die Lampe aus und verhielt sich ganz still, denn sie hatte beschlossen, nicht eher zu Bette zu gehen, als bis sie durch ein Küchenfenster, das zum Hofe hinaus sah, alles beobachtet hatte, was vorging.

Morgiane hatte noch keine Viertelstunde gewartet, als der Räuberhauptmann erwachte. Er stand auf, öffnete das Fenster, sah hinaus und da er nirgends mehr Licht sah, sondern überall im Hause die tiefste Ruhe und Stille herrschte, so gab er das verabredete Zeichen, indem er kleine Steine hinabwarf. Mehrere davon fielen, wie er sich durch den Schall überzeugen konnte, auf die ledernen Schläuche. Er horchte begierig, hörte und merkte aber nichts, woraus er hätte schließen können, dass sich seine Leute in Bewegung setzten. Dies beunruhigte ihn, und er warf zum zweiten und dritten Mal kleine Steine hinab. Sie fielen auf die Schläuche, aber keiner von den Räubern gab das geringste Lebenszeichen von sich. Da er dies nicht begreifen konnte, ging er in der höchsten Bestürzung und so leise wie möglich in den Hof hinab und näherte sich dem ersten Schlauche; als er aber den darin befindlichen Räuber fragen wollte, ob er schlafe, stieg ihm ein Geruch von heißem Öl und von etwas Verbranntem aus dem Schlauch entgegen und er erkannte, dass sein Plan gegen Ali Baba, ihn zu ermorden, auszuplündern und das seiner Gesellschaft geraubte Gold wieder mitzunehmen, gänzlich fehlgeschlagen war. Er ging nun zum folgenden Schlauch und so fort bis zum letzten und fand, dass alle seine Leute auf dieselbe Weise umgekommen waren. Die Verminderung des Öls in dem vollen Ölschlauche zeigte ihm, welcher Mittel und Wege man sich bedient hatte, um seinen Plan zu vereiteln. Jetzt, da er alle seine Hoffnungen zerstört sah, brach er mit Verzweiflung im Herzen durch die Türe, die aus dem Hofe in Ali Babas Garten führte, und flüchtete, indem er über eine Gartenmauer nach der andern sprang.

Als Morgiane kein Geräusch mehr hörte und nach geraumem Warten den Räuberhauptmann nicht zurückkommen sah, zweifelte sie nicht mehr daran, dass er durch den Garten geflohen war. Hocherfreut, dass es ihr so gut gelungen war, das ganze Haus zu retten, ging sie endlich zu Bett und schlief ein. Ali Baba indes stand vor Tagesanbruch auf und ging, von seinen Sklaven begleitet, ins Bad. Er hatte nicht die geringste Ahnung von der grässlichen Begebenheit, die sich, während er schlief, in seinem Hause zugetragen hatte, denn Morgiane hatte es nicht für nötig befunden, ihn aufzuwecken, weil sie im Augenblicke der Gefahr keine Zeit zu verlieren hatte und nach Abwendung derselben ihn nicht in seiner Ruhe stören wollte.

Als Ali Baba aus dem Bade in sein Zimmer zurückkam und die Sonne schon hell am Himmel glänzte, wunderte er sich sehr, die Ölschläuche noch am alten Platze stehen zu sehen, und es war ihm unbegreiflich, dass der Kaufmann mit seinen Eseln nicht auf den Markt gegangen war. Er fragte deshalb Morgiane, die ihm die Türe öffnete und alles so stehen und liegen gelassen hatte, damit er es selbst sehen und sie ihm deutlich machen konnte, was sie zu seiner Rettung getan hatte. »Mein guter Herr«, antwortete Morgiane, »du wirst dich von dem, was du zu wissen verlangst, besser überzeugen, wenn deine eigenen Augen sehen, was ich ihnen zeigen will. Mach dir einmal die Mühe, mit mir zu kommen.« Ali Baba folgte seiner Magd; diese verschloss die Türe, führte ihn zum ersten Schlauch und sagte dann: »Blicke einmal in diesen Schlauch hinein, du wirst noch nie solches Öl gesehen haben.« Ali Baba blickte hinein, und als er in dem Schlauche einen Mann sah, erschrak er über die Maßen, schrie laut auf, und sprang zurück, wie wenn er auf eine Schlange getreten wäre. »Fürchte nichts«, sagte Morgiane zu ihm, »der Mann, den du da siehst, wird dir nichts Böses tun. Er hat das Maß seiner Missetaten erfüllt, aber jetzt kann er niemandem mehr Schaden zufügen, denn er ist tot.« – »Morgiane!«, rief Ali Baba, »beim erhabenen Propheten! Sage mir, was soll das heißen?« – »Ich will es dir erklären«, sagte Morgiane, »aber mäßige die Ausbrüche deiner Verwunderung und reize nicht die Neugierde der Nachbarn, sodass sie nicht eine Sache erfahren, welche geheim zu halten von großer Wichtigkeit für dich ist. Sieh jedoch zuvor in die übrigen Schläuche.« Ali Baba sah nach der Reihe in die andern Schläuche, vom ersten bis zum letzten, worin Öl war, das sichtbar weniger geworden war. Als er alle gesehen hatte, blieb er wie angewurzelt stehen, indem er seine Augen bald auf die Schläuche, bald auf Morgiane heftete, und so groß war sein Erstaunen, dass er lange kein Wort sprechen konnte. Endlich erholte er sich wieder und fragte dann: »Aber was ist denn aus dem Kaufmann geworden?« – »Der Kaufmann«, antwortete Morgiane, »ist so wenig ein Kaufmann als ich ein Kaufmann bin. Ich will dir sagen, was er ist und wohin er sich geflüchtet hat. Doch wirst du diese Geschichte viel bequemer auf deinem Zimmer anhören, denn für deine Gesundheit ist es besser, wenn du jetzt, nachdem du aus dem Bade gekommen bist, etwas Fleischbrühe genießt.«

Während sich Ali Baba auf sein Zimmer begab, holte Morgiane die Fleischbrühe aus der Küche und brachte sie ihm; Ali Baba aber sagte, ehe er sie zu sich nahm: »Fange immerhin an, meine Ungeduld zu befriedigen, und erzähle mir diese seltsame Geschichte mit allen einzelnen Umständen.« Sogleich erfüllte Morgiane den Willen ihres Herrn und berichtete, was passiert war. »Ich bin überzeugt«, setzte Morgiane zum Schlusse hinzu, »dass dies mit Begebenheiten zusammenhängt, die ich vor einigen Tagen bemerkt habe, aber euch nicht mitteilen zu müssen glaubte. Als ich nämlich einmal sehr frühe am Morgen von meinem Gang in die Stadt zurückkehrte, bemerkte ich, dass die Haustüre weiß gekennzeichnet war, und den Tag darauf bemerkte ich ein rotes Zeichen. Da ich aber nicht wusste, zu welchem Zweck dies geschehen war, so markierte ich jedes Mal zwei bis drei Nachbarhäuser sowohl vor als auch hinter uns in der Reihe ebenso an derselben Stelle. Wenn du nun dies mit der Geschichte der letzten Nacht zusammenbringst, so wirst du finden, dass alles von den Räubern im Walde angezettelt worden war, deren Bande sich indes um zwei Köpfe verringert hat. Wie dem auch sein mag, es sind ihrer im höchsten Falle nur noch drei am Leben. Dies beweist, dass sie dir den Untergang geschworen haben, und dass du sehr auf der Hut sein musst.«

Als Morgiane ausgesprochen hatte, erkannte Ali Baba sehr gut, welch wichtigen Dienst sie ihm geleistet hatte, und sprach voll Dankbarkeit zu ihr:

»Ich will nicht sterben, bevor ich dich für deinen Verdienst belohnt habe. Dir habe ich mein Leben zu verdanken, und um dir gleich jetzt einen Beweis meiner Erkenntlichkeit zu geben, schenke ich dir von Stund an die Freiheit; auch ich bin überzeugt, dass die vierzig Räuber mir diese Falle gestellt haben. Gott der Allmächtige und Allbarmherzige hat mich durch deine Hand befreit; ich hoffe, dass er mich auch ferner vor ihrer Bosheit beschützen und sie vollends ganz von meinem Haupte abwenden wird. Ich werde bald noch mehr für dich tun, um dir meinen Dank zu zeigen, Morgiane; doch jetzt müssen wir vor allem die Leichen beerdigen, aber in aller Stille, sodass niemand etwas von ihrem Schicksal ahnen kann; das will ich mit Abdallah sogleich besorgen.«

Ali Babas Garten war sehr lang und hinten von hohen Bäumen begrenzt. Ohne Zeit zu verlieren, ging er mit seinem Sklaven unter diese Bäume, um eine lange und breite Grube für die Leichen zu graben. Sie brauchten nicht viel Zeit für dieses Geschäft, zogen die Leichname aus den Lederschläuchen heraus, legten die Waffen, womit sich die Räuber versehen hatten, beiseite, schleppten dann die Leichname an das Ende des Gartens, warfen sie der Reihe nach in die Grube hinein und schutteten die aufgegrabene Erde über sie hin. Die Ölschläuche und die Waffen ließ Ali Baba sorgfältig verstecken, die Maulesel aber, die er nicht gebrauchen konnte, schickte er verschiedene Male auf den Markt und ließ sie durch seinen Sklaven verkaufen.

Während nun Ali Baba alle diese Vorkehrungen ergriff, um den Leuten zu verheimlichen, wie er in so kurzer Zeit so reich geworden war, war der Hauptmann der vierzig Männer mit bitterem Herzeleid in den Wald zurückgekehrt. Dieser unglückliche und seinen Hoffnungen so ganz zuwiderlaufende Ausgang der Sache kränkte ihn dermaßen und machte ihn so bestürzt, dass er unterwegs keinen Entschluss fassen konnte, was er gegen Ali Baba nunmehr unternehmen sollte, sondern ohne zu wissen wie in die Höhle zurückkam.

Grässlich war es ihm, als er sich dort nun allein fand. »Ihr wackern Leute alle«, rief er, »Gefährten meiner Nachtwachen, meiner Streifereien und meiner Anstrengungen, wo seid ihr? Was kann ich ohne euch tun? Habe ich euch bloß darum zusammengebracht und auserlesen, um euch auf einmal durch ein so unseliges und eures Mutes so unwürdiges Schicksal umkommen zu sehen? Ich würde weniger klagen, wenn ihr mit dem Säbel in der Faust als tapfere Männer gestorben wäret. Wann werde ich je wieder eine solche Schar von braven Leuten, wie ihr wart, zusammenbringen können? Und was kann ich unternehmen gegen den, der sich mit einem Teile von all diesem Gold und Silber, all diesen Schätzen bereichert hat? Was ich mit eurem mächtigen Beistande nicht auszuführen vermochte, muss ich jetzt ganz allein tun; und wenn ich nun den Schatz vor Plünderung bewahre, so will ich auch dafür sorgen, dass es ihm nach mir nicht an einem wackern Herrn fehle, auf dass er sich bis zu den spätesten Nachkommen erhalte und vermehre.« Nachdem er diesen Entschluss gefasst hatte, ersonn er einen Plan, sein Herz wurde wieder ruhig, er überließ sich aufs Neue schönen Hoffnungen und versank in einen tiefen Schlaf.

Am andern Morgen wachte der Räuberhauptmann früh auf, legte, seinem Plane gemäß, ein sehr stattliches Kleid an, ging in die Stadt und nahm sich eine Wohnung in dem Chan, wo die Kaufleute wohnten. Da er erwartete, dass das, was bei Ali Baba vorgefallen war, Aufsehen erregt hatte, so fragte er den Aufseher des Chans gelegentlich im Gespräch, ob es nichts Neues in der Stadt gäbe, und dieser erzählte ihm verschiedene Sachen, aber nur nicht das, was er zu hören wünschte. Er schloss daraus, dass Ali Baba ein Geheimnis aus der Sache mache, weil er nicht bekannt werden lassen wollte, dass er etwas von dem Schatze wisse und das Geheimnis, ihn zu öffnen, besitze; auch sei ihm wahrscheinlich bewusst, dass man ihm deshalb nach dem Leben trachtete. Dies bestärkte ihn in dem Vorsatz, alles zu tun, um ihn auf eine ebenso geheime Art aus dem Wege zu schaffen. Der Räuberhauptmann versah sich mit einem Pferd, mit dem er mehrere Reisen in den Wald unternahm, um verschiedene Arten wunderbarer Seidenstoffe und feiner Schleiertücher in seine Wohnung zu bringen; dabei traf er die nötigen Vorkehrungen, um den Ort, wo er dieselben holte, geheim zu halten. Als er nun so viele Waren, wie er für seine Zwecke zu benötigen glaubte, beisammen hatte, suchte er sich einen Laden, um sie zu verkaufen, und fand auch einen; er mietete ihn von seinem Eigentümer, stattete ihn aus und bezog ihn. Ihm gegenüber befand sich der Laden, der früher Casim gehört hatte, aber seit einiger Zeit von Ali Babas Sohn in Besitz genommen war.

Der Räuberhauptmann, der den Namen Chogia Husein angenommen hatte, unterließ es nicht, als neuer Ankömmling der Sitte gemäß den Kaufleuten, die seine Nachbarn waren, seine Aufwartung zu machen. Da Ali Babas Sohn noch jung, wohlgebildet und sehr verständig war, und er mit ihm öfter als mit andern Kaufleuten zu sprechen die Gelegenheit hatte, so schloss er bald Freundschaft mit ihm. Er suchte seinen Umgang umso mehr, als er drei bis vier Tage nach Errichtung seines Ladens Ali Baba wiedererkannte, der seinen Sohn besuchte und, wie er von Zeit zu Zeit zu tun pflegte, sich längere Zeit mit ihm unterhielt. Als er dann von dem Jüngling erfuhr, dass Ali Baba sein Vater sei, so verdoppelte er seine Gefälligkeiten ihm gegenüber, machte ihm kleine Geschenke und lud ihn mehrere Male zu Tisch.

Ali Babas Sohn glaubte, Chogia Husein diese Höflichkeiten erwidern zu müssen; da er aber sehr beengt wohnte und nicht so bequem eingerichtet war, um ihn, wie er wünschte, bewirten zu können, so sprach er darüber mit seinem Vater Ali Baba und bemerkte, dass es wohl nicht schicklich sein würde, wenn er die Höflichkeiten Chogia Huseins noch länger unerwidert ließe. Ali Baba nahm es mit Vergnügen auf sich, den Fremden zu bewirten. »Mein Sohn«, sagte er, »morgen ist Freitag, und da die großen Kaufleute wie Chogia Husein und du an diesem Tage ihre Läden geschlossen halten, so mache nachmittags einen Spaziergang mit ihm und richte es auf dem Rückwege so ein, dass du ihn an meinem Hause vorbeiführst und hereinzutreten nötigst. Es ist besser, die Sache macht sich so, als dass du ihn förmlich einlädst. Ich werde Morgiane den Befehl geben, ein Abendessen zugerichtet in Bereitschaft zu halten.«

Am Freitagnachmittag machten Ali Babas Sohn und Chogia Husein wirklich einen Spaziergang zusammen. Auf dem Rückwege führte Ali Babas Sohn seinen Freund absichtlich durch die Straße, wo sein Vater wohnte, und als sie vor dessen Haustüre waren, blieb er stehen, klopfte an und sagte zu ihm: »Hier ist das Haus meines Vaters. Da ich ihm schon viel erzählt habe von der freundschaftlichen Art, mit der du mir überall entgegenkommst, so hat er mich beauftragt, ihm die Ehre deiner Bekanntschaft zu verschaffen. Ich ersuche dich nun, die Zahl deiner Gefälligkeiten gegenüber mir noch durch diese zu vermehren.«

Obgleich nun Chogia Husein an das Ziel gelangt war, nach dem er strebte, nämlich Eintritt in Ali Babas Haus zu erhalten und ihn ohne eigene Gefahr und ohne großen Lärm zu töten, so brachte er dennoch allerhand Entschuldigungen vor und stellte sich, als wollte er von dem Sohne Abschied nehmen; da aber in diesem Augenblicke Ali Babas Sklave die Türe öffnete, so nahm ihn der Sohn artig bei der Hand, ging voran und zwang ihn gewissermaßen, mit ihm hereinzukommen.

Ali Baba empfing Chogia Husein mit freundlichem Gesicht und so gut, als er es nur wünschen konnte. Er dankte ihm für die Güte, die er seinem Sohn gegenüber erwiesen hatte, und sagte dann: »Wir beide sind dir dafür zu umso größeren Danke verpflichtet, weil er noch ein junger, in der Welt unerfahrener Mensch ist und du es nicht unter deiner Würde erachtest, bei seiner Bildung mitzuwirken.« Chogia Husein erwiderte Ali Babas Höflichkeiten durch andere und versicherte ihm zugleich, dass seinem Sohne zwar die Erfahrung eines Greisen abgehe, er jedoch einen gesunden Verstand habe, der so viel wert sei wie die Erfahrung von tausend andern. Nachdem sie sich eine Zeit lang über verschiedene gleichgültige Gegenstände unterhalten hatten, wollte Chogia Husein sich verabschieden; Ali Baba ließ es aber nicht zu. »Herr«, sagte er zu ihm, »wohin willst du gehen? Ich bitte dich, erweise mir die Ehre, ein Abendbrot bei mir einzunehmen. Das Mahl, das ich dir vorsetzen will, ist zwar bei Weitem nicht so glänzend wie du es verdienst; aber ich hoffe, du wirst es so wie es ist mit ebenso gutem Herzen annehmen, wie ich es dir anbiete.« – »Herr«, antwortete Chogia Husein, »ich bin von deiner guten Gesinnung vollkommen überzeugt, und wenn ich dich bitte, es mir nicht übel zu nehmen, dass ich dein höfliches Anerbieten ausschlage, so bitte ich dich zugleich zu glauben, dass dies weder aus Verachtung noch aus Unhöflichkeit geschieht, sondern weil ich einen besonderen Grund dazu habe, den du selbst billigen würdest, wenn er dir bekannt wäre.« – »Und was mag dies für ein Grund sein, Herr?«, versetzte Ali Baba; »darf ich dich wohl darum fragen?« – »Ich kann es dir wohl sagen«, antwortete Chogia Husein; »ich esse nämlich weder Fleisch noch andere Gerichte, an denen Salz ist; du kannst hieraus selbst schließen, welche Rolle ich an deinem Tische spielen würde.« – »Wenn du sonst keinen Grund hast«, fuhr Ali Baba dringlicher fort, »so soll dieser mich gewiss nicht der Ehre berauben, dich heute Abend an meinem Tische sitzen zu haben. Erstens ist in dem Brote, das man bei mir isst, kein Salz, und was das Fleisch und die Brühen betrifft, so verspreche ich dir, dass in dem, was dir vorgesetzt wird, ebenfalls keines sein soll. Ich will sogleich die nötigen Befehle erteilen; erweise mir daher die Gefälligkeit, bei mir zu bleiben; ich komme in einem Augenblick wieder zurück.«

Ali Baba ging in die Küche und befahl Morgiane, das Fleisch, das sie heute auftragen würde, nicht zu salzen, und außer den Gerichten, die er schon früher bei ihr bestellt hatte, schnell noch zwei bis drei andere zu bereiten, in denen kein Salz sei. Morgiane, die soeben im Begriff war aufzutragen, konnte nicht umhin, ihre Unzufriedenheit über diesen neuen Befehl zu äußern: »Wer ist denn«, fragte sie, »dieser eigensinnige Mann, der kein Salz essen will? Deine Mahlzeit wird nicht mehr gut sein, wenn ich sie später auftrage.« – »Werde nur nicht böse, Morgiane«, antwortete Ali Baba; »es ist ein rechtschaffener Mann, deswegen tu, was ich dir sage.« Morgiane gehorchte, aber mit Widerwillen, und es ergriff sie große Neugierde, den Mann kennen zu lernen, der kein Salz essen wollte. Als sie das Mahl bereitet und Abdallah den Tisch gedeckt hatte, half sie ihm, die Speisen hineinzutragen. Als sie dabei Chogia Husein ansah, erkannte sie ihn trotz seiner Verkleidung sogleich als Räuberhauptmann, und bei längerer und aufmerksamer Betrachtung bemerkte sie, dass er unter seinem Kleide einen Dolch versteckt trug. »Jetzt wundere ich mich nicht mehr«, sagte sie in ihrem Herzen, »dass dieser Gottlose mit meinem Herrn kein Salz essen will.* Er ist sein hartnäckigster Feind und will ihn ermorden; aber ich werde ihn schon daran hindern.«

Nachdem Morgiane mit Abdallah das Auftragen besorgt hatte, nutzte sie die Zeit, während die Herren aßen, um die nötigen Vorbereitungen zur Ausführung ihres Plans zu treffen, der von mehr als gewöhnlichem Mute zeugte; und sie war eben fertig damit, als Abdallah ihr meldete, dass es Zeit sei, die Früchte aufzutragen. Sie brachte dieselben und trug sie auf, sobald Abdallah den Tisch abgeräumt hatte. Hierauf stellte sie neben Ali Baba ein kleines Tischchen und auf dasselbe den Wein nebst drei Schalen; dann ging sie mit Abdallah hinaus, als wollte sie mit ihm zu Nacht speisen.

Jetzt glaubte der falsche Chogia Husein, oder vielmehr der Hauptmann der vierzig Räuber, dass der günstige Augenblick gekommen sei, um Ali Baba das Leben zu nehmen. »Ich will«, sprach er bei sich selbst, »Vater und Sohn betrunken machen, und der Sohn, dem ich gerne das Leben schenke, soll mich nicht daran hindern, seinem Vater den Dolch ins Herz zu stoßen; sodann will ich, wie das erste Mal, durch den Garten flüchten, während die Köchin und der Sklave noch mit ihrem Abendessen beschäftigt oder in der Küche eingeschlafen sind.«

---

* Das Salz war bei den Alten das Sinnbild der Freundschaft und Treue. Wenn Beduinen oder die Araber der Wüste einmal mit einem Menschen Brot und Salz gegessen haben, so wäre es ein fluchwürdiges Verbrechen, ihn auszuplündern oder sein Gepäck und seine Waren auch nur anzurühren. Für gleich schändlich gilt die geringste Beleidigung gegen seine Person.

Morgiane aber hatte die Absicht des falschen Chogia Husein durchschaut und ließ ihm keine Zeit, um seinen boshaften Plan auszuführen. Statt ihr Abendbrot einzunehmen, zog sie ein sehr anmutiges Tanzkleid an, wählte einen passenden Kopfputz dazu, legte sich einen Gürtel von vergoldetem Silber um, und befestigte daran einen Dolch; vor ihr Gesicht hing sie eine sehr schöne Maske. Nachdem sie sich nun so verkleidet hatte, sagte sie zu Abdallah: »Abdallah, nimm deine Schellentrommel und lass uns hineingehen, um vor dem Gast unseres Herrn, dem Freunde seines Sohnes, die lustigen Spiele aufzuführen, die wir ihm manchmal abends zum Besten geben.« Abdallah nahm die Schellentrommel, ging daraufhin spielend vor Morgiane her und trat so in den Saal. Hinter ihm kam Morgiane, die sich auf eine höchst ungezwungene und anmutige Weise tief verneigte, gleich als bäte sie um Erlaubnis, ihre Geschicklichkeit zu zeigen. »Komm nur herbei, Morgiane«, sagte Ali Baba; »Chogia Husein mag beurteilen, ob du etwas vom Tanz verstehst, und uns dann seine Meinung darüber sagen.« Dann sagte er zu Chogia Husein: »Du darfst nicht glauben, Herr, dass ich mich in große Unkosten gestürzt habe, um dir dieses Vergnügen zu bereiten. Ich finde es in meinem eigenen Hause, und du siehst, dass es niemand anders als ein Sklave und meine Köchin sind, die mich auf solche Art belustigen. Ich hoffe, es werde dir nicht missfallen.«

Chogia Husein war nicht darauf gefasst, dass Ali Baba auf das Mahl noch diese Belustigung folgen lassen würde. Er fing nun an zu fürchten, er könne die Gelegenheit, die er gefunden zu haben glaubte, nicht benutzen. Doch tröstete er sich für diesen Fall mit der Hoffnung, dass sich bei fortgesetztem freundlichen Umgang mit Vater und Sohn bald eine neue Gelegenheit ergeben würde. Obgleich es ihm nun weit angenehmer gewesen wäre, wenn Ali Baba ihn mit diesem Spiele verschonen würde, so war er höflich genug, ihm zu erklären, dass alles, was seinem verehrten Gastfreunde Vergnügen mache, notwendig auch ihm eine Quelle großer Freude sein müsse.

So fing Abdallah aufs Neue an, seine Schellentrommel zu schlagen, und sang ein Tanzlied dazu. Morgiane aber, die den geübtesten Tänzerinnen in nichts an Geschicklichkeit nachstand, tanzte auf eine Weise, die bei jeder andern als gerade bei der hier anwesenden Gesellschaft Bewunderung hätte erregen müssen; am wenigsten Aufmerksamkeit schenkte der falsche Chogia Husein ihrer Kunst.

Nachdem sie nun mit gleicher Kraft und Anmut mehrere Tänze aufgeführt hatte, zog sie endlich den Dolch, schwang ihn in der Hand und tanzte

einen neuen Tanz, worin sie sich selbst übertraf. Die mannigfaltigen Figuren, die sie bildete, ihre leichten Bewegungen, ihre kühnen Sprünge und die wunderbaren Wendungen und Stellungen, die sie dabei einnahm, indem sie den Dolch bald wie zum Stoß ausstreckte, bald sich stellte, als bohrte sie ihn in ihre eigene Brust, waren höchst anmutig anzuschauen. Endlich schien sie sich außer Atem getanzt zu haben; sie hielt mit der rechten Hand den Dolch, riss mit der linken Hand Abdallah die Schellentrommel aus den Händen und hob die Trommel mit der hohlen Seite Ali Baba hin, wie es Tänzer und Tänzerinnen, die ein Gewerbe aus ihrer Kunst machen, zu tun pflegen.

Ali Baba warf Morgiane ein Goldstück auf die Trommel; hierauf wandte sie sich an Ali Babas Sohn, der dem Beispiel seines Vaters folgte. Chogia Husein, der sie auch auf sich zukommen sah, hatte bereits seinen Geldbeutel gezogen, um ihr gleichfalls ein Geschenk zu machen, und griff eben hinein, als Morgiane mit einem Mut, der ihr alle Ehre machte, ihm den Dolch mitten durchs Herz bohrte, sodass er leblos zurücksank. Ali Baba und sein Sohn entsetzten sich über die Maßen über diese Handlung und erhoben ein lautes Geschrei. »Unglückselige!«, rief Ali Baba, »was hast du getan! Willst du mich und meine ganze Familie verderben?« – »Nein, mein Herr«, antwortete Morgiane, »ich habe es im Gegenteil zu deiner Rettung getan.« Hierauf öffnete sie Chogia Huseins Kleid, zeigte Ali Baba den Dolch, womit er bewaffnet war, und sagte dann zu ihm: »Da sieh, mit welchem kühnen Feind du zu tun hattest, und blicke ihm mit scharfem Auge ins Angesicht. Du wirst gewiss den falschen Ölhändler und den Hauptmann der vierzig Räuber erkennen. Ist es dir denn nicht aufgefallen, dass er kein Salz mit dir essen wollte? Bedarf es noch weiterer Zeugnisse für seinen verderblichen Plan? Noch ehe ich ihn sah, hatte ich schon Argwohn geschöpft, als du mir sagtest, dass du einen solchen Gast hast. Ich sah ihm daraufhin ins Angesicht, und nun liegt der Beweis vor dir, dass mein Verdacht nicht unbegründet war.«

Ali Baba fühlte in seinem innersten Herzen, welchen Dank er Morgiane schuldig war, die ihm nun zum zweiten Male das Leben gerettet hatte. Er umarmte sie und sagte zu ihr: »Morgiane, ich habe dir die Freiheit geschenkt und dabei versprochen, dass mein Dank es nicht dabei bewenden lassen werde und ich bald noch mehr für dich tun wolle. Diese Zeit ist gekommen: Ich mache dich hiermit zu meiner Schwiegertochter.« Hierauf wandte er sich an seinen Sohn und sagte zu ihm: »Mein Sohn, du bist ein guter Sohn, und ich glaube, du wirst es nicht unbillig finden, dass ich dir Morgiane zur Frau gebe, ohne zuvor deine Meinung zu hören. Du bist ihr ebenso großen Dank schuldig wie ich selbst; denn es ist offensichtlich, dass Chogia Husein deine Freundschaft bloß deswegen gesucht hat, um mir dann leichter meuchlerischerweise das Leben nehmen zu können, und du darfst nicht zweifeln, dass er, wenn ihm dies gelungen wäre, auch dich seiner Rache geopfert hätte. Bedenke überdies, dass du in Morgiane, wenn du sie heiratest, die Stütze meiner Familie, so lange ich leben werde, und die Stütze der deinigen bis ans Ende deiner Tage besitzen wirst.«

Der Sohn gab nicht den geringsten Widerwillen zu erkennen, sondern erklärte im Gegenteil, er willige in diese Heirat nicht bloß aus Gehorsam gegen seinen Vater ein, sondern auch aus eigener Neigung. Hierauf traf man in Ali Babas Hause Anstalten, den Leichnam des Hauptmanns neben den übrigen Räubern zu begraben, und dies geschah so geheim und in aller Stille, dass es erst nach langen Jahren bekannt wurde, als niemand mehr lebte, der bei dieser denkwürdigen Geschichte persönlich beteiligt war.

Wenige Tage später feierte Ali Baba die Hochzeit seines Sohnes und Morgianes mit großem Glanze und mit einem prachtvollen Festmahl, das mit Tänzen, Schauspielen und den gewöhnlichen Lustbarkeiten gewürzt war. Auch hatte er das Vergnügen zu sehen, dass seine Freunde und Nachbarn, die er eingeladen hatte und die zwar die wahren Beweggründe zu dieser Hochzeit nicht wissen konnten, aber sonst die schönen und guten Eigenschaften Morgianes kannten, ihn laut wegen seiner Großmut und seiner Herzensgüte lobten.

Ali Baba war nicht mehr in die Räuberhöhle zurückgekehrt, seit er die Leiche seines Bruders Casim dort angetroffen und auf einem seiner drei Esel nebst vielem Golde zurückgebracht hatte, denn er fürchtete, er würde die Räuber dort antreffen oder von ihnen überrascht werden; und auch nach dem Tode der achtunddreißig Räuber, den Hauptmann mit eingerechnet, hütete er sich lange Zeit davor, dahin zurückzukehren, weil er dachte, dass die zwei anderen, deren Schicksal ihm nicht bekannt war, noch am Leben waren. Endlich nach Verlauf eines Jahres, als er sah, dass nichts mehr gegen seine Ruhe unternommen wurde, überkam ihn die Neugierde, abermals eine Reise dahin zu unternehmen; doch ergriff er dabei die nötigen Vorsichtsmaßnahmen zu seiner Sicherheit, und als er bei der Grotte ankam, sah er es als gutes Vorzeichen an, dass er weder Spuren von Menschen noch von Pferden bemerkte. Er stieg ab, band sein Pferd an, trat vor die Türe und sprach die Worte »Sesam, öffne dich!«, die er noch nicht vergessen hatte. Die Türe öffnete sich, er ging hinein und an dem Zustand, in dem er alles in der Grotte antraf, konnte er ersehen, dass ungefähr seit der Zeit, da der angebliche Chogia Husein einen Laden in der Stadt errichtet hatte, niemand mehr darin gewesen war, und die ganze Bande der vierzig Räuber ausgerottet sein musste. Auch zweifelte er nicht mehr daran, dass er der einzige auf der Welt war, der um das Geheimnis, die Höhle zu öffnen, wisse, und dass der darin verschlossene Schatz gänzlich zu seiner Verfügung stand. Er hatte einen Quersack mitgenommen; diesen füllte er mit so viel Gold an, wie sein Pferd tragen konnte, und kehrte dann zur Stadt zurück.

Seit dieser Zeit lebten Ali Baba und sein Sohn, den er irgendwann zur Felsenhöhle führte und in das Geheimnis, wie sie zu öffnen sei, einweihte, desgleichen ihre Nachkommen, auf die sie das Geheimnis vererbten und die ihr Glück mit weiser Mäßigung genossen in hohem Glanze und geschmückt mit den höchsten Ehren der Stadt.

Die Geschichte von dem Araber mit den Bohnen

Als Harrun Arraschid den Barmekiden Djafar hängen ließ, befahl er, dass wer ihn betraure und beweine, auch gehängt werden sollte, so dass es natürlich ein jeder unterließ. Eines Tages kam ein Araber aus einer entfernten Wüste, der jedes Jahr Djafar ein Gedicht überreichte, für welches er tausend Dinare erhielt, womit er und seine Familie das ganze Jahr leben konnten. Sobald er hörte, dass Djafar gehängt worden war, ging er auf den Hinrichtungsplatz, ließ dort sein Kamel niederknien, seufzte und weinte laut und rezitierte sein Gedicht; dann schlief er ein und sah Djafar im Traume, der zu ihm sagte: »Du hast meinetwillen diese mühsame Reise unternommen und findest mich nun, wie du siehst; doch geh nach Basra, frage nach dem Kaufmann Soundso und sage ihm, Djafar der Barmekide lässt ihn grüßen und bei den Bohnen beschwören, dir tausend Dinare zu geben.« Der Araber machte sich sogleich auf den Weg nach Basra, suchte diesen Kaufmann auf und trug ihm Djafars Bitte vor. Der Kaufmann weinte so heftig, dass er beinahe sein Leben aufgab, nahm den Araber mit besonderer Gastfreundschaft auf, bewirtete ihn drei Tage lang, gab ihm am vierten Tage fünfzehnhundert Dinare und sagte zu ihm: »Du erhältst tausend Dinare nach Djafars Befehl und fünfhundert als Geschenk von mir.« Auch hieß er ihn jedes Jahr wiederkehren, um tausend Dinare in Empfang zu nehmen. Der Araber beschwor den Kaufmann, er möge ihm doch sagen, was Djafar mit den Bohnen meinte? Da sagte der Kaufmann: »Ich war früher ein armer Bohnenhändler. Einst ging ich an einem kalten Tage auf dem Markte mit meinen Bohnen umher; meine Kleidung war so schlecht, dass sie mich weder gegen die Kälte noch gegen den Regen schützte. Ich zitterte vor Kälte und fiel einige Male auf den nassen Boden. Dies bemerkte Djafar und hatte Mitleid mit mir in meinem schauerlichen Zustand, ließ mich zu sich rufen und sagte zu mir: »Verkaufe meinem Gefolge diese Bohnen.« Ich holte mein Maß herbei, und so, wie ich die Bohnen hergab, füllte Djafar mein Maß mit Gold, bis ich statt meiner Bohnen einen großen Beutel Gold hatte. Zuletzt fragte Djafar: »Hast du nichts mehr?« Ich suchte im Korbe und fand nur noch eine einzige Bohne. Djafar nahm sie, teilte sie in zwei Hälften, ging damit in seinen Harem und fragte: »Wer will diese halbe Bohne kaufen?« Eine seiner Frauen sagte: »Ich, für den Beutel Gold, den der Mann trägt.« – »Nun«, sagte Djafar, »ich behalte die andere Hälfte für den doppelten Preis.« Ich glaubte, dies sei nur ein Scherz, aber ein Diener brachte das Gold herbei und legte es in meinen Korb. So hat mich Gott, gepriesen sei sein Name, durch Djafar reich gemacht, und wenn ich dir jedes Jahr tausend Dinare gebe, so ist dies nur eine geringe Vergeltung für seine Wohltaten gegen mich.«

Die Geschichte von Aladin und der Wunderlampe

In einer großen Stadt in China lebte ein Schneider namens Mustafa; er war sehr arm und seine Arbeit warf ihm kaum so viel ab, dass er, seine Frau und sein Sohn Aladin davon leben konnten. Als jener in die Jahre gekommen war, wo er ein Handwerk erlernen sollte, versuchte der Vater ihm das eigene beizubringen, aber weder gute Worte noch Drohungen des Vaters vermochten Aladins flatterhaften Sinn zu fesseln. Er fand mehr Gefallen daran, durch die Straßen zu ziehen und sich dem Müßiggang hinzugeben. Als der Vater starb, lebten Aladin und seine Mutter von dem, was sie mit Baumwollespinnen erwarb.

Eines Tages kam ein Fremder in die Stadt, der vor Aladin stehen blieb und ihn ansah. Dieser Fremde war ein berühmter Zauberer, und die Geschichtenschreiber, welche uns diese Erzählung aufbewahrt haben, nennen ihn den afrikanischen Zauberer. Dieser stammte wirklich aus Afrika und war erst vor zwei Tagen in der Stadt angekommen. Sei es nun, dass der afrikanische Zauberer in Aladins Gesicht alles bemerkte, was zur Ausführung seines Planes, der ihn hierher geführt hatte, notwendig erschien, oder mochte er einen andern Grund haben, er erkundigte sich jedenfalls, ohne dass es jemandem auffiel, nach Aladins Familie, seinem Stande und seinen Neigungen. Dann ging er auf den jungen Menschen zu, nahm ihn beiseite und fragte ihn: »Mein Sohn, ist dein Vater nicht der Schneider Mustafa?« – »Ja, lieber Herr«, antwortete Aladin, »aber er ist schon lange tot.« Bei diesen Worten fiel der afrikanische Zauberer Aladin um den Hals, umarmte ihn und küsste ihn wiederholte Male mit Tränen in den Augen. Dann erzählte er ihm, dass er sein Oheim und Aladins Vater geliebter Bruder wäre. Er war lange Jahre auf Reisen gewesen und kehre nun zurück, da er seinen Bruder wiedersehen wollte. Und nun höre er eine so schreckliche Nachricht.

Nachdem der Zauberer sich wieder gefasst hatte, bat er Aladin, ihm zumindest den Ort zu zeigen, wo sein lieber Bruder so lange gelebt und seine Tage beschlossen habe. Aladin führte ihn daraufhin nach Hause zu seiner Mutter. Dort warf sich der Zauberer sogleich zur Erde und rief mit Tränen in den Augen: »Armer Bruder, wie unglücklich bin ich, dass ich nicht zeitig genug gekommen bin, um dich vor deinem Tode noch einmal zu umarmen!«

Die Mutter bat ihn, sich zu erheben und wieß ihm einen Platz an ihrem Tische an. »Meine liebe Schwester«, sagte daraufhin der Zauberer zu ihr, »wundere dich nicht, dass du während der ganzen Zeit, da du mit meinem Bruder Mustafa, seligen Andenkens, verheiratet warst, mich nie gesehen hast. Es sind schon vierzig Jahre her, dass ich dieses Land verlassen habe. Seitdem habe ich Reisen nach Indien, Persien, Arabien, Syrien und Ägypten gemacht, mich in den schönsten Städten dieser Länder aufgehalten und bin dann nach Afrika gegangen, wo ich mich länger aufhielt. Da es jedoch dem Menschen angeboren ist, sein Heimatland sowie seine Eltern und Jugendgespielen auch in der weitesten Ferne nie aus dem Gedächtnis zu verlieren, so hat auch mich ein so gewaltiges Verlangen ergriffen, mein Vaterland wiederzusehen und meinen geliebten Bruder zu umarmen, jetzt, da ich noch Kraft und Mut zu einer so langen Reise in mir fühle, dass ich meine Vorbereitungen traf und mich auf den Weg machte. Ich sage dir, dass trotz aller Widrigkeiten auf dieser Reise mich nichts so geschmerzt hat wie die Nachricht von dem Tode meines Bruders, den ich immer mit echt brüderlicher Freundschaft geliebt hatte. Ich tröste mich, ihn in seinem Sohne wiederzufinden, der eine so auffallende Ähnlichkeit mit ihm hat.«

Als der afrikanische Zauberer sah, dass Aladins Mutter bei der Erinnerung an ihren Mann gerührt wurde und aufs Neue in Schmerz versank, brach er das Gespräch ab, wendete sich an Aladin, fragte ihn nach seinem Namen und sprach: »Nun gut, Aladin, mit was beschäftigst du dich? Verstehst du auch ein Gewerbe?« Bei dieser Frage schlug Aladin die Augen nieder und geriet in Verlegenheit. Seine Mutter aber ergriff das Wort und sagte: »Aladin ist ein Taugenichts; er streicht trotz meiner täglichen Ermahnungen die ganze Zeit auf den Straßen herum. Er weiß, dass sein Vater kein Vermögen hinterlassen hat, und sieht selbst, dass ich mit meinem Baumwollespinnen den ganzen Tag über kaum das Brot für uns beide verdienen kann.« Da sagte der afrikanische Zauberer zu dem Jungen: »Das ist nicht gut, mein Neffe; du musst daran denken, dir selbst zu helfen und einen Lebensunterhalt zu verdienen. Es gibt doch so viele Gewerbe in der Welt; besinne dich einmal, ob nicht eines darunter ist, zu dem du mehr Neigung hast als zu den andern. Vielleicht gefällt dir bloß das deines Vaters nicht und du würdest dich besser zu einem andern anschicken; verhehle mir deine Gesinnung hierüber nicht.« Als er sah, dass Aladin nichts antwortete, fuhr er fort: »Ist es dir überhaupt zuwider, ein Handwerk zu erlernen, und willst du ein angesehener Mann werden, so will ich für dich einen Laden mit kostbaren Stoffen und feinem Linnenzeug einrichten; du kannst dann diese Sachen verkaufen, und mit dem Geld, das du daraus erlöst, den Einkauf neuer Waren und auf diese Art ein anständiges Einkommen bestreiten. Frage dich selbst und sage mir offen, was du denkst. Du wirst mich stets bereit finden, mein Versprechen zu halten.«

Aladin erklärte dem afrikanischen Zauberer, dass seine Neigung zu dieser Seite mehr hingerichtet sei als nach jeder andern, und dass er ihm zeitlebens für die Wohltat danken würde, die er ihm erweisen wolle. Der Zauberer begrüßte seine Entscheidung und ging am nächsten Tag mit ihm in die Stadt, um ihn einzukleiden. Als sich Aladin von Kopf bis Fuß so prachtvoll gekleidet sah, dankte er seinem Oheim, so sehr man nur danken kann, und der Zauberer versprach ihm, ihn auch ferner nicht zu verlassen. Wirklich führte er ihn in die besuchtesten Gegenden der Stadt, besonders in diejenigen, wo sich die Läden der reichsten Kaufleute befanden, und in der Straße, wo es die Läden mit den schönsten Stoffen und der feinsten Leinwand gab, sagte er zu Aladin: »Da du bald auch ein solcher Kaufmann sein wirst wie diese hier, so ist es gut, wenn du sie besuchst, damit sie dich kennen lernen.« Er zeigte ihm auch die schönsten und größten Moscheen und führte ihn in den Chan, wo die fremden Kaufleute wohnten, und an alle diejenigen Orte im Palaste des Sultans, zu denen man freien Zutritt hatte.

Tags drauf wollten sie in die Umgebung der Stadt gehen. Aladin, der schon über seine schönen Kleider höchlich vergnügt war, freute sich sehr auf diesen Spaziergang. In der Tat war er noch nie vor die Stadttore gekommen. Der Zauberer führte ihn zu einem Tore hinaus, an großen und schönen Häusern oder vielmehr an prächtigen Palästen vorüber, von denen jeder einen sehr schönen Garten hatte, in welchen man frei eintreten durfte. Unbemerkt führte er Aladin ziemlich weit über die Gärten hinaus und durchwandelte mit ihm die Ebene, die ihn allmählich in die Nähe der Berge leitete. Endlich gelangten sie zwischen zwei Berge von mittelmäßiger Höhe, die nur durch ein schmales Tal getrennt waren. Dies war die Stelle, wohin der afrikanische Zauberer Aladin hatte bringen wollen, um einen großen Plan mit seiner Hilfe auszuführen, dem zuliebe er vom äußersten Ende Afrikas bis nach China gereist war. »Wir sind jetzt an Ort und Stelle«, sagte er zu Aladin; »ich werde dir hier außerordentliche Dinge zeigen, die allen übrigen Sterblichen unbekannt sind. Du wirst mir gewiss dafür danken, dass ich dich zum Zeugen so vieler Wunderdinge gemacht habe, die außer dir noch niemand gesehen hat. Häufe du hier so viel trockenes Reisig zusammen, damit wir ein Feuer anmachen können.«

Es gab hier so viel Reisig, dass Aladin bald einen mehr als hinlänglichen Haufen beisammen hatte, indes der Zauberer das Schwefelhölzchen anzündete. In dem Augenblick, in dem das Reisig aufloderte, warf der afrikanische Zauberer Räucherwerk hinein, das er schon bereit gehalten hatte. Dicker Rauch stieg empor, den er bald auf diese, bald auf jene Seite wendete, indem er allerlei Zauberworte sprach, von denen Aladin nichts verstand.

In diesem Augenblick erbebte die Erde, öffnete sich vor dem Zauberer und Aladin und ließ einen Stein hervorscheinen, der einen in der Mitte versiegelten bronzenen Ring besaß, um ihn daran aufzuheben. Aladin erschrak über das, was vor seinen Augen vorging, und wollte die Flucht ergreifen. Aber der Zauberer hielt ihn zurück, zankte ihn tüchtig aus und gab ihm eine so derbe Ohrfeige, dass er zu Boden fiel.

Zitternd und mit Tränen in den Augen rief der arme Aladin: »Mein Oheim, was habe ich denn getan, dass du mich so grausam schlägst?« – »Ich habe meine Gründe dazu«, antwortete der Zauberer, »aber du brauchst dich nicht zu fürchten, mein Sohn; ich verlange bloß, dass du mir pünktlich gehorchst, sofern du dich der großen Vorteile, die ich dir zudenke, würdig erweisen und sie benutzen willst. Du hast gesehen, was ich durch die Kraft meines Rauchwerks und die Worte, die ich sprach, bewirkt habe. Vernimm jetzt, dass unter diesem Stein hier ein Schatz verborgen liegt, der für dich bestimmt ist und dich dereinst reicher machen wird als die größten Könige der Welt. Es ist gewiss wahr, dass keinem Menschen auf der ganzen Welt außer dir erlaubt ist, diesen Stein anzurühren oder wegzuheben, um hier hineinzugelangen. Ja ich selbst darf ihn nicht berühren oder auch nur einen Fuß in dieses Schatzgewölbe setzen, wenn es geöffnet ist. Deshalb musst du genau und Punkt für Punkt ausführen, was ich dir sage, ohne etwas zu versäumen. Die Sache ist sowohl für dich als auch für mich von großer Wichtigkeit.«

Aladin, der den Zauberer von einem Schatze reden hörte, der ihn auf immer glücklich machen sollte, vergaß alles, was vorgefallen war. »Nun gut, lieber Oheim«, sagte er zu dem Zauberer, »was soll ich tun? Befiehl nur, ich bin bereit zu gehorchen.« – »Es freut mich sehr, liebes Kind«, sagte der afrikanische Zauberer, indem er ihn umarmte, »dass du dich hierzu entschlossen hast. Komm her, fasse diesen Ring an und hebe den Stein in die Höhe. Du bedarfst meiner Hilfe nicht. Sprich nur den Namen deines Vaters und deines Großvaters, wenn du den Ring in die Hand nimmst, und hebe ihn in die Höhe; du wirst sehen, dass er sich dir ohne Schwierigkeit fügen wird.«

Aladin tat, wie der Zauberer ihm gesagt hatte, und nachdem er den Stein weggenommen hatte, sah er eine Höhle mit einer kleinen Türe und Stufen, um noch weiter hinabzusteigen. »Mein Sohn«, sprach jetzt der afrikanische Zauberer, »gib genau acht auf das, was ich dir nunmehr sagen werde. Steig in diese Höhle hinab, und wenn du unten auf der letzten Stufe bist, so findest du eine offene Türe, die dich in eine große gewölbte Halle führen wird, welche in drei große aneinanderstoßende Säle abgeteilt ist. In jedem derselben wirst du rechts und links vier bronzene Vasen, so groß wie Kufen, voll Gold und Silber stehen sehen; aber hüte dich, sie anzurühren. Ehe du in den ersten Saal trittst, hebe dein Kleid in die Höhe und schlinge es eng um den Leib. Wenn du drinnen bist, so gehe, ohne dich aufzuhalten, zu dem zweiten und von da, ebenfalls ohne still zu stehen, in den dritten. Vor allen Dingen hüte dich, den Wänden zu nahe zu kommen oder sie auch nur mit dem Kleide zu berühren; denn wenn du sie berührst, wirst du auf der Stelle sterben. Am Ende des dritten Saales ist eine Türe, die dich in einen mit schönen und reich beladenen Obstbäumen bepflanzten Garten führen wird. Gehe nur immer geradeaus, und quer durch den Garten wird dich ein Weg zu einer Treppe mit fünfzig Stufen führen, auf denen du zu einer Terrasse emporsteigen kannst. Sobald du oben auf dieser Terrasse bist, wirst du eine Nische vor dir sehen, und in dieser Nische eine brennende Lampe. Diese Lampe nimm, lösche sie aus, wirf den Docht samt der brennbaren Flüssigkeit auf den Boden, stecke sie dann vorn in dein Kleid und bring sie mir. Gelüstet es dich nach den Früchten im Garten, so kannst du davon abpflücken so viel du willst; dies ist dir nicht verboten.«

So sprechend zog der afrikanische Zauberer einen Ring von seinem Finger und steckte ihn an einen Finger Aladins. Dies, sagte er zu ihm, sei ein Mittel gegen alles Unglück, das ihm begegnen könnte. »So gehe denn, mein Sohn«, fügte er hinzu, »steige dreist hinab; dann haben wir beide unser ganzes Leben lang Geld wie Heu.«

Aladin hüpfte leichtfüßig in die Höhle hinein und stieg die Stufen hinab. Er fand die drei Säle, die ihm der afrikanische Zauberer beschrieben hatte, und ging behutsam durch sie hindurch, weil er zu sterben fürchtete, sofern er nicht alles, was ihm vorgeschrieben war, aufs Genaueste beachtete. Ohne zu verweilen, ging er durch den Garten, stieg die Terrasse hinauf, nahm die brennende Lampe aus der Nische, warf den Docht und schüttete die Flüssigkeit zu Boden, steckte sie in sein Kleid und ging die Terrasse wieder hinab.

Im Garten verweilte er beim Anblick der Früchte, die er vorher bloß im Vorübergehen gesehen hatte. Die Bäume dieses Gartens trugen alle ganz außerordentliche Früchte und zwar jeder verschiedenfarbige. Die weißen waren Perlen, die hellleuchtenden und durchsichtigen Diamanten, die dunkelroten Rubine, die hellroten Ballassrubine, die grünen Smaragde, die blauen Türkise, die violetten Amethyste, die gelblichen Saphire usw. Diese Früchte waren alle so groß und vollkommen, dass man auf der ganzen Welt nichts Ähnliches gesehen hat. Aladin, der ihren Wert nicht kannte, wären Feigen, Trauben und andere edle Obstarten lieber gewesen – er war noch nicht in dem Alter, in dem man sich auf dergleichen versteht, und so nahm er an, dass diese Früchte bloß gefärbte Gläser seien und keinen andern Wert besäßen. Gleichwohl nahm er von jeder Farbe etliche, füllte damit seine beiden Taschen und zwei Beutel, auch vergaß er nicht, welche zwischen sein Kleid und sein Hemd zu stecken. Nachdem er sich so, ohne es zu wissen, mit Reichtümern beladen hatte, trat Aladin schnell seinen Rückzug durch die drei Säle an, um den afrikanischen Zauberer nicht zu lange warten zu lassen; er ging mit derselben Vorsicht wie das erste Mal quer durch dieselben, stieg da wieder hinauf, wo er herabgestiegen war, und zeigte sich am Eingang der Höhle, wo der Afrikaner ihn mit Ungeduld erwartete. Sobald ihn Aladin erblickte, rief er ihm zu: »Lieber Oheim, ich bitte dich, reich mir die Hand und hilf mir heraus.« – »Mein Sohn«, antwortete der afrikanische Zauberer, »gib mir zuvor die Lampe, sie könnte dir hinderlich sein.« – »Verzeih, lieber Oheim«, sagte Aladin, »sie hindert mich nicht; ich werde sie dir geben, sobald ich oben bin.« Der afrikanische Zauberer bestand darauf, dass Aladin ihm die Lampe aushändigen solle, ehe er ihn aus der Höhle herauszöge, und Aladin, der die Lampe mit all den Früchten, die er zu sich gesteckt hat, verpackt hatte, weigerte sich, sie ihm zu geben, bevor er aus der Höhle sei. Da geriet der afrikanische Zauberer vor Ärger über die Widerspenstigkeit des jungen Menschen in schreckliche Wut, warf etwas von seinem Rauchwerk in das Feuer, das er sorgfältig unterhalten hatte, und kaum hatte er zwei Zauberworte gesprochen, als der Stein, welcher als Deckel zur Eingangsöffnung der Höhle diente, sich von selbst wieder an seine Stelle rückte, sodass sich alles in demselben Zustand befand wie vor der Ankunft des arabischen Zauberers und Aladins. – Nur war Aladin nun unter der Erde wahrlich grausam gefangen.

Der afrikanische Zauberer war in der Tat kein Bruder des Schneiders Mustafa, wofür er sich ausgegeben hatte, und somit auch nicht Aladins Oheim. Er war aus Afrika und hatte sich von Jugend an mit Zauberei befasst. Nachdem er sich etwa vierzig Jahre lang mit Zauberei, mit Punktierkunst, mit Räucheropfern und der Lektüre von Zauberbüchern beschäftigt hatte, fand er heraus, dass es eine Wunderlampe in der Welt gab, deren Besitz ihn mächtiger als alle Könige der Erde machen würde, sofern er ihrer habhaft werden könnte. Auch brachte er durch seine Punktierkunst in Erfahrung, dass sich diese Lampe an diesem unterirdischen Ort mitten in China befand. Im festen Glauben an die Wahrheit seiner Entdeckung war er dann vom äußersten Ende Afrikas in die Stadt gekommen, welche in der Nähe seines Schatzes lag. Aber es war ihm nicht gestattet, die Lampe selbst zu holen oder persönlich in das unterirdische Gewölbe einzutreten, wo sie zu finden war. Es musste ein anderer hinabsteigen, sie holen und ihm aushändigen. Deshalb hatte er sich an Aladin gewandt, den er für einen minderbemittelten jungen Burschen und für geeignet hielt, ihm den erforderlichen Dienst zu leisten. Indes erfolgte gerade das Gegenteil von dem, was er beabsichtigt hatte. Am Ende beeilte sich der Boshafte bloß deshalb so sehr, den armen Aladin seinem Verderben zu überlassen, weil er fürchtete, dass irgendein anderer es hören und sein wichtiges Geheimnis offenbart sein könnte, wenn er sich länger mit ihm herumzanke.

Als der afrikanische Zauberer seine großen und schönen Hoffnungen auf immer gescheitert sah, blieb ihm nichts anderes übrig, als nach Afrika zurückzukehren, was er dann auch an demselben Tage noch tat.

Allem Anschein nach war Aladin verloren. Aber derselbe, der ihn für ewig begraben hielt, hatte nicht bedacht, dass er ihm einen Ring an den Finger gesteckt hatte, der zu seiner Rettung dienen konnte. Wirklich wurde Aladin durch eben diesen Ring, dessen Kräfte er nicht kannte, gerettet, und es ist verwunderlich, dass dieser Verlust, verbunden mit dem der Lampe, den Zauberer nicht mit der äußersten Verzweiflung erfüllte.

Aladin, der nach so vielen Geschenken auf diese Bosheit seines angeblichen Oheims keineswegs gefasst war, befand sich in einer Bestürzung, die sich leichter denken als mit Worten beschreiben lässt. Als er sich so lebendig begraben sah, rief er tausendmal seinen Oheim mit Namen und erklärte, dass er ihm die Lampe ja gerne geben wolle; allein sein Rufen war vergeblich, er konnte nicht mehr gehört werden und musste in der schwarzen Finsternis bleiben. Dann, nachdem er seine Tränen getrocknet hatte, stieg er die Treppe der Höhle wieder hinab, um in den Garten und ins helle Tageslicht zu gelangen. Aber die Mauer, die sich ihm durch Zauber geöffnet hatte, hatte sich durch einen neuen Zauber wieder geschlossen und zusammengefügt. Er tappte mehrmals vorwärts, ohne eine Tür zu finden. Nun fing er aufs Neue an zu schreien und zu weinen, und setzte sich auf die Stufen der Höhle, ohne Hoffnung, jemals das Tageslicht wiederzusehen, sondern mit der traurigen Gewissheit, aus der Finsternis, worin er sich jetzt befand, in die eines nahen Todes versetzt zu werden.

Zwei Tage blieb Aladin in diesem Zustand, ohne zu essen und zu trinken. Endlich am dritten, da er seinen Tod als unvermeidlich betrachtete, hob er die gefalteten Hände empor und rief mit völliger Ergebung in den Willen Gottes aus: »Es gibt keine Kraft und keine Macht außer bei Gott, dem Allerhöchsten und Größten!« Während er so die Hände faltete, rieb er, ohne es zu bemerken, an dem Ring, den ihm der Zauberer an den Finger gesteckt hatte. Alsbald stieg vor ihm ein Geist von ungeheurer Größe und fürchterlichem Aussehen aus der Erde hervor und sprach: »Was willst du? Ich bin bereit, dir zu gehorchen als dein Sklave und als Sklave aller derer, die den Ring am Finger haben, sowohl ich als auch die andern Sklaven des Rings.« Zu jeder andern Zeit und bei jeder andern Gelegenheit wäre Aladin, der an dergleichen Erscheinungen nicht gewöhnt war, bei dem Anblick einer so außerordentlichen Gestalt von Schrecken ergriffen worden, sodass er die Sprache verloren hätte. Jetzt aber, da er einzig und allein mit der Gefahr beschäftigt war, in der er schwebte, antwortete er ohne Stocken: »Wer du auch sein magst, hilf mir aus dieser Höhle hinaus, sofern es in deiner Macht steht.« Kaum hatte er diese Worte gesprochen, als sich die Erde öffnete und er sich außerhalb der Höhle befand, gerade an der Stelle, wohin der Zauberer ihn geführt hatte.

Überrascht und glücklich blickte er hierauf Richtung Stadt und erkannte den Weg, auf welchem ihn der afrikanische Zauberer hergeführt hatte. Diesen ging er zurück und dankte Gott, dass er sich noch einmal auf der Welt sah, nachdem er bereits die Hoffnung aufgegeben hatte, wieder dahin zurückzukommen. So gelangte er zur Stadt und schleppte sich mit viel Mühe bis in seine Wohnung. Als er ins Zimmer seiner Mutter trat, fiel er aus Freude über das Wiedersehen, verbunden mit der von dreitägigem Fasten herrührenden Schwäche, in eine Ohnmacht, die einige Zeit andauerte.

Seine Mutter, die Aladin bereits als verloren oder als tot beweint hatte, ließ es, da sie ihn in diesem Zustand erblickte, an keiner Pflege und an keinem Mittel fehlen, um ihn wieder zum Leben zu erwecken. Endlich erholte er sich, er aß, trank und fing an, seiner Mutter zu erzählen, was ihm seit Freitag widerfahren war. Dazu zog er die Wunderlampe aus seinem Kleide und zeigte sie seiner Mutter samt den durchsichtigen und buntfarbigen Früchten, die er auf dem Rückweg aus dem Garten abgepflückt hatte. Aladins Mutter verstand sich auf dergleichen Sachen ebenso wenig wie ihr Sohn und betrachtete diese Früchte als wertlose Dinge, die höchstens dazu gut wären, durch die Mannigfaltigkeit ihrer Farben das Auge zu ergötzen.

Als Aladin seine Geschichte beendet hatte, ließ sie sich in tausend Schmähworte gegen den Betrüger aus, sie nannte ihn einen Verräter, einen Schurken, einen Unmenschen, einen Meuchelmörder, Lügner und Zauberer. Nachdem sie sich beide in dieser Weise über ihn ausgelassen hatten, gingen sie zu Bett. Aladin, der an dem unterirdischen Orte, wo er mörderischerweise begraben gewesen war, keine Ruhe genossen hatte, schlief die ganze Nacht tief und fest und erwachte am andern Morgen erst sehr spät. Er stand auf, und das erste, was er zu seiner Mutter sagte, war, dass er Hunger habe, und sie ihm kein größeres Vergnügen bereiten könnte, als wenn sie ihm ein Frühstück gäbe. »Ach, lieber Sohn«, antwortete sie, »ich habe auch nicht einen einzigen Bissen Brot; du hast gestern Abend den wenigen Vorrat, der noch zu Hause war, aufgegessen. Aber gedulde dich einen Augenblick, so werde ich dir bald etwas bringen. Ich habe etwas Baumwolle gesponnen, diese will ich verkaufen, um Brot und einiges zum Mittagessen anzuschaffen.« – »Liebe Mutter«, erwiderte Aladin, »hebe deine Baumwolle für ein anderes Mal auf und gib mir die Lampe, die ich gestern mitgebracht habe. Ich will sie verkaufen, und vielleicht erlöse ich für sie so viel, dass wir Frühstück und Mittagessen und am Ende gar noch etwas für den Abend zu essen haben.«

Aladins Mutter holte die Lampe und sagte zu ihrem Sohne: »Da hast du sie, sie ist aber sehr schmutzig. Ich will sie ein wenig putzen, dann wird sie schon etwas mehr wert sein.« Sie nahm Wasser und feinen Sand, um sie blank zu putzen, aber kaum hatte sie angefangen, die Lampe zu reiben, als augenblicklich ein scheußlicher Geist von riesenhafter Gestalt vor ihr stand und mit einer Donnerstimme zu ihr sprach: »Was willst du? Ich bin bereit, dir zu gehorchen als dein Sklave und als Sklave aller derer, welche die Lampe in der Hand haben, sowohl ich als auch die andern Sklaven der Lampe.«

Aladins Mutter war nicht imstande zu antworten. Ihr Auge vermochte die abscheuliche und schreckliche Gestalt des Geistes nicht zu ertragen, und sie war gleich bei seinen ersten Worten vor Angst in Ohnmacht gefallen. Aladin dagegen, der schon in der Höhle eine ähnliche Erscheinung erlebt hatte, ergriff, ohne die Zeit oder Besinnung zu verlieren, schnell die Lampe und antwortete statt seiner Mutter mit festem Ton: »Ich habe Hunger, bring mir etwas zu essen.« Der Geist verschwand und kam einen Augenblick später mit einem großen silbernen Becken auf dem Kopf wieder, worin sich zwölf Schüsseln mit den ausgezeichnetsten Speisen befanden, und zwei Flaschen des köstlichsten Weines nebst zwei silbernen Schalen in der Hand. Er stellte alles zusammen an das Sofa und verschwand.

Als der Geist verschwunden war, kam Aladins Mutter augenblicklich wieder zu sich; sie war außerordentlich erstaunt, als sie das große Becken, die zwölf Schüsseln, die zwei Flaschen nebst den zwei Schalen erblickte und den köstlichen Duft einatmete, der aus all den Platten emporstieg. »Mein Sohn«, sagte sie zu Aladin, »woher kommt dieser Überfluss und wem haben wir für ein solch reiches Geschenk zu danken? Sollte vielleicht der Sultan von unserer Armut gehört und sich unserer erbarmt haben?« – »Liebe Mutter«, antwortete Aladin, »wir wollen uns jetzt zu Tisch setzen und essen; deine Frage werde ich beantworten, wenn wir gefrühstückt haben.« Sie setzten sich zu Tisch und speisten mit umso größerem Appetit, da sich beide, Mutter und Sohn, noch nie an einer so wohlbesetzten Tafel befunden hatten.

Noch um die Stunde des Mittagessens befanden Sie sich bei Tisch. Die trefflichen Speisen hatten ihre Esslust noch reger gemacht, und da sie noch warm waren, glaubten sie nicht schlecht daran zu tun, wenn sie beide Mahlzeiten auf einmal aßen, statt sich zweimal an den Tisch zu setzen. Nachdem die Doppelmahlzeit beendet war, blieb ihnen noch so viel übrig, dass sie nicht nur ein Abendessen bestreiten, sondern auch noch am folgenden Tage zwei tüchtige Mahlzeiten davon essen konnten.

Nachdem Aladins Mutter abgetragen hatte, setzte sie sich zu ihrem Sohn auf das Sofa und sagte zu ihm: »Aladin, ich erwarte jetzt von dir, dass du meine Neugierde befriedigst und mir die versprochene Auskunft erteilst.« Aladin erzählte ihr daraufhin umständlich alles, was während ihrer Ohnmacht zwischen dem Geist und ihm vorgegangen war, und sie geriet in große Verwunderung über die Erzählung ihres Sohnes und die Erscheinung des Geistes. »Aber, mein Sohn«, sagte sie, »durch welchen Zufall ist dieser garstige Geist zu mir gekommen? Warum hat er sich an mich gewendet und nicht an dich, da er dir doch schon in der Schatzhöhle einmal erschienen war?« »Liebe Mutter«, erwiderte Aladin, »der Geist, welcher dir erschienen ist, ist nicht derselbe, der mir erschien. Sie haben zwar einige Ähnlichkeit, aber sie gehören verschiedenen Herren an. Du wirst dich erinnern, dass derjenige, den ich sah, sich einen Sklaven des Rings nannte, den ich am Finger habe, während der soeben erschienene sagte, er sei Sklave der Lampe, die du in der Hand hattest; doch ich glaube nicht, dass du es gehört hast, denn, wie mich dünkt, fielst du sogleich in Ohnmacht, als er zu reden anfing.«

»Wie!«, rief Aladins Mutter, »also deine Lampe ist schuld, dass dieser verwünschte Geist sich an mich gewendet hat statt an dich? Ach, lieber Sohn, schaffe sie mir sogleich aus den Augen und hebe sie auf, wo du willst; ich mag sie nicht mehr anrühren. Eher lasse ich sie wegwerfen oder verkaufen, als dass ich Gefahr laufe, bei Berührung derselben vor Angst zu sterben. Folge mir und nimm auch den Ring ab. Man muss keinen Verkehr mit Geistern haben.«

»Mit deiner Erlaubnis, liebe Mutter«, antwortete Aladin, »werde ich mich jetzt wahrlich hüten, eine Lampe, die uns beiden so nützlich werden kann, zu verkaufen. Siehst du denn nicht, was sie uns erst vor einigen Augenblicken verschafft hat? Sie soll uns jetzt fortwährend Nahrung und Lebensunterhalt besorgen. Du kannst dir leicht denken, dass sich mein falscher Oheim nicht ohne Grund so viel Mühe gegeben und eine so weite und beschwerliche Reise unternommen hat, um in den Besitz dieser Wunderlampe zu gelangen, die er allem Gold und Silber, das er in den Sälen wusste, vorgezogen hat. Er kannte den Wert und die herrlichen Eigenschaften dieser Lampe zu gut. Da uns der Zufall nun ihre geheime Kraft offenbart hat, so wollen wir den möglichst vorteilhaftesten Gebrauch davon machen – aber ohne Aufsehen zu erregen, damit unsere Nachbarn nicht neidisch und eifersüchtig werden. Ich will sie dir übrigens gern aus den Augen schaffen und an einem Orte aufheben, wo ich sie finden kann, wenn ich sie brauche, da du so große Angst vor den Geistern hast. Auch den Ring wegzuwerfen, kann ich mich unmöglich entschließen. Ohne diesen Ring hättest du mich nie wieder gesehen, und ohne ihn würde ich jetzt entweder nicht mehr oder höchstens nur noch einige Augenblicke leben. Du wirst mir daher erlauben, dass ich ihn behalte und immer mit großer Behutsamkeit am Finger trage. Wer weiß, ob mir nicht irgendwann einmal eine andere Gefahr zustößt, die wir beide nicht voraussehen können, und aus der er mich vielleicht befreit?« Da ihr Aladins Bemerkungen richtig schienen, wusste seine Mutter nichts mehr einzuwenden.

Am andern Tag war nach dem Abendessen von den herrlichen Speisen, die der Geist gebracht hatte, nichts mehr übrig; Aladin, der nicht so lange warten wollte, bis der Hunger ihn bedrängte, steckte daher am dritten Morgen eine der silbernen Schüsseln unter seine Kleider und ging aus, um sie zu verkaufen, und für das erlöste Geld das einzukaufen, was sie zum Leben brauchten. Die Schüssel brachte ihm viele Goldstücke ein, die er in Maßen für ihren Lebensunterhalt verwendete. So lebten sie dann eine Zeit lang fort: Aladin verkaufte alle zwölf Schüsseln, eine nach der andern, sowie das Geld im Hause ausgegangen war. Als von dem erlösten Geld nichts mehr übrig war, nahm Aladin wieder seine Zuflucht zur Lampe, rieb sie, ließ sich vom gleich darauf erschienenen Geist erneut zu essen bringen und verkaufte anschließend wieder die Schüsseln, in denen der Geist das Essen gebracht hatte. Obwohl Aladin und seine Mutter nun eine unversiegbare Geldquelle an ihrer Lampe hatten, kraft der sie sich nach Herzenswunsch mit Geld versehen konnten, sobald es ihnen ausging, so lebten sie dennoch mehrere Jahre lang ebenso mäßig wie zuvor.

Seine Tage brachte Aladin mit Spazierengehen zu oder er unterhielt sich mit älteren Leuten, deren Bekanntschaft er gemacht hatte. Oft blieb er auch bei den Läden der großen Kaufleute stehen und horchte aufmerksam auf die Gespräche vornehmer Männer, die sich hier eine Zeit lang aufhielten oder sich hierher bestellt hatten. Und diese Gespräche gaben ihm allmählich einen Anstrich von Weltkenntnis. Und nach einer Zeit hatte sich Aladin, der es nicht mehr unterließ, sich sehr fleißig bei den Zusammenkünften angesehener Personen in den Läden der bedeutendsten Kaufleute, die mit Gold, Silber, Seidenstoffen, den feinsten Schleiertüchern und Juwelen handelten, einzufinden und bisweilen sogar an ihren Unterhaltungen teilzunehmen, vollends ausgebildet und allmählich alle Manieren der feinen Weltleute angenommen. Und bei den Juwelenhändlern begriff er, dass er statt der vermeintlichen Glasscherben einen Schatz von unschätzbarem Wert besaß. Indes war er klug genug, niemandem etwas davon zu sagen, selbst seiner Mutter nicht.

Eines Tages, als er in der Stadt spazieren ging, hörte Aladin mit lauter Stimme den Befehl des Sultans ausrufen, dass jedermann seinen Laden und seine Haustüre schließen und sich ins Innere seiner Wohnung zurückziehen solle, bis die Prinzessin Bedrulbudur, die Tochter des Sultans, die sich baden wollte, vorübergegangen sein würde. Dieser öffentliche Aufruf erweckte in Aladin den Wunsch, die Prinzessin entschleiert zu sehen. Er stellte sich nach einigem Suchen hinter die Türe des Bades, in das sie kommen sollte, und blickte durch einen Ritz, der groß genug war, dass er sehen konnte, ohne gesehen zu werden. Er brauchte nicht lange zu warten, bis die Prinzessin erschien. Sie kam in Begleitung einer großen Anzahl ihrer Frauen und Eunuchen, die teils neben ihr, teils hinter ihr hergingen. Drei oder vier Schritte vor der Türe des Bades nahm sie den Schleier ab, der ihr Gesicht bedeckte. Als Aladin die Prinzessin Bedrulbudur so gesehen hatte, gab er seine bisherige Meinung, dass alle Frauen mehr oder weniger seiner Mutter glichen, auf. Ganz andere Empfindungen stiegen in ihm auf, und sein Herz konnte dem bezaubernden Mädchen die höchste Zuneigung nicht versagen. Wirklich war die Prinzessin auch die schönste Brünette, die man auf der Welt sehen konnte. Sie hatte große, lebhafte und feurige Augen, eine proportionierte Nase ohne allen Tadel und rosenrote und durch ihr schönes Ebenmaß wahrhaft bezaubernde Lippen; mit einem Wort: Alle ihre Gesichtszüge waren höchst anmutig. Zudem hatte die Prinzessin einen üppigen Wuchs und eine majestätische Haltung, deren Anblick allein schon die ihr gebührende Ehrfurcht einflößte. Kein Wunder, dass Aladin bei dem Anblick einer so seltenen Schönheit geblendet wurde und beinahe außer sich geriet!

Als die Prinzessin ins Bad hineingegangen war, blieb Aladin eine Weile ganz verwirrt und wie entzückt stehen, endlich aber kam er wieder zur Besinnung und beschloss, diesen Ort zu verlassen. Als er nach Hause kam, konnte er seine Verwirrung und Unruhe nicht so verbergen, dass seine Mutter nichts gemerkt hätte. Sie war sehr erstaunt, ihn gegen seine Gewohnheit so traurig und nachdenklich zu sehen und fragte ihn, ob ihm etwas Unangenehmes begegnet sei oder ob er sich unwohl befinde. »Liebe Mutter«, sagte er zu ihr, »ich bin nicht krank, aber so viel kann ich dir sagen, dass das, was ich empfand und was ich noch fortwährend empfinde, etwas weit Schlimmeres ist als eine Krankheit.« Und er erzählte ihr, was ihm passiert war. »Siehst du, Mutter, das ist die Ursache des Zustandes, in dem du mich siehst. Ich liebe die Prinzessin mit einer Glut, die ich dir nicht beschreiben kann, und da meine heiße Leidenschaft mit jedem Augenblick zunimmt, so fühle ich wohl, dass sie nur durch den Besitz der liebenswürdigen Prinzessin Bedrulbudur befriedigt werden kann; daher bin ich entschlossen, sie mir vom Sultan zur Frau zu erbitten.«

Aladins Mutter hatte die Rede ihres Sohnes bis auf die letzten Worte mit großer Aufmerksamkeit angehört; als sie aber vernahm, dass er im Sinn habe, um die Hand der Prinzessin Bedrulbudur anzuhalten, konnte sie nicht umhin, ihn durch lautes Gelächter zu unterbrechen. Aladin wollte fortfahren, aber sie ließ ihn nicht zu Wort kommen und sagte zu ihm: »Ei, ei, mein Sohn, was fällt dir ein? Bist du wahnsinnig geworden, dass du solche Reden führst? Wahrhaftig, mein Sohn«, erwiderte sie nun sehr ernsthaft, »ich kann nicht umhin, dir zu sagen, dass du dich ganz vergisst; und wenn du deinen Entschluss auch ausführen wolltest, so frage ich mich, durch wen du es wagen könntest, deine Bitte vortragen zu lassen?« – »Durch niemanden anders als dich selbst«, antwortete der Sohn ohne Bedenken. – »Durch mich!«, rief die Mutter voll Erstaunen und Überraschung, »und an den Sultan? O ich werde mich hüten, mich auf ein Unternehmen dieser Art einzulassen. Hast du vergessen, dass du der Sohn eines der geringsten Schneider seiner Hauptstadt und auch von mütterlicher Seite nicht von höherer Herkunft bist? Wenn es sich darum handelte, für dich um die Tochter eines unserer Nachbarn anzuhalten, der von gleichem oder wenigstens nicht viel höherem Stande wäre als du, so würde ich von Herzen gern alles aufbieten, was in meiner Macht steht; aber auch dann müsstest du einiges Vermögen oder Einkünfte besitzen oder ein Gewerbe erlernt haben, um deinen Zweck zu erreichen. Aber ohne an deine niedere Herkunft, an deinen geringen Stand und deine Armut zu denken, willst du dich auf den höchsten Gipfel des Glücks schwingen und verlangst nichts Geringeres als die Tochter deines Herrn und Gebieters, der nur ein Wort zu sagen braucht, um dich zu verderben und zu zermalmen. Wie hat dir ein so seltsamer Gedanke in den Kopf kommen können, dass ich zum Sultan hingehen und ihm den Antrag machen soll, dir die Prinzessin, seine Tochter, zum Weibe zu geben? Nun, gesetzt den Fall, ich hätte die Kühnheit, vor seine geheiligte Person zu treten, um eine so ungereimte Bitte vorzutragen, an wen müsste ich mich wenden, um nur vorgelassen zu werden? Glaubst du nicht, dass der Erste, den ich anredete, mich als Närrin behandeln und mit Schmach und Schimpf fortjagen würde, wie ich es auch verdiente? Wir wollen aber auch annehmen, dass es keine

Schwierigkeit gäbe, Audienz bei dem Sultan zu erhalten, denn ich weiß, dass man leicht zu ihm gelangen kann, wenn man um Gerechtigkeit bittet, und dass er sie seinen Untertanen gerne gewährt, sobald sie ihn darum bitten. Aber wie könnte ich auch nur den Mund öffnen, um dem Sultan diesen Vorschlag zu machen? Sein majestätisches Aussehen und der Glanz seines Hofes würden mir den Mund verschließen; mir, die ich schon vor meinem verstorbenen Mann, deinem Vater, zitterte, wenn ich ihn nur um eine Kleinigkeit bitten musste. Auch ein anderer Grund ist noch vorhanden, mein Sohn, an den du nicht gedacht hast, nämlich, dass man vor unsern Sultanen, wenn man sie um etwas bitten will, nicht erscheinen darf, ohne ein Geschenk in der Hand zu haben. Aber welches Geschenk könntest du ihm denn bieten? Gehe in dich und bedenke, dass du nach etwas trachtest, das du unmöglich erreichen kannst.«

Aladin hörte alles, was seine Mutter zu ihm sagte, um ihn von seinem Plane abzubringen, mit großer Gemütsruhe an und sprach: »Ich gestehe, liebe Mutter, dass es eine große Verwegenheit von mir ist, so hoch hinauf zu wollen, und zugleich sehr unüberlegt, dass ich von dir mit solcher Hitze und Hastigkeit verlange, du sollst beim Sultan für mich anhalten, ohne zuvor die geeigneten Maßnahmen ergriffen zu haben, um dir Gehör und einen günstigen Empfang zu verschaffen. Verzeih mir. In der Hitze der Leidenschaft, die sich meiner bemächtigt hat, darfst du dich nicht wundern, wenn ich nicht alles, was mir die gesuchte Ruhe geben kann, ins Auge gefasst habe. Ich liebe die Prinzessin Bedrulbudur weit mehr, als du dir denken kannst, ja ich bin ganz von Sinnen und beharre fest auf dem Entschlusse, sie zu heiraten. Ich bin darüber vollkommen mit mir einig und entschieden. Du sagst mir, es sei Brauch, nicht ohne ein Geschenk in der Hand vor dem Sultan zu erscheinen, und ich hätte nichts, was seiner würdig wäre. Doch glaube ich, dass die Sachen, die ich aus der unterirdischen Höhle, wo mir der unvermeidliche Tod drohte, mitgebracht habe, dem Sultan gewiss gefallen könnten. Ich spreche von den Steinen, die wir beide anfangs für farbige Gläser hielten; jetzt sind mir die Augen aufgegangen, und ich sage dir, liebe Mutter, dass es Juwelen von unschätzbarem Wert sind, die nur großen Königen gebühren. In den Läden der Juweliere habe ich mich von ihrem Wert überzeugt, und überzeugt bin ich auch, dass sie als Geschenk dem Sultan die größte Freude bereiten. Du hast da eine ziemlich große Porzellanschale, die gerade dazu passt; bring sie einmal her, und lass uns sehen, welche Wirkung die

Steine haben, wenn wir sie nach ihren verschiedenen Farben hinein ordnen.«

Aladins Mutter brachte die Schale, und Aladin nahm die Edelsteine aus den Beuteln heraus und legte sie in der besten Ordnung hinein. Die Wirkung, die sie durch die Mannigfaltigkeit ihrer Farben und ihren strahlenden Glanz im hellen Tageslicht hatten, war so groß, dass Mutter und Sohn beinahe davon geblendet wurden. Nachdem sie die Schönheit des Geschenks eine Weile betrachtet hatten, ergriff Aladin wieder das Wort und sagte: »Du hast jetzt keine Ausrede mehr, liebe Mutter, und kannst dich nicht damit entschuldigen, dass wir kein passendes Geschenk anzubieten hätten. Hier ist eines, wie ich glaube, das dir gewiss einen recht freundlichen Empfang verschaffen wird.«

Obwohl Aladins Mutter dieses Geschenk, ungeachtet seiner Schönheit und seines Glanzes, nicht für so wertvoll hielt wie ihr Sohn, so dachte sie doch, es könnte angenommen werden, und sah ein, dass in dieser Beziehung nichts mehr einzuwenden war. Dennoch führte sie noch andere Gründe an, um ihren Sohn auf andere Gedanken zu bringen; aber die Reize der Prinzessin Bedrulbudur hatten einen zu starken Eindruck auf sein Herz gemacht, als dass er sich von seinem Plane hätte abbringen lassen. Aladin beharrte auf seiner Bitte, und teils aus Zärtlichkeit, teils aus Furcht, er möge irgendeinen tollen Streich unternehmen, überwand seine Mutter ihre Abneigung und willigte ein, ihm den Gefallen zu tun.

Die Sache wurde für den folgenden Tag geplant und bis dahin sprachen Mutter und Sohn von nichts anderem mehr, wobei Aladin seinen ganzen Verstand anstrengte, um seine Mutter in ihrem Entschlusse zu bestärken. Auch führte er an, dass er zuversichtlich sei, dass die Lampe, die sie schon seit einigen Jahren ernährte, sie in der Not nicht verlassen werde. Aladins Mutter wusste hierauf nichts zu erwidern, denn sie glaubte auch, dass die Lampe, von der er sprach, noch weit größere Wunder bewirken könnte als ihnen bloß ihren Lebensunterhalt zu verschaffen. Dies beruhigte sie und löste in ihrem Inneren alle Schwierigkeiten, die sie noch hätten abhalten können, ihrem Sohne den versprochenen Dienst beim Sultan zu erweisen.

Tags darauf stand Aladin vor Tagesanbruch auf, weckte sogleich seine Mutter und bestürmte sie, sie solle sich aufs schleunigste ankleiden, an das Tor des königlichen Palastes gehen und, sowie es geöffnet wurde, zugleich mit dem Großwesir, den untergeordneten Wesiren und den übrigen Staatsbeamten hineintreten, die sich zur Sitzung des Diwans begaben, welcher der Sultan immer persönlich beiwohnte.

Aladins Mutter tat alles, was ihr Sohn wünschte. Sie nahm die mit Edelsteinen gefüllte Porzellanschale und ging zur Freude Aladins zum Palaste des Sultans. Der Großwesir nebst den übrigen Wesiren und die angesehensten Herren vom Hof waren bereits hineingegangen, als sie ans Tor kam. Die Zahl derer, die versammelt waren, war sehr groß und als man öffnete, ging sie mit ihnen in den Diwan hinein. Dies war ein über die Maßen schöner und geräumiger Saal und hatte einen großen, prächtigen Eingang; sie stellte sich so, dass sie den Sultan gerade gegenüber, und den Großwesir und die übrigen Herren, die im Rate saßen, rechts und links von sich hatte. Man rief die verschiedenen Parteien eine nach der andern vor, in der Ordnung, wie sie ihre Bittschriften eingereicht hatten, und ihre Angelegenheiten wurden vorgetragen, verhandelt und entschieden, bis zur Stunde, an der der Diwan wie gewöhnlich geschlossen wurde. Dann stand der Sultan auf, entließ die Versammlung und ging in sein Zimmer zurück, wohin ihm der Großwesir folgte. Als Aladins Mutter sah, dass der Sultan aufstand und fortging, ging sie wie die andern Leute, die vergeblich gewartet haben, um mit dem Sultan zu sprechen, nach Hause.

Am andern Morgen ging Aladins Mutter wieder mit ihrem Geschenk zum Palast des Sultans, aber sie machte diesen Gang erneut vergeblich. Noch sechsmal hintereinander ging sie in den Palast, aber immer mit ebenso wenig Erfolg, und vielleicht wäre sie noch hundertmal vergebens gelaufen, wenn nicht der Sultan, der sie bei jeder Sitzung gegenüber von sich sah, aufmerksam auf sie geworden wäre. An diesem Tag sagte er, als er nach aufgehobener Sitzung in seine Gemächer zurückgekehrt war, zu seinem Großwesir: »Schon seit einiger Zeit bemerke ich eine gewisse Frau, die regelmäßig jeden Tag, wenn ich Sitzung halte, kommt und etwas in Leinwand eingehüllt in der Hand hat. Sie bleibt vom Anfang bis zum Ende der Sitzung stehen und zwar immer gerade mir gegenüber. Wenn diese Frau bei der nächsten Sitzung wieder erscheint, so vergiss nicht, sie rufen zu lassen, sodass ich sie anhöre.« Der Großwesir küsste seine Hand und legte sie auf seinen Kopf, zum Zeichen, dass er bereit sei, ihn sich abschlagen zu lassen, wenn er diesen Befehl nicht erfüllte.

Als Aladins Mutter am nächsten Sitzungstag wieder in den Palast kam, gab ihr der Oberste der Türsteher ein Zeichen, sie folgte ihm bis an den Fuß des königlichen Thrones, warf sich zu Boden, berührte mit ihrer Stirne den Teppich, der die Stufen des Thrones bedeckte und blieb in dieser Stellung, bis der Sultan ihr befahl, aufzustehen. Als sie aufgestanden war, sprach er zu ihr: »Gute Frau, ich sehe dich schon lange Zeit in meinen Diwan kommen und vom Anfang bis zum Ende am Eingang stehen. Welche Angelegenheit führt dich hierher?«

Aladins Mutter erzählte ihm treuherzig, bei welcher Gelegenheit Aladin die Prinzessin Bedrulbudur gesehen, welche heftige Liebe ihm dieser unglückselige Augenblick eingeflößt, welche Erklärungen er ihr darüber gemacht und was sie ihm alles gesagt habe, um ihn von seiner Leidenschaft abzubringen, die sowohl für den König als auch für seine Tochter im höchsten Grade beleidigend sei. »Aber«, fuhr sie fort, »statt diese Ermahnungen zu beherzigen, und die Frechheit seines Verlangens einzusehen, beharrte mein Sohn unerschütterlich auf dieser Sache und drohte mir sogar, irgendeine Handlung der Verzweiflung zu begehen, wenn ich mich weigern würde, zu dir zu gehen und für ihn um die Prinzessin anzuhalten.«

Der Sultan hörte sich den ganzen Vortrag mit viel Milde und Güte an, ohne im Mindesten Zorn und Unwillen zu verraten oder die Sache spöttisch aufzunehmen. Ehe er aber der guten Frau antwortete, fragte er sie, was sie denn in ihrem leinenen Tuche eingehüllt habe? Sogleich nahm sie die porzellanene Schale, stellte sie an den Fuß des Thrones, und nachdem sie sich niedergeworfen hatte, enthüllte sie dieselbe und überreichte sie dem Sultan.

Es ist unmöglich, die Überraschung und das Erstaunen des Sultans zu beschreiben, als er in dieser Schale so viele vollkommene und glänzende Edelsteine erblickte, und zwar alle von einer Größe, dergleichen er niemals gesehen hatte. Seine Verwunderung war so groß, dass er eine Weile ganz unbeweglich dasaß. Endlich rief er außer sich vor Freude: »Ei, wie schön, wie herrlich!« Nachdem er die Edelsteine alle einen nach dem andern in die Hand genommen und bewundert hatte, wandte er sich zu seinem Großwesir, zeigte ihm die Schale und sagte zu ihm: »Sieh mal an und du wirst gestehen müssen, dass man auf der ganzen Welt nichts Kostbareres und Vollkommeneres finden kann.« Der Wesir war ebenfalls ganz bezaubert. »Ja nun«, fuhr der Sultan fort, »was sagst du zu diesem Geschenk? Ist es der Prinzessin, meiner Tochter, nicht würdig, und kann ich sie um diesen Preis nicht dem Mann geben, der um sie anhalten lässt?«

Diese Worte versetzten den Großwesir in peinliche Unruhe. Der Sultan hatte ihm nämlich vor einiger Zeit zu verstehen gegeben, dass er die Prinzessin seinem Sohne zu geben gedenke. Nun aber fürchtete er, und nicht ohne Grund, der Sultan möge, durch dieses reiche und außerordentliche Geschenk geblendet, sich anders entschließen. Er näherte sich ihm daher und flüsterte ihm ins Ohr: »Herr, ich muss gestehen, dass das Geschenk der Prinzessin würdig ist. Aber ich bitte dich, mir drei Monate Frist zu gönnen, bevor du dich entscheidest. Ich hoffe, dass mein Sohn, auf den du früher deine Augen zu werfen geruhtest, noch vor dieser Zeit der Prinzessin ein weit kostbareres Geschenk machen kann, als dieser Aladin, den du gar nicht kennst.« So sehr nun auch der Sultan überzeugt davon war, dass der Großwesir seinem Sohn nie ermöglichen könnte, der Prinzessin ein Geschenk von gleichem Werte zu machen, so hörte er dennoch auf ihn und bewilligte ihm diesen Wunsch. Er wandte sich daraufhin an Aladins Mutter und sagte zu ihr: »Geh nach Hause, gute Frau, und melde deinem Sohn, dass ich den Vorschlag, den du mir in seinem Namen gemacht hast, genehmige; dass ich aber die Prinzessin, meine Tochter, unmöglich verheiraten kann, bis ich ihr eine Ausstattung besorgt habe, die erst in drei Monaten fertig sein wird. Komm also um diese Zeit wieder.«

Aladins Mutter ging mit umso größerer Freude nach Hause, als sie es am Anfang wegen ihres Standes für unmöglich gehalten hatte, überhaupt Zutritt beim Sultan zu bekommen. Als Aladin die Antwort des Sultans vernahm, hielt er sich für den glücklichsten aller Sterblichen. Er dankte seiner Mutter für die Mühe, welche sie sich bei dieser Angelegenheit gegeben habe und deren glücklicher Erfolg für seine Ruhe so wichtig war. Und obwohl ihm bei seinem ungeduldigen Verlangen nach dem Gegenstande seiner Liebe drei Monate entsetzlich lang erschienen, so nahm er sich doch vor, mit Geduld zu warten und auf das Wort des Sultans zu vertrauen, das er für unverbrüchlich hielt. Indes zählte er in Erwartung des ersehnten Zieles nicht bloß Wochen, Tage und Stunden, sondern selbst Minuten, und es waren ungefähr zwei Monate verflossen, als seine Mutter eines Abends die Lampe anzünden wollte und merkte, dass kein Öl mehr im Hause war. Sie ging aus, um welches zu kaufen, und als sie in die Stadt kam, fand sie, dass alles festlich geschmückt war. Die Kaufläden waren geöffnet, man schmückte sie mit Blumenkränzen und auf allen Gesichtern strahlte Freude und Fröhlichkeit. Sie fragte den Kaufmann, bei dem sie ihr Öl kaufte, was dies alles zu bedeuten habe. »Woher kommst du denn, liebe Frau?«, gab ihr dieser zur Antwort; »weißt du nicht, dass der Sohn des Großwesirs heute Abend die Prinzessin Bedrulbudur, die Tochter des Sultans, heiratet?« Aladins Mutter wollte nichts weiter hören. Sie lief eilig nach Hause und rief ihrem Sohne entgegen: »Für dich ist alles verloren. Du zähltest auf das schöne Versprechen des Sultans, aber es wird nichts daraus. Heute Abend noch heiratet der Sohn des Großwesirs die Prinzessin Bedrulbudur im Palaste.« Bei dieser Nachricht war Aladin wie vom Blitze getroffen. Jeder andere wäre seinem Kummer erlegen, aber eine geheime Eifersucht weckte die Tätigkeit seines Geistes bald wieder. Er dachte jetzt an die Lampe, die ihm bisher so nützlich gewesen war und sagte bloß: »Liebe Mutter, der Sohn des Großwesirs ist heute Nacht vielleicht nicht so glücklich wie er hofft. Ich will einen Augenblick auf mein Zimmer gehen, bereite du indes das Abendessen.«

Aladins Mutter begriff wohl, dass ihr Sohn von der Lampe Gebrauch machen wollte, um die Heirat des Sohnes des Großwesirs womöglich zu hintertreiben, und sie täuschte sich nicht. Aladin nahm, sobald er in seinem Zimmer war, die Wunderlampe, die er seit der Erscheinung des Geistes, der seiner Mutter so großen Schrecken einjagte, hierher gebracht hatte, und rieb sie an derselben Stelle wie früher. Alsbald erschien der Geist und sprach zu ihm: »Was willst du? Ich bin bereit, dir zu gehorchen als dein Sklave und als Sklave all derer, welche die Lampe in der Hand haben, sowohl ich als auch alle andern Sklaven der Lampe.« – »Höre«, sagte Aladin, »du hast mir bisher zu essen gebracht, sooft ich dessen bedurfte, jetzt aber habe ich dir einen Auftrag von weit höherer Tragweite zu erteilen. Ich habe bei dem Sultan um die Prinzessin Bedrulbudur anhalten lassen. Er hat sie mir versprochen und nur einen Aufschub von drei Monaten verlangt. Statt aber sein Wort zu halten, vermählt er sie heute Abend noch vor Ablauf der Frist mit dem Sohne des Großwesirs. Nun verlange ich von dir, dass du Bräutigam und Braut, sobald sie sich zu Bett gelegt haben, wegträgst und alle beide in ihrem Bett hierher bringst.« – »Mein Gebieter«, antwortete der Geist, »ich werde dir gehorchen. Hast du sonst noch etwas zu befehlen?« – »Für den Augenblick nichts«, erwiderte Aladin, und der Geist verschwand. Aladin legte sich indessen nicht nieder, sondern erwartete die Rückkehr des Geistes und die Vollstreckung seines Befehls.

Indessen waren im Palast des Sultans mit ungeheurer Pracht alle Anstalten zur Vermählungsfeier der Prinzessin getroffen worden, und die Festlichkeiten und Lustbarkeiten dauerten bis in die Nacht. Als alles vorüber war, wurde der Sohn des Großwesirs in das Gemach geführt, wo das Brautbett bereitet war. Er legte sich zuerst nieder. Bald darauf brachte die Sultanin in Begleitung ihrer Frauen und der Frauen ihrer Tochter die Braut herein, umarmte sie, wünschte ihr eine gute Nacht und entfernte sich dann. Kaum war die Türe geschlossen, als der Geist, ein treuer Sklave der Lampe und pünktlicher Vollstrecker aller Befehle ihrer Besitzer, ohne dem jungen Gatten Zeit zu lassen, seine Neuvermählte auch nur ein wenig zu liebkosen, zum großen Erstaunen beider das Bett, worin sie lagen, nahm und in einem Augenblick in Aladins Zimmer trug. Aladin, der diesen Augenblick voller Ungeduld erwartet hatte, duldete nicht, dass der Sohn des Großwesirs bei der Prinzessin liegen blieb. »Nimm diesen jungen Ehemann«, sagte er zu dem Geist, »sperre ihn ins heimliche Gemach und komm morgen Früh etwas vor Tagesanbruch wieder.« Sogleich nahm der Geist den Sohn des Großwesirs im bloßen Hemd aus dem Bett, brachte ihn an den bezeichneten Ort und ließ ihn dort stehen, nachdem er einen Dunst auf ihn gehaucht hatte, der ihn daran hinderte, sich von der Stelle zu rühren.

So groß nun auch Aladins Liebe zu Prinzessin Bedrulbudur war, so führte er doch, sobald er sich mit ihr allein sah, keine langen Reden, sondern sagte bloß in sehr zärtlichem Ton zu ihr: »Fürchte nichts, geliebte Prinzessin; du bist hier in Sicherheit, und so gewaltig auch die Liebe ist, die ich für deine Schönheit und deine Reize empfinde, so werde ich doch nie die Schranken der tiefen Ehrfurcht überschreiten, welche ich dir schulde.« Die Prinzessin achtete nicht sehr auf Aladins Worte und vermochte ihm nichts zu erwidern. Der Schrecken und das Erstaunen über dieses überraschende und unerwartete Abenteuer hatte sie in einen solchen Zustand versetzt, dass Aladin ihr kein einziges Wort entlocken konnte. Aladin entkleidete sich dann und legte sich an die Stelle des Sohnes des Großwesirs, indem er der Prinzessin den Rücken kehrte, zugleich aber die Vorsicht gebrauchte, einen Säbel zwischen die Prinzessin und sich zu legen, als Zeichen, dass er damit bestraft zu werden verdiente, wenn er sich gegen ihre Ehre vergehen sollte.

Aladin war damit zufrieden, seinen Nebenbuhler des Glücks beraubt zu haben, das er in dieser Nacht zu genießen hoffte, und schlief ganz ruhig. Anders die Prinzessin Bedrulbudur: Sie hatte in ihrem Leben noch keine so verdrießliche und unangenehme Nacht zugebracht, und man kann ebenso annehmen, dass sie für den jungen Ehemann noch viel betrüblicher war.

Am andern Morgen kam der Geist zur genannten Stunde wieder und sagte zu Aladin, während dieser sich ankleidete: »Hier bin ich, was hast du mir zu befehlen?« – »Geh«, antwortete Aladin, »hole den Sohn des Großwesirs, lege ihn wieder in dies Bett und trage dieses zum Palast des Sultans an denselben Ort zurück, wo du es hergenommen hast.« Der Geist legte den jungen Ehemann neben die Prinzessin und trug das Brautbett in einem Augenblick zu demselben Gemach des königlichen Palastes zurück, wo er es geholt hatte. Zu bemerken ist noch, dass der Geist weder von der Prinzessin noch von dem Sohne des Großwesirs gesehen wurde; seine abscheuliche Gestalt hätte sie leicht vor Schrecken töten können; beide bemerkten bloß die Bewegungen des Bettes und ihre Versetzung von einem Ort an einen andern; dies allein jagte ihnen schon Schrecken genug ein. Beide waren auch nach ihrer Rückkehr noch so verschreckt, dass sie niemandem etwas von ihrem nächtlichen Erlebnis berichteten.

Dessen ungeachtet gingen die Lustbarkeiten im Palaste weiter und dauerten den ganzen Tag an; dabei unterließ die Sultanin nichts, um die Prinzessin zur Fröhlichkeit und zur Teilnahme an den Vergnügungen und ergötzlichen Schauspielen zu ermuntern, die ihr zu Ehren veranstaltet wurden; aber das Geschehnis der vorigen Nacht hatte einen solch gewaltigen Eindruck auf die Prinzessin gemacht, dass sie für nichts anderes Sinn hatte und immer damit beschäftigt war. Der Sohn des Großwesirs fühlte sich durch diese schlimme Nacht ebenfalls sehr geschwächt, aber er setzte seinen Ehrgeiz daran, niemanden etwas davon merken zu lassen, und wenn man ihn sah, musste man glauben, er sei ein sehr glücklicher Ehemann.

Aladin zweifelte nicht, dass sich die Neuvermählten trotz ihres verdrießlichen Abenteuers in der ersten Nacht am Abend abermals miteinander zu Bett begeben würden, und hatte keine Lust, sie in Ruhe zu lassen. Sobald der Abend ein wenig vorgerückt war, rieb er seine Lampe, der Geist erschien, Aladin erteilte dieselben Befehle wie die letzte Nacht und der Geist bediente Aladin ebenso treu und pünktlich wie das erste Mal. Der Sohn des Großwesirs brachte die Nacht wieder so kalt und so unangenehm zu wie die Brautnacht, und die Prinzessin musste zu ihrem Verdruss Aladin wieder als Bettgenossen annehmen, der auch diesmal zwischen sie und sich den Säbel legte. Der Geist kam dann morgens wieder und trug das Bett mit den beiden Eheleuten wieder in das Zimmer des Palastes, wo er es geholt hatte.

Der Sultan, der sehr neugierig war zu erfahren, wie die Eheleute die ersten Nächte zugebracht haben, begab sich früh in ihr Zimmer, wünschte der Prinzessin einen guten Morgen und sagte dann: »Nun, meine liebe Tochter, wirst du mir wohl sagen, wie du die Nacht zugebracht hast?« Und die Prinzessin erzählte ihm nach anfänglichem Stillschweigen für den Sultan völlig unerwartet mit tränenden Augen alles, was ihr während der zwei verdrießlichen Nächte begegnet war, so getreu und so rührend, dass er über die Maßen betrübt wurde, denn er liebte seine Tochter sehr zärtlich. Die Prinzessin schloss mit den Worten: »Wenn du im Mindesten an meiner Erzählung zweifelst, so kannst du den Gemahl fragen, den du mir gegeben hast; ich bin überzeugt, dass er die Wahrheit der Sache ebenso bezeugen wird wie ich.«

»Liebe Tochter«, sprach der Sultan, »es war sehr unrecht von dir, dass du mir diese seltsame Geschichte nicht schon gestern erzählt hast. Ich habe dich nicht verheiratet in der Absicht, dich unglücklich zu machen, sondern im Gegenteil gedachte ich, dich dadurch in den Besitz alles Glücks zu setzen, das du verdienst, und bei einem Gemahl, der für dich zu passen schien, auch hoffen konntest. Ich werde sogleich Befehle geben, dass du von nun an keine so unangenehmen und unerträglichen Nächte mehr hast wie bisher.«

Sobald der Sultan in seine Gemächer zurückgekehrt war, ließ er den Großwesir rufen, erzählte ihm das, was ihm die Prinzessin berichtet hatte und bat ihn, seinen Sohn zu befragen. Der Großwesir begab sich sogleich zu seinem Sohne, schärfte ihm ein, ja nichts zu verhehlen und zu sagen, ob alles, was die Prinzessin erzählt hatte, wahr sei. »Ich will dir die Wahrheit gestehen, mein Vater«, antwortete der Sohn. »Alles, was die Prinzessin zum Sultan sagte, hat seine traurige Richtigkeit; nur von der schlechten Behandlung, die ich insbesondere erfahren habe, weiß sie nichts. Seit meiner Vermählung habe ich zwei schreckliche Nächte zugebracht; ich will nichts von dem Entsetzen sagen, das ich empfand, als ich viermal in meinem Bett in die Höhe gehoben wurde, ohne dass ich sah, wer das Bett aufhob und von einem Ort zum andern versetzte und ohne zu begreifen, wie es nur möglich war. Du kannst dir meinen traurigen Zustand vorstellen, wenn ich dir sage, dass ich noch dazu zwei Nächte stehend und im bloßen Hemde in einem schmalen Abtritt zubringen musste, ohne mich von der Stelle rühren oder nur die geringste Bewegung machen zu können. Ich muss dir aufrichtig gestehen, dass ich, so ehrenvoll und glänzend die Vermählung der Tochter des Sultans für mich ist, lieber sterben als länger in einer solchen Verwandtschaft bleiben will, wenn ich mich auch ferner einer solch unangenehmen Behandlung aussetzen muss. Darum, lieber Vater, bitte ich dich bei der Liebe, die dich bewogen hat, mir diese hohe Ehre zu verschaffen, bewirke beim Sultan, dass unsere Ehe für nichtig erklärt wird.«

Ohne weitere Worte zu machen ging der Großwesir zum Sultan und gestand ihm aufrichtig, die Sache sei nur zu wahr; sein Sohn habe ihm alles bestätigt. Und ohne abzuwarten, dass der Sultan selbst von der Ehescheidung zu reden anfing, bat er hierauf um die Erlaubnis, dass sich sein Sohn aus dem Palaste entfernen und in sein Haus zurückkehren dürfe. Der Sultan, der bereits diesen Entschluss gefasst hatte, gab augenblicklich Befehl, die Lustbarkeiten im Palaste und in der Stadt sowie im ganzen Gebiete seines Königreichs einzustellen und in kurzer Zeit hörten alle öffentlichen Freudenbezeugungen und Festlichkeiten auf.

Diese plötzliche und unerwartete Veränderung gab zu allerlei Gerede Anlass, aber niemand wusste mehr zu sagen, als dass man den Großwesir und seinen Sohn, beide sehr traurig, aus dem Palaste in ihr eigenes Haus habe gehen sehen. Aladin allein kannte das Geheimnis und freute sich in seinem Inneren gar sehr über den glücklichen Erfolg, den ihm der Gebrauch seiner Lampe verschafft hat. Gut war, dass weder der Sultan noch der Großwesir, die Aladin und seinen Antrag längst vergessen hatten, auch nur entfernt auf den Gedanken kamen, dass er an der Zauberei, welche die Auflösung der Ehe der Prinzessin herbeigeführt hatte, irgendeinen Anteil haben könnte.

Aladin ließ die drei Monate vollends verstreichen, die der Sultan als Frist für seine Vermählung mit der Prinzessin Bedrulbudur festgesetzt hatte. Er hatte sorgfältig jeden Tag gezählt, und als sie vorüber waren, schickte er seine Mutter in den Palast, um den Sultan an sein Wort zu erinnern. Diese stellte sich wieder am Eingang des Diwans an denselben Platz wie früher. Kaum hatte der Sultan einen Blick auf sie geworfen, so erkannte er sie auch wieder, erinnerte sich an ihre Bitte sowie an die Zeit, auf die er sie vertröstet hatte und ließ sie vortreten. Aladins Mutter näherte sich dem Fuße des Thrones und warf sich der Sitte gemäß nieder. Als sie wieder aufgestanden war, fragte sie der Sultan, was sie wünsche. »Großer König«, antwortete sie, »ich erscheine zum zweiten Mal vor deinem Angesicht, um dich im Namen meines Sohnes Aladin daran zu erinnern, dass die drei Monate verstrichen sind, auf welche du ihn vertröstet hast. Ich bitte demütig, dass du dich der Sache annimmst.«

Der Sultan hatte diese Frist von drei Monaten das erste Mal nur deshalb angesetzt, weil er glaubte, es werde dann keine Rede mehr von einer Heirat sein, die ihm für die Prinzessin, seine Tochter, in Anbetracht des niederen Standes und der Armut von Aladins Mutter durchaus nicht angemessen schien. Ihre Mahnung an sein Versprechen brachte ihn nun in Verlegenheit. Er besprach sich mit seinem Großwesir und dieser riet ihm, einfach einen so hohen Preis für die Prinzessin festzusetzen, dass Aladins Reichtümer, wenn sie auch noch so groß seien, nicht dafür ausreichen würden. Der Sultan billigte den Rat des Großwesirs und wandte sich zu Aladins Mutter: »Gute Frau, ein Sultan muss immer sein gegebenes Wort halten; ich bin bereit, mein Versprechen zu erfüllen und deinen Sohn mit der Hand meiner Tochter zu beglücken. Da ich sie aber nicht vermählen kann, ohne zu wissen, welche Vorteile sie sich davon versprechen darf, so melde deinem Sohne, ich werde mein Versprechen erfüllen, sobald er mir vierzig große Becken aus gediegenem Gold, von oben bis unten mit dergleichen Kostbarkeiten, wie du sie mir schon einmal in seinem Namen gebracht hast, angefüllt, durch vierzig schwarze Sklaven zuschicke, die von vierzig andern weißen Sklaven geführt sein müssen. Dies sind die Bedingungen, unter denen ich bereit bin, ihm die Prinzessin, meine Tochter, zu geben. Geh nun, gute Frau, und bring mir bald wieder Antwort.«

Aladins Mutter warf sich abermals vor dem Throne des Sultans nieder und entfernte sich. Als sie nach Hause kam, erzählte sie ihrem Sohne ausführlich

alles, was der Sultan ihr gesagt hatte, und nannte ihm die Bedingungen, unter denen er in die Verbindung der Prinzessin, seiner Tochter, mit ihm einwilligen würde. Aladin sagte darauf: »Der Sultan ist gewaltig im Irrtum, wenn er meint, durch seine ungeheuren Forderungen könne er mich außerstande setzen, an die Prinzessin Bedrulbudur zu denken. Ich hatte ganz andere unüberwindliche Schwierigkeiten erwartet oder wenigstens einen weit höheren Preis für meine unvergleichliche Prinzessin. Jetzt aber bin ich wohl zufrieden, denn was er verlangt, ist eine Kleinigkeit gegen das, was ich ihm für ihren Besitz bieten könnte. Während ich nun daran denken werde, ihn zu befriedigen, besorge du ein Mittagessen für uns und lass mich nur gewähren.«

Sobald seine Mutter ausgegangen war, nahm Aladin die Lampe und rieb sie. Sogleich erschien der Geist, fragte in den gewöhnlichen Ausdrücken, was er zu befehlen habe, und sagte, dass er bereit sei, ihn zu bedienen. Aladin nannte ihm die Bedingung des Sultans und sprach zu ihm: »Gehe und beschaffe mir baldmöglichst dieses Geschenk, damit ich es dem Sultan schicken kann, ehe er die Sitzung des Diwans aufhebt.« Der Geist sagte, sein Befehl solle unverzüglich vollzogen werden und verschwand. Eine kurze Weile darauf ließ sich der Geist wieder sehen, begleitet von vierzig weißen Sklaven und vierzig schwarzen Sklaven, von denen jeder ein schweres Becken aus gediegenem Gold, angefüllt mit Perlen, Diamanten, Rubinen und Smaragden, welche die dem Sultan bereits geschenkten an Größe und Schönheit weit übertrafen, auf dem Kopfe trug. Der Geist fragte Aladin, ob er zufrieden sei, und ob er ihm sonst noch etwas zu befehlen habe. Aladin antwortete, er verlange nichts mehr, und der Geist verschwand.

Als Aladins Mutter vom Markte zurückkam, sprach Aladin zu ihr: »Liebe Mutter, wir haben jetzt keine Zeit zu verlieren. Es ist von großer Wichtigkeit, dass du, noch ehe der Sultan den Diwan schließt, in den Palast zurückkehrst und das verlangte Geschenk für die Prinzessin Bedrulbudur hinbringst, damit er aus meiner Eile und Pünktlichkeit das brennende und aufrichtige Verlangen ermessen kann, womit ich nach der Ehre trachte, sein Schwiegersohn zu werden.« Ohne die Antwort seiner Mutter abzuwarten, öffnete Aladin die Türe zur Straße und ließ alle seine Sklaven paarweise, immer einen weißen mit einem schwarzen, der ein goldenes Becken auf dem Kopfe trug, zusammen hinaus.

Kaum war der erste weiße Sklave vor Aladins Hause, als alle Vorübergehenden, die ihn bemerkten, stehen blieben, und ehe noch alle achtzig Sklaven, die weißen und schwarzen, draußen waren, strömte das Volk von allen Seiten herbei, um dieses prachtvolle und außerordentliche Schauspiel anzusehen. Denn die Kleidung der Sklaven bestand aus so kostbaren Stoffen und war so reich mit Edelsteinen geschmückt, dass die besten Kenner jedes Kleid auf mehr als eine Million schätzten. Die Kleider, der edle Anstand, die Schönheit, der ebenmäßige und stattliche Wuchs der Sklaven, ihr feierlicher Zug in gleichmäßig abgemessenen Zwischenräumen, der Glanz der außerordentlich großen Edelsteine, die in schönster Anordnung rings um ihre Gürtel in echtes Gold gefasst und die Rosen an ihren Turbanen, die ebenfalls aus Edelsteinen zusammengesetzt und ganz besonders geschmackvoll gearbeitet waren, dies alles versetzte die Zuschauer samt und sonders in so große Verwunderung, dass sie nicht müde wurden, sie zu betrachten und ihnen so weit wie möglich nachzusehen.

Endlich langte der erste von den achtzig Sklaven an der Pforte des ersten Schlosshofes an. Die Pförtner hielten ihn für einen König, so reich und prachtvoll war er gekleidet, und näherten sich ihm, um den Saum seines Kleides zu küssen. Der Sklave aber, dem der Geist vorher seine Rolle gelehrt hatte, sagte feierlich zu ihm: »Wir sind bloß Sklaven; unser Herr wird erscheinen, sobald es an der Zeit ist.«

Da man dem Sultan den Zug und die Ankunft dieser Sklaven gemeldet hatte, so hatte er Befehl gegeben, sie sogleich in den Diwan eintreten zu lassen. Und so zogen sie in schönster Ordnung, ein Teil zur Rechten, der andere zur Linken, hinein. Nachdem sie alle drin waren und vor dem Throne des Sultans einen großen Halbkreis gebildet hatten, stellten die schwarzen Sklaven die Becken, die sie trugen, auf den Fußteppich, dann warfen sich alle Sklaven miteinander nieder und berührten den Teppich mit ihrer Stirne. Hierauf standen sie alle zusammen wieder auf, und die schwarzen enthüllten dabei sehr geschickt die vor ihnen stehenden Becken, worauf sie alle mit gekreuzten Armen und großer Ehrerbietung stehen blieben. Indes näherte sich Aladins Mutter dem Fuße des Thrones, warf sich vor demselben nieder und sprach zum Sultan: »Herr, mein Sohn Aladin weiß recht wohl, dass das Geschenk, das er dir schickt, weit unter dem steht, was die Prinzessin Bedrulbudur verdient. Gleichwohl hofft er, dass du es huldreich annimmst und dass es auch die Prinzessin nicht verschmähen wird.«

Der Sultan war nicht imstande, die Begrüßung der Mutter Aladins aufmerksam anzuhören. Schon beim ersten Blick auf die vierzig goldenen Becken mit den strahlendsten, glänzendsten und kostbarsten Edelsteinen und auf die achtzig Sklaven, die man wegen der Pracht ihrer Aufmachung für Könige halten konnte, war er so überrascht worden, dass er sich von seinem Staunen lange nicht erholen konnte.

Statt also den Gruß von Aladins Mutter zu erwidern, wandte er sich an den Großwesir und fragte ihn, was er davon halte. So schmerzlich es nun auch für den Großwesir war zu sehen, dass ein Unbekannter den Vorzug vor seinem Sohne erhalten sollte, war es doch zu augenscheinlich, dass Aladins Geschenk mehr als hinreichend war, um ihn der Verheiratung mit der Prinzessin, dieser hohen Ehre, würdig zu machen. Er antwortete also dem Sultan ganz nach seinem Sinn, der Sultan verschob die Sache nicht länger und erkundigte sich nicht einmal, ob Aladin auch die übrigen erforderlichen Eigenschaften besitze, um sein Schwiegersohn werden zu können. Der Anblick dieser unermesslichen Reichtümer und die Schnelligkeit, womit Aladin sein Verlangen erfüllt hatte, waren ihm Beweise genug, dass diesem nichts zu einem vollendeten Mann fehlen könne, so wie er ihn sich für seine Tochter wünschte. Um daher Aladins Mutter vollkommen zu befriedigen, sagte er zu ihr: »Gehe jetzt, gute Frau, und sage deinem Sohn, dass ich ihn erwarte und mit offenen Armen aufnehmen werde.«

Hocherfreut, ihren Sohn wider allen Erwartens auf einer so hohen Stufe des Glücks zu erblicken, eilte Aladins Mutter mit einem Gesicht, das ihre gute Botschaft im Voraus verkündete, nach Hause. »Mein Sohn«, sagte sie zu Aladin, » der Sultan hat mit der Zustimmung des ganzen Hofes erklärt, dass du würdig seist, die Prinzessin Bedrulbudur zu besitzen. Er erwartet dich, um dich zu umarmen und den Ehebund abzuschließen. Bereite dich auf diese Zusammenkunft gehörig vor, damit sie der hohen Meinung, die er bereits von dir gefasst hat, entspreche.«

Aladin, freudig erregt, gab seiner Mutter nur eine kurze Antwort und ging auf sein Zimmer. Er nahm die Lampe, die ihm bisher in allen Nöten und bei allen seinen Wünschen so hilfreich gewesen war, und kaum hatte er sie gerieben, als der Geist durch sein unverzügliches Erscheinen seinen fortdauernden Gehorsam an den Tag legte. »Geist«, sagte Aladin zu ihm, »ich habe dich gerufen, damit du mir sogleich ein Bad bereiten sollst, und sobald ich es genommen habe, will ich, dass du mir die prachtvollste Kleidung bringst, die jemals ein König getragen hat.« Kaum hatte er dies gesprochen, als der Geist sowohl ihn als auch sich unsichtbar machte, aufhob und in ein

Bad trug, aus dem er ganz anders wieder herauskam, als er hineingetreten war. Seine Gesichtsfarbe war frisch, weiß und rosig geworden und sein ganzer Leib geschmeidiger. Und er trug eine Kleidung, die alles übertraf, was er sich bisher nur hatte denken können. Dann trug ihn der Geist in dasselbe Zimmer zurück, wo er ihn abgeholt hatte, und fragte ihn, ob er noch etwas zu befehlen habe. »Ja«, antwortete Aladin, »ich erwarte von dir, dass du mir ein Pferd herführst, dessen Schönheit und Schnelligkeit das kostbarste Pferd im Stalle des Sultans übertrifft; auch verlange ich, dass du mir zu gleicher Zeit zwanzig Sklaven herbeischaffst, die ebenso reich und schmuck gekleidet sind wie die, welche das Geschenk trugen. Auch meiner Mutter bring sechs Sklavinnen zu ihrer Bedienung, die alle mindestens so reich gekleidet sein müssen wie die Sklavinnen der Prinzessin Bedrulbudur. Ferner brauche ich noch zehntausend Goldstücke in zehn Beuteln. Das war es, was ich dir noch zu befehlen hatte; geh und spute dich.«

Sobald Aladin dem Geiste diese Befehle gegeben hatte, verschwand dieser und erschien bald wieder mit dem Pferde, den vierzig Sklaven, von denen zehn je einen Beutel mit tausend Goldstücken trugen, und den sechs Sklavinnen, von denen jede ein Kleid für Aladins Mutter auf dem Kopfe trug.

Aladin gab sechs Beutel mit Goldstücken den Sklaven und befahl ihnen, sie während ihres Zuges zum Palast des Sultans unter das Volk zu werfen. Auch befahl er ihnen, sie sollten nebst den übrigen dicht vor ihm, drei zur Rechten und drei zur Linken, einhergehen. Am Ende gab er seiner Mutter vier Beutel und die sechs Sklavinnen und sagte ihr, sie gehören ihr und sie könne als Gebieterin über sie verfügen; auch die Kleider, die diese bei sich hatten, seien für ihren Gebrauch bestimmt.

Als Aladin alle seine Angelegenheiten geordnet hatte, entließ er den Geist mit der Erklärung, dass er ihn rufen werde, sobald er seiner bedürfe, worauf dieser augenblicklich verschwand. Jetzt schickte Aladin einen der vierzig Sklaven zum Palaste mit dem Befehl zu fragen, wann er wohl die Ehre haben könnte, sich dem Sultan zu Füßen zu werfen. Der Sklave entledigte sich seines Auftrags sehr schnell und brachte die Nachricht zurück, dass der Sultan ihn mit Ungeduld erwarte.

Aladin stieg nun unverzüglich auf sein Pferd und setzte sich mit seinem Zuge in Bewegung. Obgleich er nie zuvor ein Ross geritten hatte, so zeigte er doch dabei einen so edlen Anstand, dass selbst der erfahrenste Reiter ihn nicht für einen Neuling halten konnte. Die Straßen, durch die er kam, füllten sich im Nu mit einer unübersehbaren Volksmasse, von deren Beifalls-, Bewunderungs- und Segensrufen die Luft widerhallte, besonders, wenn die sechs Sklaven, welche die Beutel trugen, ganze Hände voll mit Goldstücken rechts und links in die Luft warfen. Beifallsrufe kamen auch von den wohlhabenderen Zuschauern, die sich nicht enthalten konnten, der Freigebigkeit Aladins öffentlich das verdiente Lob zu spenden. Nicht bloß die, die ihn noch in seinen Jünglingsjahren mit den Gassenbuben spielend gesehen hatten, erkannten ihn nicht mehr, sondern auch solche, die ihn noch vor Kurzem gesehen haben, so sehr hatten sich seine Gesichtszüge verändert. Dies kam daher, weil die Lampe unter anderem auch die Eigenschaft hatte, den Besitzern allmählich alle Vollkommenheiten zu verleihen, welche dem Rang, zu dem sie durch ihren guten Gebrauch gelangten, angemessen waren.

Endlich kam Aladin vor dem Palaste an, wo alles zu seinem Empfang in Bereitschaft gesetzt war. Der Oberste der Türsteher, der ihn auf Befehl des Sultans erwartete, begleitete ihn bis zum großen Audienzsaal, dann wurde er zum Throne des Sultans geführt. Als der Sultan Aladin erblickte, war er ebenso überrascht von dessen prachtvoller Kleidung, dergleichen er selbst nie getragen hatte, als auch von seinem herrlichen Wuchs und seiner würdevollen Haltung, die er umso weniger erwartet hatte, als sie von dem niedrigen Aufzuge seiner Mutter himmelweit verschieden war. Seine Verwunderung und Überraschung hinderte ihn indes nicht, aufzustehen und zwei oder drei Stufen des Thrones herabzusteigen, damit Aladin sich nicht zu seinen Füßen werfen und er ihn freundschaftlich umarmen konnte. Nach dieser Höflichkeit wollte sich Aladin gleichwohl vor ihm niederwerfen, aber der Sultan hielt ihn zurück und nötigte ihn, heraufzusteigen und sich zwischen ihn und den Großwesir zu setzen.

Hierauf ergriff Aladin das Wort und sprach: »Herr, ich nehme die Ehre, die du mir erzeigst, an, weil es dir in deiner Gnade beliebt, sie mir zu erweisen; erlaube mir aber, dir zu sagen, dass ich nicht vergessen habe, dass ich dein geborner Sklave bin, dass ich die Größe deiner Macht kenne und wohl weiß, wie tief meine Herkunft mich unter den Glanz und die Herrlichkeit des hohen Ranges stellt, in welchem du stehst. Wenn ich durch irgendetwas einen günstigen Empfang verdient haben sollte, so wegen meiner Kühnheit, die mich bewog, meine Augen, Gedanken und Wünsche bis zu der erhabenen Prinzessin zu erheben, die der Gegenstand meiner Sehnsucht ist. Ich bitte dich für diese Verwegenheit um Verzeihung, großer König, aber ich kann nicht verhehlen, dass ich vor Schmerz sterben würde, wenn ich die Hoffnung aufgeben müsste, meinen Wunsch erfüllt zu sehen.« »Mein Sohn«, antwortete der Sultan, indem er ihn abermals umarmte, »du würdest mir Unrecht tun, wenn du auch nur einen Augenblick an der Aufrichtigkeit meines Versprechens zweifeln wolltest. Ich ziehe das Vergnügen, dich zu sehen und zu hören, allen meinen und deinen Schätzen vor.« Bei diesen Worten gab der Sultan ein Zeichen, und alsbald ertönte die Luft vom Schall der Trompeten und Pauken; zugleich führte der Sultan Aladin in einen prachtvollen Saal, wo ein herrliches Festmahl aufgetragen wurde. Der Sultan speiste ganz allein mit Aladin, und der Großwesir und die vornehmen Herren vom Hofe standen ihnen, jeder nach seinem Rang und Würde, während der Mahlzeit zur Seite. Der Sultan, der die Augen fortwährend auf Aladin geheftet hatte, lenkte das Gespräch auf mehrere verschiedene Gegenstände, und auf welchen Gegenstand auch das Gespräch kam, sprach Aladin mit so viel Kenntnis und Verstand, dass er den Sultan vollends in der guten Meinung bestärkte, die er gleich anfangs von ihm gefasst hatte.

Nach dem Mahle ließ der Sultan den obersten Richter seiner Hauptstadt rufen und befahl ihm, sogleich den Ehevertrag zwischen der Prinzessin Bedrulbudur, seiner Tochter, und Aladin zu entwerfen und aufzusetzen. Während dieser Zeit unterhielt sich der Sultan mit Aladin weiter in Gegenwart des Großwesirs und der vornehmen Herren vom Hofe, die den gründlichen Verstand, die große Gewandtheit in Rede und Ausdruck und die feinen und sinnreichen Bemerkungen, womit der Jüngling die Unterhaltung würzte, nicht genug bewundern konnten.

Als der Richter den Vertrag vollendet hatte, fragte der Sultan Aladin, ob er im Palaste bleiben und die Hochzeit noch heute feiern wolle. »Herr«, antwortete Aladin, »so brennend auch mein Verlangen ist, deine Gnade und Huld in ihrem ganzen Umfange zu genießen, so bitte ich doch, dass du mir noch so lange Frist gestattest, bis ich einen Palast habe erbauen lassen, um die Prinzessin ihrem Range und ihrer Würde gemäß zu empfangen. Ich erbitte mir hierzu einen angemessenen Platz vor deinem Palast aus, damit ich recht nahe bin, um dir meine Aufwartung machen zu können. Ich werde dafür sorgen, dass er in möglichst kurzer Zeit vollendet wird.« – »Mein Sohn«, sagte der Sultan, »wähle dir jede Stelle aus, die du für passend hältst; vor meinem Palaste ist Platz genug; aber bedenke, dass ich je eher je lieber dich mit meiner Tochter vermählt zu sehen wünsche, um das Maß meiner Freude vollzumachen.« Bei diesen Worten umarmte er Aladin abermals, und dieser verabschiedete sich vom Sultan mit so feinem Anstand, wie wenn er von jeher am Hofe gewesen und dort erzogen worden wäre.

Aladin kehrte dann in demselben Zuge, wie er gekommen war, durch dieselbe Volksmasse und unter dem Beifallsjauchzen der Menge nach Hause zurück. Kaum war er angekommen, so nahm er die Lampe und rief den Geist. Der Geist ließ nicht lange auf sich warten, sondern erschien sogleich und bot seine Dienste an. »Geist«, sprach Aladin zu ihm, »du hast bisher alle Befehle, die ich dir kraft dieser Lampe, deiner Herrin, gegeben habe, pünktlich erfüllt. Heute aber musst du noch mehr Eifer und Gehorsam an den Tag legen als bisher. Ich verlange nämlich, dass du mir in möglichst kurzer Zeit gegenüber dem Palaste des Sultans einen Palast erbauen lässt, welcher würdig ist, die Prinzessin Bedrulbudur, meine Gemahlin, aufzunehmen. Die Wahl der Materialien sowie die übrige Einrichtung des Baues überlasse ich ganz dir; doch erwarte ich, dass du mir oben hinauf einen großen Saal mit einer Kuppel und vier gleichen Seiten baust, mit vierundzwanzig Fenstern, sechs auf jeder Seite. Ferner will ich, dass sich bei dem Palaste ein Vorhof, ein Hof und ein Garten befinde, eine Schatzkammer und außerdem mehrere Küchen, Speisekammern, Magazine und Gerätekammern voll der kostbarsten Geräte sowie Ställe voll der schönsten Pferde und der gehörigen Anzahl Stallmeister und Stallknechte dazu. Auch Jagdzeug darfst du nicht vergessen sowie die hinlängliche Dienerschaft für die Küche und den übrigen Haushalt und eine gehörige Anzahl Sklavinnen zur Bedienung der Prinzessin. Du wirst jetzt begreifen, was mein Wunsch ist; geh und komm wieder, wenn alles fertig ist.« Die Sonne ging eben unter, als Aladin den Geiste mit der Erbauung des Palastes beauftragt hatte.

Am andern Morgen stand Aladin in aller Frühe auf, und sogleich erschien auch der Geist. »Herr«, sprach er zu ihm, »dein Palast ist fertig; komm und sieh, ob du damit zufrieden bist.« Aladin blickte ihn an und fand alles so weit über seine Erwartung erfüllt, dass er sich nicht genug wundern konnte. Der Geist führte ihn überall herum, und überall fand er Reichtum, Schönheit, Pracht, dazu Diener und Sklaven, alle dem Range und Dienste gemäß gekleidet, wozu sie bestimmt waren. Auch unterließ der Geist es nicht, ihm die Schatzkammer zu zeigen und führte ihn in die Ställe und Vorratskammern.

Nachdem Aladin den ganzen Palast von oben bis unten, von Zimmer zu Zimmer, von Gemach zu Gemach, besonders auch den Saal mit den vierundzwanzig Fenstern gemustert und darin mehr Pracht und Herrlichkeit, als er je gehofft, sowie alle nur erdenklichen Bequemlichkeiten angetroffen hatte, sagte er zu dem Geiste: »Geist, es kann niemand zufriedener sein, als ich es bin, und es wäre sehr ungerecht von mir, wenn ich mich im Mindesten beklagen wollte. Eines fehlt jedoch, was ich vergessen hatte, dir zu sagen: Vom Palasttore des Sultans an bis zum Eingang der Zimmer, die in diesem Palaste für die Prinzessin bestimmt sind, soll ein Teppich von schönstem Samt ausgebreitet liegen, damit sie auf demselben gehe, wenn sie aus dem Palaste des Sultans kommt.« – »Ich komme in einem Augenblick wieder«, sprach der Geist und verschwand. Eine kleine Weile danach sah Aladin mit großem Erstaunen seinen Wunsch erfüllt, ohne dass er wusste, wie es zugegangen war. Der Geist erschien dann wieder und trug Aladin in seine Wohnung zurück, während gerade die Palastpforte des Sultans geöffnet wurde.

Die Pförtner des Palastes, die das Tor öffneten und zu der Seite hin, wo jetzt Aladins Prachtgebäude stand, immer freie Aussicht gehabt hatten, waren sehr überrascht, als sie diese Aussicht verbaut, Aladins wundervollen Palast und von dort bis zur Palastpforte des Sultans einen Samtteppich ausgebreitet sahen. Die Nachricht von diesem merkwürdigen Wunder verbreitete sich wie ein Lauffeuer im ganzen Sultans-Palast. Der Großwesir erklärte den Palast Aladins für ein Werk der Zauberei, aber der Sultan hielt ihn für eifersüchtig und war überzeugt davon, dass Aladin mit barem Geld über Nacht Wunder bewirken konnte.

Als Aladin in seiner Wohnung zurück war und den Geist entlassen hatte, veranlasste er seine Mutter, in schönem Gewand und in Begleitung der Sklavinnen zum Palast des Sultans zu gehen und ihm zu sagen, dass sie die Ehre habe, die Prinzessin am Abend zu ihrem neuen Palaste zu begleiten. Sie ging, Aladin stieg aufs Pferd und verließ sein Vaterhaus, um nie wieder zurückzukehren. Er vergaß jedoch die Wunderlampe nicht, die ihm so herrliche Dienste geleistet hatte, und zog öffentlich mit demselben Pomp, womit er sich Tags zuvor dem Sultan vorgestellt hatte, zu seinem Palast.

Sobald die Pförtner des königlichen Palastes Aladins Mutter sahen, meldeten sie sie dem Sultan. Sogleich wurde den Chören der Trompeter, der Pauken- und Trommelschläger, die bereits auf den Terrassen des Palastes an verschiedenen Punkten aufgestellt waren, ein Zeichen gegeben, und im gleichen Augenblick ertönte fröhliche Musik, die der ganzen Stadt Freude verkündete. Die Kaufleute schmückten ihre Läden mit schönen Teppichen, Polstern und Laubwerk und trafen Anstalten zur Beleuchtung der Stadt. Die Handwerksleute verließen ihre Arbeit und scharenweise zog das Volk zum großen Platz zwischen dem Palast des Sultans und Aladins. Am meisten staunten sie, weil sie nicht begreifen konnten, durch welches unerhörte Wunder sie einen so prachtvollen Palast an einem Orte erblickten, wo sie Tags zuvor weder den Grund legen noch Baumaterialien liegen sahen.

Aladins Mutter wurde derweilen im Palaste ehrenvoll empfangen und in die Zimmer der Prinzessin Bedrulbudur geführt. Sobald die Prinzessin sie erblickte, umarmte sie sie, ließ sie auf ihrem Sofa Platz nehmen und ihr einen köstlichen Imbiss vorsetzen, während sie sich für die Hochzeitsnacht fertigmachte.

Als die Nacht anbrach, verabschiedete sich die Prinzessin vom Sultan, ihrem Vater. Dieser Abschied war höchst zärtlich und tränenreich; sie umarmten sich mehrmals, ohne ein Wort zu sprechen, aber endlich ging die Prinzessin aus ihrem Zimmer und führte den Zug an: Zu ihrer Linken ging Aladins Mutter und hinter ihnen hundert Sklavinnen in der prachtvollsten Kleidung. Sämtliche Musikchöre, die seit der Ankunft von Aladins Mutter ununterbrochen gespielt hatten, vereinigten sich jetzt und gingen dem Zuge voran; ihnen folgten hundert schwarze Eunuchen in zwei Reihen und vierhundert junge Edelknaben des Sultans, die in zwei Zügen mit Fackeln in der Hand auf beiden Seiten einhergingen und einen Lichtglanz verbreiteten, der im Verein mit der Beleuchtung der beiden Paläste den Mangel des Tageslichts aufs Herrlichste ersetzte. So zog die Prinzessin auf dem Teppich vom Palaste des Sultans bis zum Palaste Aladins.

Als sie bei dem neuen Palaste ankam, eilte Aladin mit einer Freude, die sich leicht denken lässt, an den Eingang der für sie bestimmten Zimmer, um sie daselbst zu empfangen. Aladins Mutter hatte der Prinzessin bereits ihren Sohn, der nun von glänzender Dienerschaft umgeben war, beschrieben, und die Prinzessin fand ihn gleich beim ersten Anblick so schön, dass sie ganz bezaubert war. »Teuerste Prinzessin«, sagte Aladin zu ihr, indem er auf sie zuging und sie voll Ehrerbietung begrüßte, »sollte ich das Unglück haben, dir durch meine Verwegenheit, womit ich nach dem Besitz einer so liebenswürdigen Prinzessin, der Tochter meines Sultans, trachtete, zu missfallen, so musst du die Schuld deinen schönen Augen und der Macht deiner

Reize zuschreiben, nicht aber mir.« – »Prinz«, antwortete ihm die Prinzessin, »– denn als solcher erscheinst du mir –, ich gehorche dem Willen des Sultans, meines Vaters, und kann, nachdem ich dich gesehen habe, wohl sagen, dass ich ihm ohne Sträuben und gerne gehorche.« Aladin war hocherfreut über diese angenehme Antwort, nahm ihre Hand, küsste dieselbe mit großer Zärtlichkeit und führte sie in einen großen, von einer unendlichen Menge Wachskerzen erleuchteten Saal, wo ein herrliches Mahl aufgetragen war. Die Schüsseln waren aus gediegenem Gold und mit den köstlichsten Speisen angefüllt. Die Vasen, die Becken und die Becher, womit der Tafelaufsatz reichlich besetzt war, waren ebenfalls aus Gold und von auserlesener Arbeit. Auch die übrigen Verzierungen und die ganze Ausschmückung des Saals entsprachen dieser hohen Pracht. Die Prinzessin war ganz bezaubert, so viele Reichtümer beisammen zu sehen, und setzte sich mit Aladin und seiner Mutter zu Tische. Sogleich begann eine sehr liebliche und harmonische Musik nebst einem reizenden Gesang, und dieses Konzert dauerte ununterbrochen bis ans Ende der Mahlzeit.

Als das Abendessen vorüber war und noch ein Trupp von Tänzern und Tänzerinnen sein Bestes gab, war es nahe an Mitternacht. Da stand Aladin auf, um nach der damals in China bestehenden Sitte mit der Prinzessin Bedrulbudur zu tanzen und damit die Hochzeitsfeierlichkeiten zu beenden. Nachdem sie von allen bewundert wahrlich zauberhaft zusammen getanzt hatten, behielt Aladin die Prinzessin an der Hand, und sie gingen miteinander in das Zimmer, wo das hochzeitliche Lager für sie bereitet war. So endeten die Lustbarkeiten zur Feier der Hochzeit Aladins und der Prinzessin Bedrulbudur.

Am andern Morgen, als Aladin erwachte, kamen seine Kammerdiener, um ihn anzukleiden. Sie zogen ihm ein anderes, aber nicht minder reiches und prachtvolles Kleid an als am Hochzeitstage. Hierauf ließ er sich eines seiner Leibpferde bringen, stieg auf und begab sich zum Palaste des Sultans, um ihn nebst seinem Großwesir und den Vornehmen seines Hofes zum Essen in seinen Palast einzuladen. Der Sultan willigte gerne ein und machte sich sogleich auf den Weg. Je näher er dem Palaste Aladins kam, umso mehr wunderte er sich über dessen Schönheit. Noch weit höher stieg seine Verwunderung, als er in denselben eingetreten war, und bei jedem Zimmer, das er sah, bekundete er laut sein Erstaunen. Als ihn Aladin noch in den Saal mit den vierundzwanzig Fenstern führte und er die Verzierungen desselben, besonders aber die mit den größten und ausgezeichnetsten Diamanten, Rubinen und Smaragden geschmückten Gitterfenster betrachtete, so war er davon so überrascht, dass er eine Weile regungslos stehen blieb. Dann führte ihn Aladin in den Saal, in dem sie essen wollten, und die Prinzessin Bedrulbudur erschien und empfing den Sultan, ihren Vater, mit einer Miene, woraus man deutlich erkennen konnte, dass sie mit ihrer Ehe sehr wohl zufrieden war. Sie lud dann zu zwei Tischen, die mit den köstlichsten Speisen besetzt waren, und alles Tafelgeschirr war aus reinem Gold. Der Sultan setzte sich an die erste und speiste mit der Prinzessin, seiner Tochter, mit Aladin und dem Großwesir. Die übrigen Großen des Hofes wurden an der zweiten bewirtet. Der Sultan fand die Speisen überaus schmackhaft und gestand, dass er noch nie herrlicher gespeist habe. Dasselbe sagte er von dem Weine, welcher in der Tat sehr köstlich war. Aladin nahm die Lobsprüche des Sultans mit großer Bescheidenheit auf und antwortete ihm folgendermaßen: »Herr, es ist für mich sehr rühmlich, das Wohlwollen und den Beifall meines Königs zu verdienen; auch versichere ich dir, dass ich stets alles aufbieten werde, um mich desselben mehr und mehr würdig zu erweisen.«

Nach dem Essen kehrte der Sultan in seinen Palast zurück und dort angekommen, unterhielt er sich sogleich mit dem Großwesir über Aladins Palast. Der Großwesir sprach wieder von Zauberei, aber der Sultan unterbrach ihn mit den Worten: »Du hast mir dies schon einmal gesagt, aber ich sehe wohl, dass du die Vermählung meiner Tochter mit deinem Sohne immer noch nicht vergessen hast.« Der Großwesir sah ein, dass der Sultan eine vorgefasste Meinung hatte, und ließ ihn dabei, um nicht in Streit mit ihm zu geraten. Jener begab sich dann regelmäßig jeden Tag, sobald er aufgestanden war, in ein

Zimmer, von dem aus er den Palast Aladins sehen konnte, und ging auch den Tag über mehrmals dahin, um diesen zu betrachten und zu bewundern.

Aladin indessen verschloss sich nicht in seinem Palaste, sondern zeigte sich absichtlich mehrere Male in der Woche in der Stadt, indem er bald in diese, bald in jene Moschee ging, um sein Gebet zu verrichten, oder von Zeit zu Zeit dem Großwesir einen Besuch abstattete oder auch zuweilen einigen Vornehmen am Hofe, die er öfters in seinem Palaste bewirtete, die Ehre erwies, sie zuhause zu besuchen. Jedesmal, wenn er ausritt, hatte er ein großes Gefolge an Sklaven um sich, von denen zwei auf den Straßen und Plätzen, durch die er kam und wo sich immer eine große Volksmenge einfand, ganze Hände voll Gold auswarfen. Auch erschien kein Armer an der Pforte seines Palastes, ohne sehr vergnügt über die Gaben, die auf seinen Befehl hin ausgeteilt wurden, zurückzukehren. Auch hatte Aladin seine Zeit so eingeteilt, dass er jede Woche wenigstens einmal auf die Jagd ging, mal in der nächsten Umgebung der Stadt, mal auch in weiterer Ferne; dabei zeigte er sich auf den Straßen und auf den Dörfern ebenso freigebig wie innerhalb der Stadt. Dieses großmütige Benehmen bewirkte, dass das ganze Volk ihn mit Segenswünschen überhäufte und zuletzt nicht höher schwor als bei seinem Haupte. Ja man kann wohl sagen, dass Aladin sich durch seine Leutseligkeit und Freigebigkeit die Zuneigung des ganzen Volkes erworben hatte und mehr geliebt wurde als der Sultan selbst.

Aladin hatte bereits mehrere Jahre auf diese Art gelebt, als sich der Zauberer in Afrika, wohin er zurückgekehrt war, seiner erinnerte. Obwohl er bisher im festen Glauben gelebt hatte, Aladin müsse in dem unterirdischen Gewölbe zugrunde gegangen sein, so bekam er doch auf einmal Lust, genau zu erfahren, welches Ende er genommen habe. Als großer Meister der Zauberei gebrauchte er die Punktierkunst und entdeckte, dass Aladin nicht nur nicht in dem unterirdischen Gewölbe gestorben war, sondern sich daraus gerettet habe und in großem Glanz und gewaltigem Reichtum, vermählt mit einer Prinzessin, hoch geehrt und geachtet lebe.

Kaum hatte der afrikanische Zauberer mittels seiner teuflischen Kunst diese Entdeckung gemacht, stieg ihm das Blut ins Gesicht. Voller Wut sagte er zu sich selbst: »Dieser elende Schneiderssohn hat also das Geheimnis und die Wunderkraft der Lampe entdeckt; ich hielt seinen Tod für gewiss und nun genießt er die Frucht meiner Arbeiten und Nachtwachen! Aber eher will ich untergehen, als ihn noch länger in seinem Glücke leben lassen.« Er hatte seinen Entschluss schnell gefasst, stieg gleich am andern Morgen auf seinen Berberhengst und machte sich auf den Weg. So kam er von Stadt zu Stadt, und von Land zu Land, bis nach China und bald auch in die Hauptstadt des Sultans, dessen Tochter Aladin geheiratet hatte. Er stieg dort in einem öffentlichen Wirtshause ab und mietete sich ein Zimmer.

Am andern Morgen wünschte der afrikanische Zauberer vor allem zu erfahren, was man von Aladin spreche. Er nahm in einem Teehaus Platz, erfuhr von Aladin und seinem wunderbaren Palast und machte sich sofort auf, um diesen in Augenschein zu nehmen. Als er angekommen war und den Palast von allen Seiten genau betrachtet hatte, zweifelte er nicht mehr daran, dass sich Aladin der Lampe bedient habe, um ihn erbauen zu lassen. Er wusste recht gut, dass solche Wunderwerke nur von den Geistern der Lampe, deren Besitz ihm entgangen war, geschaffen werden konnten. Voller Ärger über das Glück und die Größe Aladins machte er sich auf den Weg zu seinem Zimmer zurück.

Nun brauchte er nur noch zu wissen, wo die Lampe war, ob Aladin sie bei sich trug oder irgendwo aufbewahrte, und um dies zu erfahren, nahm der Zauberer seine Punktierkunst zu Hilfe. Sobald er in sein Zimmer gekommen war, holte er seine Punktierwerkzeuge hervor, die er auf allen seinen Reisen bei sich führte, und begann seine Zauberkunst. Am Ende wusste er, dass sich die Lampe in Aladins Palast befand, und war außer sich vor Freude über eine solch wichtige Entdeckung. »Ich muss sie bekommen, diese Lampe«, sagte er, »und Aladin soll sehen, ob er mich daran hindern kann, sie ihm zu entreißen und ihn wieder in die Niedrigkeit hinabzudrücken, aus der er so hoch emporgestiegen ist.«

Das Unglück wollte, dass Aladin damals gerade für acht Tage auf die Jagd gegangen und erst seit drei Tagen fort war; nachdem der afrikanische Zauberer dies durch ein Gespräch erfahren hatte, sagte er zu sich selbst: »Der Augenblick ist günstig, ich muss ihn nutzen.« Hierauf ging er in den Laden eines Mannes, der Lampen verkaufte, und kaufte ihm ein volles Dutzend neuer Lampen ab. Diese legte er in einen Korb, ging mit diesem am Arm zu Aladins Palast und fing an zu rufen: »Wer will alte Lampen gegen neue eintauschen?« Als die Kinder, die auf dem Platze spielten, dies hörten, liefen sie herbei und sammelten sich mit lautem Hohngelächter um ihn, denn sie hielten ihn für einen Narren. Auch die Vorübergehenden lachten über ihn. »Bei diesem Manne«, sagten sie, »muss es im Kopfhäuschen nicht richtig sein, sonst würde er nicht neue Lampen gegen alte tauschen.« Der afrikanische Zauberer ließ sich aber weder durch das Gehöhne der Kinder noch durch das, was die älteren Leute von ihm sagten, irre machen, sondern fuhr fort, seine Ware anzubieten und laut zu schreien: »Wer will alte Lampen gegen neue tauschen?« Er wiederholte dies so oft auf dem Platze vor dem Palast und in der Nähe desselben auf- und abgehend, dass die Prinzessin Bedrulbudur, die gerade in dem Saale mit den vierundzwanzig Fenstern war, die Stimme des Mannes hörte; da sie aber wegen des Geschreis der Kinder nicht verstehen konnte, was er ausrief, so schickte sie eine ihrer Sklavinnen, um zu sehen, was der Lärm bedeuten sollte.

Die Sklavin kam bald wieder mit lautem Lachen in den Saal. »Herrin«, sagte die Sklavin immerfort lachend, »was kann man anderes tun als lachen, wenn man einen Narren sieht, der einen Korb voll schöner, ganz neuer Lampen am Arm hat, aber sie nicht verkaufen, sondern nur gegen alte eintauschen will.« Nach diesem Bericht ergriff eine andere Sklavin das Wort und sagte: »Da von alten Lampen die Rede ist, so weiß ich nicht, ob die Prinzessin schon bemerkt hat, dass hier auf dem Kranzgesims eine solche steht. Der Eigentümer wird es wohl nicht übel nehmen, wenn er statt der alten eine neue findet. Wenn es der Prinzessin genehm ist, so kann sie sich den Spaß machen zu erproben, ob dieser Narr wirklich verrückt genug ist, eine neue Lampe für eine alte zu geben, ohne etwas dazu zu verlangen.«

Die Lampe, von der die Sklavin sprach, war eben jene Wunderlampe, die Aladin zu seiner Größe verholfen hatte, und er selbst hatte sie, bevor er auf die Jagd ging, auf das Kranzgesims gestellt, um sie nicht zu verlieren; eine Vorsichtsmaßregel, die er jedes Mal anwendete, wenn er zur Jagd auszog. Ansonsten trug er sie immer bei sich.

Die Prinzessin Bedrulbudur, die von dem hohen Wert der Lampe nichts wusste, und sich nicht denken konnte, dass es für Aladin, der nie davon sprach, von so hoher Wichtigkeit sein könnte, sie unberührt zu lassen und aufzubewahren, ging auf den Scherz ein und befahl einem Eunuchen, sie zu nehmen und umzutauschen. Der Eunuch gehorchte, ging auf den Platz hinab, auf den afrikanischen Zauberer zu, zeigte ihm die alte Lampe und sagte: »Gib mir eine neue Lampe für diese da.«

Der afrikanische Zauberer zweifelte nicht, dass dies die Lampe war, die er suchte, denn da, wie er gehört hatte, alles in Aladins Palast aus Gold und Silber war, so konnte es darin nicht noch eine andere alte Lampe geben. Er nahm sie dem Eunuchen schnell aus der Hand, schob sie sorgfältig in sein Kleid und überreichte ihm dann seinen Korb, damit er nach Belieben eine neue Lampe auswählen konnte. Der Eunuch wählte eine aus, verließ den Zauberer und brachte die neue Lampe der Prinzessin Bedrulbudur.

Der falsche Verkäufer machte sich daraufhin ohne weiteren Lärm aus dem Staube, das heißt, er schrie nicht mehr, dass er alte Lampen gegen neue umtauschen wolle; denn er wollte jetzt keine andere mehr als die, die er schon hatte. Sobald er von dem Platz zwischen den beiden Palästen entfernt war, lief er hastig fort, bis er eins der Stadttore erreichte. Sobald er im Freien war, ging er von der Hauptstraße ab zu einem abgelegenen Platze hin, wo er von niemandem bemerkt werden konnte, und wartete dort den günstigen Augenblick ab, um seinen Plan vollends auszuführen. Um ein Uhr nachts, als die Finsternis am größten war, zog er die Lampe aus seinem Kleid und rieb sie.

Auf diesen Ruf hin erschien der Geist sogleich. »Was willst du?«, fragte er ihn, »ich bin bereit, dir zu gehorchen als dein Sklave und als Sklave aller, welche die Lampe in der Hand haben; ich und die andern Sklaven der Lampe.« – »Ich befehle dir«, antwortete der afrikanische Zauberer, »dass du augenblicklich den Palast, den du oder die andern Sklaven der Lampe in der Stadt erbaut haben, so wie er ist, mit allen seinen lebenden Bewohnern aufhebst und zugleich mit mir an den und den Ort nach Afrika versetzt.« Ohne etwas zu antworten, schaffte der Geist mithilfe der übrigen der Lampe dienstbaren Geister in sehr kurzer Zeit sowohl ihn selbst als auch den ganzen Palast an den bezeichneten Ort in Afrika.

Wir wollen jedoch nun den afrikanischen Zauberer und den Palast samt der Prinzessin Bedrulbudur in Afrika lassen und jetzt von dem Erstaunen des Sultans reden: Als der Sultan aufgestanden war, ging er wie gewöhnlich zu dem offenen Erker, um sich das Vergnügen zu machen, Aladins Palast zu betrachten und zu bewundern. Er richtete seinen Blick zu der Seite hin, wo er diesen Palast zu sehen gewöhnt war, erblickte aber nur einen leeren Platz, ganz wie vor der Erbauung desselben. Am Anfang glaubte er, er täusche sich, und rieb sich die Augen; dann aber sah er so wenig wie das erste Mal, obwohl das Wetter sehr heiter, der Himmel rein und die Morgenröte bereits aufgestiegen war, sodass man alles recht deutlich sehen konnte. »Ich kann mich nicht täuschen«, sprach er zu sich selbst, »er stand auf dem Platze dort. Wäre er eingestürzt, so müssten sich doch noch Trümmer davon zeigen, und hätte die Erde ihn verschlungen, so müsste man wenigstens eine Spur sehen.« Es ging über seine Verstandeskräfte zu enträtseln, wie dies zugegangen sei, und so fest er auch überzeugt war, dass der Palast nicht mehr da stand, so wartete er doch noch einige Zeit, um sicher zu sein, dass er sich nicht täuschte. Dann ließ er in aller Eile den Großwesir rufen, der nicht lange auf sich warten ließ. Dieser kam jedoch in solcher Eile, dass weder er noch seine Leute im Vorbeigehen bemerkten, dass Aladins Palast nicht mehr an seiner Stelle stand. Der Sultan sprach zu ihm: »Es hat sich etwas sehr Außerordentliches zugetragen. Sprich, wo ist der Palast Aladins?« »Der Palast Aladins?«, erwiderte der Großwesir sehr erstaunt, »ich ging soeben daran vorbei, und mich deuchte, er stand an seinem alten Platz. So gewaltige Gebäude wie dieses ändern ihre Stelle nicht so leicht.« – »Sieh einmal zum Kabinett hinaus«, entgegnete der Sultan, »und sag mir dann, ob du ihn sehen kannst.« Der Großwesir begab sich zum offenen Erker, und es ging ihm wie dem Sultan. »Herr«, antwortete der Großwesir, »du erinnerst dich vielleicht, dass ich die Ehre hatte, dir zu sagen, dass der Palast, den du mit seinen unermesslichen Reichtümern so sehr bewundert hast, bloß ein Werk der Zauberei und eines Zauberers sein könne; aber du wolltest damals nicht auf mich hören.« Der Sultan, der dies nicht leugnen konnte, geriet in großen Zorn. »Wo ist er«, rief er, »dieser Betrüger, dieser Schurke? Ich lasse ihm den Kopf abschlagen.« – »Herr«, antwortete der Großwesir, »er hat sich vor einigen Tagen von dir verabschiedet und ist zur Jagd gegangen. Man muss ihn fragen lassen, wo sein Palast hingekommen ist, denn er allein kann es wissen.« – »Das wäre zu viel Schonung für ihn«, entgegnete der Sultan, »geh und schicke dreißig von meinen Reitern los, damit sie ihn in Ketten vor mich führen.«

Der Großwesir überbrachte den Reitern den Befehl des Sultans und unterrichtete ihren Anführer, wie sie sich zu benehmen hätten, damit er ihnen nicht entwische. Sie ritten los und trafen Aladin fünf oder sechs Stunden vor der Stadt auf dem Heimwege begriffen. Der Anführer ritt auf ihn zu und sagte ihm, der Sultan habe großes Verlangen, ihn wiederzusehen, er habe sie geschickt, um ihm dies zu melden und ihn nach Hause zu begleiten. Aladin hatte nicht die entfernteste Ahnung von dem wahren Grunde, warum die Reiter des Sultans zu ihm gekommen waren, und ritt getrost weiter. Als er nur noch eine halbe Stunde von der Stadt entfernt war, umringte ihn die Reiterschar, der Anführer derselben ergriff das Wort und sagte zu ihm: »Prinz Aladin, mit großem Bedauern haben wir dir zu erklären, dass wir vom Sultan den Befehl haben, dich zu verhaften und als Staatsverbrecher vor ihn zu führen; wir bitten dich, uns nicht übel zu nehmen, wenn wir jetzt unsere Pflicht erfüllen, und uns zu verzeihen.«

Aladin war äußerst überrascht von dieser Erklärung, denn er fühlte sich unschuldig. Er fragte den Anführer, ob er wisse, welches Verbrechens er angeklagt sei; dieser aber antwortete, weder er noch seine Leute wüssten davon. Da Aladin sah, dass seine Leute viel schwächer waren als die Reiterschar, stieg er vom Pferd ab und sagte: »Hier bin ich, vollzieht euern Befehl. Übrigens kann ich versichern, dass ich mir keines Verbrechens bewusst bin, weder gegen die Person des Sultans noch gegen den Staat.« Man warf ihm sogleich eine sehr dicke und lange Kette um den Hals und band sie auch mitten um den Körper, sodass er die Arme nicht frei hatte. Einer der Reiter fasste das Ende der Kette und führte Aladin, der zu Fuß folgen musste, mit fort. In diesem Zustande wurde er in die Stadt gebracht.

Als die Reiter in die Vorstadt kamen und man Aladin so als Staatsverbrecher abführen sah, glaubte jedermann, es werde ihn den Kopf kosten. Da er jedoch allgemein beliebt war, so ergriffen die einen Säbel und andere Waffen, und die, welche keine hatten, bewaffneten sich mit Steinen und folgten den Reitern nach. Einige von den hintersten Reitern schwenkten um und machten Miene, sie auseinanderzusprengen; aber die Volksmasse wurde so groß, dass die Reiter es für geratener hielten, sich keinen Ärger anmerken zu lassen, und sich glücklich schätzten, wenn sie den Palast des Sultans erreichten, ohne dass Aladin ihnen entrissen wurde. So gelangten sie an den Platz vor dem Sultans-Palast, wo sie sich alle in einer Linie aufstellten und gegen die bewaffnete Volksmasse Front machten, bis ihr Befehlshaber und der Reiter, welcher Aladin führte, in den Palast eingetreten waren und die Pförtner das Tor hinter ihm geschlossen hatten, um das Volk abzuhalten.

Aladin wurde sofort vor den Sultan geführt. Sobald dieser ihn sah, befahl er dem Scharfrichter, der ebenfalls hierher bestellt worden war, ihm den Kopf abzuhauen, ohne dass er ihn anhören oder irgendeinen Aufschluss von ihm haben wollte. Der Scharfrichter bemächtigte sich Aladins, nahm ihm die Kette, die er um Hals und Leib hatte, ab, breitete sofort ein Leder, das mit dem Blute von unzähligen Verbrechern befleckt war, auf den Boden, hieß ihn darauf niederknien und verband ihm die Augen. Hierauf zog er sein Schwert, holte weit aus, ließ es dreimal in der Luft blitzen und schickte sich an, den Todesstreich zu führen, indem er nur noch auf ein Zeichen vom Sultan wartete, um Aladin den Kopf abzuschlagen.

In diesem Augenblicke bemerkte der Großwesir, dass das Volk die Reiter überwältigt hatte und in den Schlossplatz eingedrungen war; ja, dass einige die Mauern des Palastes an mehreren Stellen mit Leitern erstiegen hatten und bereits anfingen, sie niederzureißen, um eine Öffnung zu haben. Er sagte daher zum Sultan, ehe er das Zeichen gab: »Herr, ich bitte dich, dass du den Schritt, den du zu tun im Begriff bist, reiflich überlegen mögest. Du läufst Gefahr, deinen Palast erstürmt zu sehen, und wenn dies Unglück geschieht, so könnte es Unheil bringende Folgen haben.« – »Mein Palast erstürmt?«, versetzte der Sultan. »Wer darf sich dies anmaßen?« – »Herr«, antwortete der Großwesir, »wirf nur einen Blick auf die Mauern des Palastes und auf den Platz, so wirst du dich von der Wahrheit meiner Worte überzeugen können.« Als der Sultan die heftige Aufregung im Volke sah, erschrak er dermaßen, dass er augenblicklich dem Scharfrichter den Befehl gab, sein Schwert wieder in die Scheide zu stecken, die Binde von Aladins Augen zu nehmen und ihn freizulassen. Zugleich befahl er seinen Bediensteten auszurufen, dass er Aladin Gnade schenke, und jedermann sich nun entfernen möge.

Als nun diejenigen, welche bereits die Mauern erklettert hatten, sahen, was vorging, gaben sie ihr Vorhaben auf. Sie stiegen schnell herab, und hocherfreut, einem Manne, den sie wahrhaft liebten, das Leben gerettet zu haben, teilten sie diese Nachricht allen Umstehenden mit, worauf sie sich von Mund zu Mund unter der ganzen Volksmasse verbreitete, die sich auf dem Platz vor dem Palaste angesammelt hatte. Als das Volk sah, dass der Sultan Aladin Gerechtigkeit widerfahren ließ und ihn begnadigte, so endete der Aufruhr und einer nach dem andern ging nach Hause.

Sobald sich Aladin wieder in Freiheit sah, rief er in rührendem Tone zum Sultan: »Herr, ich bitte dich, mir zu der bereits erwiesenen Gnade noch eine neue zu schenken und mich wissen zu lassen, was mein Verbrechen ist?« – »Was es ist, du Schurke?«, erwiderte der Sultan; »weißt du es noch nicht? Komm einmal hier herauf, so will ich es dir zeigen. Folge mir!« Daraufhin ging er vor ihm her, ohne ihn anzusehen. Er führte ihn an den offenen Erker und sagte zu ihm: »Hier, du musst doch wissen, wo dein Palast stand; sieh dich jetzt hier nach allen Seiten um und sage, was daraus geworden ist.«

Aladin sah hin und erblickte nichts. Er bemerkte wohl den ganzen Platz, den sein Palast sonst eingenommen hatte, da er aber nicht begreifen konnte, wie er hätte verschwinden sollen, so machte ihn dieses seltsame und überraschende Ereignis so bestürzt und verdutzt, dass er dem Sultan kein einziges Wort erwidern konnte.

Der Sultan wiederholte voller Ungeduld seine Frage. »Sag mir doch, wo der Palast und meine Tochter sind!« Endlich brach Aladin sein Schweigen und sagte: »Herr, ich sehe wohl und gestehe es ein, dass der Palast, den ich erbauen ließ, nicht mehr auf seinem Platze steht; ich sehe, dass er verschwunden ist, kann dir aber nicht sagen, wo er sein mag. Nur so viel kann ich versichern, dass ich nicht an diesem Ereignis beteiligt bin.« »Mir liegt nichts daran, was aus deinem Palaste geworden ist«, antwortete der Sultan, »meine Tochter ist mir Millionen Mal lieber. Du musst sie mir zurückgeben, sonst lasse ich dir ohne alle weitern Rücksichten den Kopf abschlagen.«

»Herr«, antwortete Aladin, »ich flehe dich an, gewähre mir vierzig Tage Frist, um den Palast und deine Tochter, meine geliebte Prinzessin wiederzubeschaffen; gelingt es mir in dieser Zeit nicht, so gebe ich dir mein Wort, dass ich selbst meinen Kopf zu Füßen deines Thrones niederlegen will, damit du nach Belieben darüber verfügst.« – »Ich bewillige dir diese Frist von vierzig Tagen«, erwiderte der Sultan; »aber glaube ja nicht, dass du meine Gnade missbrauchen und meinem Zorn entfliehen könntest. In welchem Winkel der Erde du auch sein magst, ich werde dich schon zu finden wissen.«

Aladin entfernte sich in großer Demütigung und in einem wahrhaft Mitleid erregenden Zustande aus dem Angesicht des Sultans. Er ging mit gesenktem Haupte über die Höfe des Palastes und war so beschämt, dass er es nicht wagte, die Augen aufzuschlagen. Die vornehmsten Hofbeamten waren jetzt weit davon entfernt, sich ihm zu nähern oder ihm eine Zufluchtsstätte anzubieten; sie kehrten ihm den Rücken, damit sie ihn nicht sehen mussten und er sie nicht erkennen konnte. Aber selbst wenn sie sich ihm genähert hätten, um ihm Trost zuzusprechen oder ihre Dienste anzutragen, so hätten sie Aladin kaum mehr erkannt; kannte er sich doch selbst nicht mehr und war seines Verstandes nicht mehr mächtig. Die Vernünftigen, und besonders diejenigen, die in freundschaftlicher Verbindung mit ihm gestanden hatten, wurden von wahrhaftem Mitleid ergriffen.

Aladin blieb drei Tage in der Stadt, indem er sich bald nach dieser, bald nach jener Seite hin wendete, nach seinem Palaste fragte, und nichts aß außer dem, was ihm mitleidige Menschen reichten. Endlich, als er in diesem elenden Zustande nicht länger in einer Stadt verweilen wollte, wo er früher den vornehmen Herrn gespielt hatte, entfernte er sich aus derselben und schlug den Weg aufs Feld ein. Nachdem er in schrecklicher Ungewissheit mehrere Felder durchirrt hatte, kam er bei Anbruch der Nacht an das Ufer eines Flusses. Hier fasste er einen Gedanken der Verzweiflung. »Wo soll ich jetzt meinen Palast suchen?«, fragte er sich selbst. »In welcher Provinz, in welchem Lande, in welchem Teile der Welt werde ich ihn und meine vielgeliebte Prinzessin wiederfinden, die der Sultan von mir fordert? Dies wird mir nie gelingen; deshalb ist es besser, ich befreie mich auf einmal von all diesen Mühseligkeiten und dem bittern Kummer, der mein Herz zerfrisst.« Schon hatte er den Entschluss gefasst, sich in den Fluss zu werfen, doch glaubte er als frommer Muselmann, dies nicht tun zu können, bevor er nicht sein Gebet verrichtet hätte. Indem er sich nun dazu anschicken wollte, näherte er sich dem Rande des Wassers, um sich der Landessitte gemäß die Hände und das Gesicht zu waschen. Da aber die Stelle etwas abschüssig und nass war, so glitt er aus und wäre in den Fluss gefallen, wenn er sich nicht noch an einem kleinen Felsstück festgehalten hätte. Glücklicherweise hatte er noch den Ring, den der afrikanische Zauberer ihm an den Finger gesteckt hatte. Diesen Ring rieb er unbeabsichtigt ziemlich stark an dem Felsen, als er sich daran festhielt, und augenblicklich stand derselbe Geist vor ihm, der ihm in dem unterirdischen Gewölbe erschienen war, wo der afrikanische

Zauberer ihn eingesperrt hatte. »Was willst du?«, fragte der Geist; »ich bin bereit dir zu gehorchen als dein Sklave und als Sklave all derer, die den Ring am Finger haben, sowohl ich als auch die andern Sklaven des Ringes.«

Aladin, der in seiner verzweifelten Lage durch diese Erscheinung angenehm überrascht war, antwortete: »Geist, rette mir zum zweiten Mal das Leben und zeige mir, wo der Palast ist, den ich erbauen ließ, oder sorge, dass er unverzüglich wieder an seinen alten Platz zurückgetragen wird.« – »Was du hier verlangst«, antwortete der Geist, »liegt nicht in meinem Wirkungskreise, ich bin bloß Sklave des Rings; wende dich deshalb an den Sklaven der Lampe.« – »Wenn dem so ist«, versetzte Aladin, »so befehle ich dir kraft des Ringes, dass du mich sogleich an den Ort versetzt, wo mein Palast ist, sei es wo es wolle, und bringe mich unter die Fenster der Prinzessin Bedrulbudur.« Kaum hatte er diese Worte gesprochen, als der Geist ihn nahm und nach Afrika mitten auf eine große Wiese trug, auf der der Palast nicht weit von einer großen Stadt stand; er setzte ihn dicht unter den Fenstern der Prinzessin ab und ließ ihn dann allein. Alles dies war das Werk eines Augenblicks.

Ungeachtet der Dunkelheit der Nacht erkannte Aladin recht gut seinen Palast und die Zimmer der Prinzessin Bedrulbudur. Da es aber schon tief in der Nacht und im Palast alles ruhig war, so ging er etwas abseits und setzte sich unter einen Baum. Hier gab er sich neuen Hoffnungen hin, und indem er Betrachtungen anstellte über sein Glück, das er einem bloßen Zufalle verdankte, wurde sein Gemüt wieder ruhig. Und da er seit fünf oder sechs Tagen kein Auge mehr geschlossen hatte, so überwältigte ihn zuletzt der Schlaf und er schlummerte am Fuße des Berges ein.

Als am folgenden Tage die Morgenröte anbrach, wurde Aladin sehr angenehm vom Gesang der Vögel geweckt, warf sogleich seine Augen auf seinen Palast und fühlte, dass er jetzt Hoffnung habe, wieder Herr desselben zu werden und aufs Neue seine teure Prinzessin Bedrulbudur zu besitzen. Er stand auf und näherte sich den Zimmern der Prinzessin; dann ging er unter ihren Fenstern eine Weile spazieren und wartete, bis sie erwachen würde und sich sehen ließe. Inzwischen dachte er darüber nach, woher wohl die Ursache seines Unglücks gekommen sein möge, und nachdem er sich lange hin und her besonnen hatte, zweifelte er nicht mehr daran, dass sein ganzes Missgeschick bloß davon herrühren könne, dass er seine Lampe aus den Augen verloren hatte. Er machte sich nun Vorwürfe über seine Nachlässigkeit und dass er nicht Sorge getragen hatte, sie keinen Augenblick unbewacht zu lassen. Was er noch weniger wusste, war die Antwort auf die Frage, wer wohl auf sein Glück eifersüchtig sei. Dies wäre ihm zwar klar geworden, wenn er gewusst hätte, dass er und sein Palast sich in Afrika befänden; allein der dienstbare Geist des Ringes hatte es ihm nicht gesagt, und er hatte ihn auch nicht darum gefragt. Sonst hätte ihn schon der Name Afrika sogleich an den afrikanischen Zauberer, seinen Feind, erinnert.

Die Prinzessin Bedrulbudur stand früher als gewöhnlich auf und als sie angekleidet war, sah eine ihrer Frauen zufällig durchs Gitterfenster, bemerkte Aladin und verkündete es sogleich ihrer Gebieterin. Die Prinzessin, die diese Nachricht nicht glauben konnte, lief schnell ans Fenster, bemerkte Aladin ebenfalls und öffnete das Gitter. Bei dem Geräusch, das dadurch entstand, hob Aladin den Kopf in die Höhe, erkannte sie und begrüßte sie mit einer Miene, auf der sich überschwängliche Freude abspielte. »Um keine Zeit zu verlieren«, sagte die Prinzessin zu ihm, »lasse ich dir die geheime Türe öffnen, geh durch diese hinein und komm herauf.«

Die geheime Türe befand sich unter den Zimmern der Prinzessin. Aladin fand sie offen und ging rasch die Treppe hinauf. Es ist unmöglich, die Freude zu beschreiben, welche die beiden Ehegatten empfanden, als sie sich nach einer Trennung, die sie für ewig hielten, endlich wiedersahen. Sie umarmten sich mehrere Male und gaben sich alle Beweise von Liebe und Zärtlichkeit, die man nach einer so traurigen und unerwarteten Trennung, wie die ihrige war, nur denken kann. Nach diesen Umarmungen, unter die sich Tränen der Freude mischten, setzten sie sich, Aladin ergriff das Wort und sprach: »Prinzessin, bevor wir von irgendetwas anderem sprechen, beschwöre ich dich im Namen Gottes, sowohl um deiner selbst als um deines verehrungswürdigen Vaters, des Sultans, und besonders auch um meinetwillen: Sage mir, was ist aus meiner alten Lampe geworden, die ich, bevor ich auf die Jagd ging, in dem Saal mit den vierundzwanzig Fenstern auf das Kranzgesimse gestellt habe?«

»Ach, teurer Gemahl«, antwortete die Prinzessin, »ich habe mirs wohl gedacht, dass unser beiderseitiges Unglück von dieser Lampe herrühre, und was mich untröstlich macht, ist, dass ich selbst daran schuld bin.« – »Prinzessin«, erwiderte Aladin, »miss dir die Schuld nicht bei, sie ist ganz auf meiner Seite, denn ich hätte die Lampe sorgsamer aufbewahren sollen. Jetzt aber lass uns nur daran denken, den Schaden wiedergutzumachen und deshalb tu mir den Gefallen und erzähle mir, wie die Sache zugegangen und in welche Hände die Lampe geraten ist.« Die Prinzessin Bedrulbudur erzählte hierauf Aladin alles: Unter welchen Umständen sie die alte Lampe gegen die neue ausgetauscht, wie sie in der folgenden Nacht die Versetzung des Palastes bemerkt und sich am andern Morgen in einem unbekannten Lande gefunden habe, wo sie jetzt beide seien und das Afrika heiße. Letzteres hatte sie aus dem Mund des Schurken selbst erfahren, der sie durch seine Zauberkunst hierher versetzt hatte.

»Prinzessin«, unterbrach Aladin sie, »du hast mir den Schurken deutlich genug beschrieben, indem du mir sagtest, dass ich gegenwärtig mit dir in Afrika bin. Er ist der abscheulichste aller Menschen; doch ist jetzt weder Zeit noch Ort, dir seine Schlechtigkeiten ausführlicher zu erzählen, und ich bitte dich bloß, mir zu sagen, was er mit der Lampe angefangen hat und wo er sie aufbewahrt.« – »Er trägt sie wohl eingehüllt in seinem Kleid«, erwiderte die Prinzessin, »ich kann dies mit Bestimmtheit sagen, da er sie in meiner Gegenwart herausgezogen und enthüllt hat, um sich damit gegen mich zu brüsten.«

»Geliebte meines Herzens«, sagte hierauf Aladin, »ich beschwöre dich, mir zu sagen, wie dieser schlechte und treulose Mensch dich behandelt hat?« – »Seit ich hier bin«, antwortete die Prinzessin, »hat er sich mir nur einmal am Tag gezeigt, und ich bin überzeugt, dass der schlechte Erfolg, den er von seinen Besuchen hat, es ihm verleiden wird, mich noch öfter zu belästigen. Alle seine Reden zielen darauf ab, dass ich mein Wort, das ich dir gegeben habe, brechen und ihn zum Gemahl nehmen soll. Dabei gibt er mir zu verstehen, dass ich nimmermehr hoffen dürfe, dich je wiederzusehen, denn du seiest nicht mehr am Leben und der Sultan, mein Vater, habe dir den Kopf abschlagen lassen. Zu seiner Rechtfertigung fügt er hinzu, dass du ein Undankbarer seist, der sein ganzes Glück ihm zu verdanken habe. Da er von mir keine andere Antwort bekommt als Klagen, Seufzer und Tränen, so muss er sich jedes Mal ebenso unbefriedigt wieder entfernen, wie er gekommen ist. Gleichwohl zweifle ich nicht, dass er die Absicht hat, meinen lebhaftesten Schmerz erst vorübergehen zu lassen, in der Hoffnung, ich werde mich anders entschließen, und am Ende Gewalt gebraucht, wenn ich auf meiner Widerspenstigkeit beharre. Aber, teurer Gemahl, deine Gegenwart hat nun alle meine Sorgen diesbezüglich verscheucht.«

»Prinzessin«, unterbrach Aladin sie, »ich hege die Zuversicht, dass du mit Recht nichts mehr zu fürchten brauchst, und glaube ein Mittel gefunden zu haben, uns beide von unserem gemeinschaftlichen Feinde zu befreien. Dafür muss ich notwendigerweise in die Stadt gehen. Ich werde gegen Mittag zurückkommen, um dir dann meinen Plan mitzuteilen, und was du zum Gelingen desselben beitragen müsstest. Doch sage ich dir im Voraus, wundere dich nicht, wenn du mich in einer andern Kleidung zurückkommen siehst, und gib Befehl, dass man mich an der geheimen Türe, wenn ich klopfe, nicht lange warten lässt.« Die Prinzessin versprach, dass man ihn an der Türe erwarten und schnell öffnen werde.

Als Aladin zum Palaste hinausgegangen war, bemerkte er einen Bauersmann, der aufs Feld ging. Zu ihm lief Aladin und machte ihm den Vorschlag, die Kleider zu tauschen, worauf der Bauer auch einging. Der Umtausch geschah hinter einem Gebüsch, und als sie sich getrennt hatten, schlug Aladin den Weg zur Stadt ein. Sobald er dort angekommen war, ging er in das Viertel, wo Kaufleute und Handwerker jeder Art ihre besondere Gasse hatten. Dort betrat er einen Laden und fragte den Kaufmann, ob er nicht ein gewisses Pulver habe, das er ihm nannte. Aladin zog seinen Beutel aus der Tasche und verlangte eine halbe Drachme von dem Pulver. Der Kaufmann wog so viel ab, wickelte es ein, übergab es Aladin und forderte ein Goldstück dafür. Aladin händigte es ihm aus, und ohne sich in der Stadt länger aufzuhalten als nötig war, um kurz zu essen, kehrte er zum Palaste zurück.

Er brauchte an der geheimen Türe nicht lange zu warten, sie wurde ihm sogleich geöffnet, und so ging er ins Gemach der Prinzessin Bedrulbudur hinauf. »Geliebte«, sprach er zu ihr, »da du so großen Widerwillen gegen deinen Entführer hast, so wird es dir vielleicht schwerfallen, den Rat zu befolgen, den ich dir jetzt gebe. Bedenke aber, dass du dich notwendig verstellen und dir einige Gewalt antun musst, wenn du dich von seinen Nachstellungen befreien und dem Sultan, deinem Vater und meinem Herrn, die Freude machen willst, dich wiederzusehen. Befolge also meinen Rat: Schmücke dich sogleich mit deinen schönsten Kleidern, und wenn der afrikanische Zauberer kommt, so empfange ihn aufs Freundlichste. Du darfst dir aber keinen Zwang und keine Befangenheit anmerken lassen, sondern musst ihm ein heiteres Gesicht zeigen, sodass er daraus schließen muss, wenn je noch ein Wölkchen von Trübsinn zurückgeblieben sei, so werde auch dieses mit der Zeit schon verschwinden. Im Gespräch gib ihm sodann zu erkennen, dass du dir alle Mühe gibst, um mich zu vergessen; und um ihn vollkommen von deiner Aufrichtigkeit zu überzeugen, lade ihn zum Abendessen ein und drücke den

Wunsch aus, den besten Wein seines Landes kosten zu wollen. Er wird dann sogleich weggehen, um dir welchen zu holen. Während du dann auf seine Wiederkehr wartest und den Schänktisch in Bereitschaft setzen lässt, so schütte in einen der Becher, der dem deinigen gleich ist, dies Pulver hier, stelle ihn sodann auf die Seite und befiehl derjenigen von deinen Frauen, die das Schänkamt versieht, sie soll ihn dir auf ein verabredetes Zeichen voll Wein bringen und sich ja in Acht nehmen, dass kein Irrtum dabei vonstatten geht. Wenn dann der Zauberer zurückkommt, und ihr beide bei Tisch sitzt und nach Herzenslust gegessen und getrunken habt, so lass den Becher mit dem Pulver bringen und vertausche deinen Becher mit dem seinen. Er wird dies als eine so hohe Gunst ansehen, dass er es nicht ablehnen, sondern den Becher bis auf den Grund austrinken wird; kaum aber wird er ihn geleert haben, so wirst du ihn rücklings hinsinken sehen.« Darauf antwortete die Prinzessin: »Ich gestehe dir, dass es mich Überwindung kostet, dem Zauberer auf diese Art entgegenzukommen, deren Notwendigkeit ich jedoch einsehe. Wozu ist man nicht fähig gegen einen so grausamen Feind! Ich werde also tun, was du mir rätst, da sowohl meine als auch deine Ruhe davon abhängen.«

Nach dieser Verabredung verabschiedete sich Aladin von der Prinzessin und brachte den übrigen Teil des Tages in der Umgebung des Palastes zu, um sich bei Einbruch der Nacht wieder bei der geheimen Türe einzufinden.

Sobald er sich entfernt hatte, setzte sich die Prinzessin Bedrulbudur an ihren Putztisch, ließ sich von ihren Frauen aufs prächtigste schmücken und legte das reichste und zu ihrem Vorhaben passendste Kleid an. Als sie vollständig angekleidet war, zog sie ihren Spiegel zurate, und da sie sah, dass ihr keiner von den Reizen fehlte, die der törichten Leidenschaft des afrikanischen Zauberers schmeicheln könnten, so setzte sie sich auf ihr Sofa und erwartete dessen Ankunft.

Der Zauberer stellte sich zur gewöhnlichen Stunde ein und sobald die Prinzessin ihn in den Saal mit den vierundzwanzig Fenstern, wo sie ihn erwartete, eintreten sah, stand sie mit allem Glanze ihrer Schönheit und Reize auf und wies ihm mit der Hand den Ehrenplatz zu, den er einnehmen sollte.

Den afrikanischen Zauberer blendete mehr der Glanz der schönen Augen der Prinzessin als die strahlenden Edelsteine, womit sie sich geschmückt hatte, sodass er ganz überrascht war. Ihre majestätische Haltung und die anmutsvolle Verbindlichkeit, womit sie ihn empfing, während sie ihn bisher immer so rau zurückgewiesen hatte, machte einen solchen Eindruck auf ihn, dass er kaum seiner Sinne mächtig war. Als er sich gesetzt hatte, ergriff die Prinzessin das Wort, und indem sie ihn auf eine Weise anblickte, aus der er schließen musste, dass er ihr nicht mehr so verhasst sei wie bisher, sprach sie zu ihm: »Du wirst dich ohne Zweifel wundern, dass du mich heute ganz anders findest als vorher, doch ich habe Traurigkeit, Schwermut, Betrübnis und alle Sorgen abgeschüttelt, weil ich keine Ursache mehr dazu sehe. Ich habe mir das, was du mir von Aladins Schicksal sagtest, wohl überlegt, und da ich die Gemütsart meines Vaters recht gut kenne, so bin ich überzeugt, dass er der schrecklichen Wirkung seines Zornes unmöglich entgehen konnte. Wenn ich nun auch darauf beharren wollte, mein ganzes Leben lang um ihn zu weinen, so sehe ich doch, dass meine Tränen ihn nicht ins Leben zurückrufen würden. Deshalb glaube ich, nachdem ich ihm bis ins Grab alle Pflichten erwiesen habe, welche die Liebe von mir forderte, dass ich nunmehr auch alle Mittel hervorsuchen muss, um mich zu trösten. Dies sind meine Gründe zu der Veränderung, die du an mir bemerkst. Um nun sogleich jeden Anlass zur Traurigkeit zu entfernen, die ich ganz von mir zu bannen entschlossen bin, und in der Hoffnung, dass du die Gefälligkeit haben wirst, mir Gesellschaft zu leisten, habe ich eine Abendmahlzeit für uns bereiten lassen. Da ich aber bloß chinesischen Wein habe und mich doch in Afrika befinde, so habe ich Lust bekommen, den hierzulande wachsenden zu kosten, und ich zweifle nicht, dass du den besten herausfinden wirst, wenn es überhaupt welchen hier gibt.«

Der afrikanische Zauberer, der das Glück, so schnell und so leicht die Gunst der Prinzessin Bedrulbudur zu gewinnen, für eine Unmöglichkeit gehalten hatte, sagte, er könne kaum Worte finden, um seinen Dank ausreichend auszudrücken, und um dieses Gespräch, bei dem er sich immer mehr in Verlegenheit gebracht hätte, baldmöglichst abzubrechen, kam er schnell auf das Thema afrikanischer Wein, an den sie gedacht hatte, und sagte, unter allen Vorzügen, deren sich Afrika rühmen könne, stehe sein trefflicher Wein obenan, und der allerbeste wachse in dem Teil des Landes, wo sie sich gegenwärtig befinden; er habe ein Fass im Keller, das schon sieben Jahre gefüllt und noch nicht angestochen sei, und er glaube nicht zu viel zu sagen, wenn er behaupte, dass dieser Wein an Güte die vortrefflichsten Weine auf der ganzen Erde übertreffe. »Wenn meine Prinzessin es mir erlauben will«, setzte er hinzu, »so will ich zwei Flaschen davon holen und werde augenblicklich wieder zurück sein.« – »Es sollte mir leidtun, wenn ich dir so viele Mühe mache«, sagte die Prinzessin, »du könntest ja jemanden hinschicken.« – »Nein«, antwortete der afrikanische Zauberer, »ich muss selbst hingehen; niemand außer mir weiß, wo der Schlüssel zu diesem Keller ist, auch kennt niemand das Geheimnis, um ihn zu öffnen.« – »Wenn dem so ist«, sagte die Prinzessin, »so gehe und komm bald zurück. Je länger du ausbleibst, umso größer wird meine Ungeduld sein, dich wiederzusehen, und sobald du zurückkommst, wollen wir uns zu Tische setzen.«

Der afrikanische Zauberer, voller Hoffnung auf sein vermeintliches Glück, lief nicht, um seinen siebenjährigen Wein zu holen, sondern flog und kam sehr schnell zurück. Inzwischen aber hatte die Prinzessin, die nicht daran zweifelte, dass er sich sehr beeilen würde, das Pulver, das ihr Aladin gebracht hatte, selbst in einen Becher geschüttet, den sie dann beiseite stellte, und ließ auftragen. Der Zauberer und die Prinzessin setzten sich einander gegenüber zu Tisch, sodass der Zauberer dem Schänktisch den Rücken zukehrte. Die Prinzessin legte ihm vom Besten vor und sagte zu ihm: »Wenn du es verlangst, so will ich dir Musik machen und singen lassen; da wir aber beide ganz allein hier sind, so denke ich, es wird uns mehr Vergnügen bereiten, uns miteinander zu unterhalten.« Der Zauberer betrachtete diese Wahl der Prinzessin als eine neue Gunst.

Nachdem sie einige Bissen gegessen hatten, verlangte die Prinzessin zu trinken. Sie trank auf die Gesundheit des Zauberers und sagte dann zu ihm: »Du hattest Recht, deinen Wein zu loben; ich habe nie einen so köstlichen getrunken.« – »Reizende Prinzessin«, antwortete er, indem er den Becher, der ihm überreicht wurde, in der Hand hielt, »mein Wein erhält durch deinen Beifall eine neue Güte.« – »Trink auf meine Gesundheit«, erwiderte die Prinzessin, »so wirst du selbst finden, dass ich mich darauf verstehe.« Er trank auf die Gesundheit der Prinzessin, sah dann den Becher an und sagte: »Prinzessin, ich schätze mich glücklich, dass ich dieses Fass für eine so gute Gelegenheit aufgespart habe; ich gestehe selbst, dass ich in meinem ganzen Leben noch keinen so vortrefflichen Wein getrunken habe.« Als sie weiter gegessen und noch drei Mal getrunken hatten, gab die Prinzessin, die dem afrikanischen Zauberer durch ihre Höflichkeit und ihr verbindliches Wesen vollends den Kopf verrückt hatte, der Frau, die das Schänkamt versah, das verabredete Zeichen, und während man ihren Becher mit Wein brachte, sagte sie, man solle auch den des afrikanischen Zauberers vollschenken und ihm reichen.

Als nun beide den Becher in der Hand hielten, sprach sie zu dem afrikanischen Zauberer: »Ich weiß nicht, wie es bei euch zulande unter Liebenden, die miteinander trinken, Sitte ist; bei uns in China tauschen die Geliebte und der Liebhaber ihre Becher aus und trinken so die Gesundheit voneinander.« Mit diesen Worten reichte sie ihm den Becher, den sie in der Hand hielt, und streckte ihre andere Hand aus, um den seinigen in Empfang zu nehmen. Der afrikanische Zauberer beeilte sich freudig, diesen Tausch vorzunehmen, da er ihn als das sicherste Zeichen betrachtete, dass er das Herz der Prinzessin nun völlig erobert habe, und er hielt sich für den glücklichsten aller Sterblichen. Ehe er trank, sagte er, mit dem Becher in der Hand: »Prinzessin, wir Afrikaner sind lange nicht so weit in der Kunst, die Liebe mit allen möglichen Annehmlichkeiten zu würzen, wie die Chinesen, und indem ich hier etwas lerne, was ich noch nicht wusste, fühle ich zugleich, wie hoch ich diese Begünstigung zu schätzen habe. Nie werde ich es vergessen, liebenswürdige Prinzessin, dass ich aus deinem Becher getrunken und darin ein Leben gefunden habe, wozu ich keine Hoffnung mehr gehabt hätte, wenn du noch länger so grausam zu mir geblieben wärest.« Die Prinzessin Bedrulbudur, die sich bei diesem unnützen Geschwätz des afrikanischen Zauberers langweilte, fiel ihm in die Rede und sagte: »Lass uns jetzt trinken, du kannst ja nachher weitersprechen.« Zugleich führte sie den Becher an den Mund, berührte ihn aber nur mit den Lippen, indes der afrikanische Zauberer sich sehr bemühte, es ihr zuvorzutun, und den seinigen ausleerte, ohne einen Tropfen darin zu lassen. Da er beim Austrinken seinen Kopf etwas rückwärts geneigt hatte, um seinen Eifer zu zeigen, so blieb er noch eine Weile in dieser Stellung, bis die Prinzessin, die noch immer den Rand der Schale an ihre Lippen hielt, sah, dass sich seine Augen verdrehten und er ohne Bewusstsein rücklings zusammensank.

Die Prinzessin befahl, Aladin schnell die geheime Türe zu öffnen, er kam herauf und trat in den Saal. Als er den afrikanischen Zauberer auf dem Sofa ausgestreckt liegen sah, und die Prinzessin Bedrulbudur ihm voll Freude und mit offenen Armen entgegeneilte, hielt er sie zurück und sagte: »Es ist noch nicht Zeit, Prinzessin; tu mir den Gefallen, begib dich auf deine Zimmer und sorge dafür, dass man mich allein lässt, damit ich meine Vorbereitungen treffe, die dich ebenso schnell nach China wieder zurückbringen, wie du von da entfernt wurdest.« Sobald die Prinzessin mit ihren Frauen und Eunuchen aus dem Saale gegangen war, verschloss Aladin die Türe, näherte sich dem entseelten Leichnam des afrikanischen Zauberers, öffnete sein Kleid und zog die Lampe heraus. Er rieb daran und alsbald erschien der Geist mit seinem gewöhnlichen Gruß. »Geist«, sagte Aladin zu ihm, »ich habe dich gerufen, um dir im Namen der Lampe, deiner guten Gebieterin, die du hier siehst, zu befehlen, dass du diesen Palast wieder nach China zurücktragen lässt, und zwar an denselben Ort und dieselbe Stelle, von wo er weggenommen wurde.« Der Geist gab durch ein Kopfnicken zu verstehen, dass er gehorchen werde und verschwand. Die Versetzung ging schnell vor sich, man spürte sie nur an zwei sehr leichten Erschütterungen.

Aladin ging nun ins Zimmer der Prinzessin, umarmte sie und sagte zu ihr: »Prinzessin, ich kann dir versichern, dass deine und meine Freude morgen früh vollkommen sein wird.« Da die Prinzessin ihre Abendmahlzeit noch nicht vollendet hatte und Aladin zu essen verlangte, so ließ sie aus dem Saal mit den vierundzwanzig Fenstern die Speisen, die dort aufgetragen, aber kaum berührt worden waren, auf ihr Zimmer bringen. Die Prinzessin und Aladin speisten zusammen und tranken von dem guten alten Wein des afrikanischen Zauberers. Ich will nichts von ihrer weiteren Unterhaltung sagen, die nur sehr vergnügt sein konnte, und füge bloß hinzu, dass sie sich zuletzt miteinander in ihr Schlafgemach begaben.

Seit der Entführung des Palastes und der Prinzessin Bedrulbudur war der Sultan, der Vater dieser Prinzessin, untröstlich, weil er sie für immer verloren glaubte. Er konnte weder bei Nacht noch bei Tag Ruhe finden. Auch an dem Morgen, an dem Aladins Palast wieder an seinen alten Platz gebracht worden war, hatte sich die Morgenröte kaum am Himmel gezeigt, als der Sultan wieder in den Erker ging, um zu dem nicht vorhandenen Palast zu sehen. Als er nun auf einmal diese Leere ausgefüllt sah, hielt er es für einen Nebel. Aber nachdem er diesen aufmerksamer betrachtet hatte, erkannte er, dass es ganz unzweifelhaft Aladins Palast war. Freude und Fröhlichkeit bemächtigten sich jetzt seines Herzens nach langem Kummer und Gram. Er kehrte eilig auf sein Zimmer zurück, rief nach einem gesattelten Pferd, ritt fort und es war ihm, als könne er nicht schnell genug bei Aladins Palast ankommen.

Aladin, der dies vorausgesehen hatte, war bei Tagesanbruch aufgestanden, hatte eines seiner prächtigsten Kleider angelegt und sich sodann in den Saal mit den vierundzwanzig Fenstern begeben, von wo aus er den Sultan kommen sah. Er eilte hinab und kam noch gerade zur rechten Zeit, um ihn unten an der Haupttreppe zu empfangen und ihm vom Pferd absteigen zu helfen. »Aladin«, sprach der Sultan zu ihm, »ich kann nicht mit dir sprechen, bevor ich nicht meine Tochter gesehen und umarmt habe.« Aladin führte den Sultan in das Zimmer der Prinzessin Bedrulbudur, die eben mit dem Ankleiden fertig geworden war. Der Sultan war eine Zeit lang ganz sprachlos vor Rührung, dass er seine geliebte Tochter, die er schon so lange als verloren beweint, wiedergefunden hatte, und auch die Prinzessin vergoss viele Tränen vor Freude, dass sie den Sultan, ihren Vater, wiedersah. Der Sultan umarmte sie mehrere Male, während ihm ebenfalls die hellen Freudentränen über die Wangen liefen, und die Prinzessin ihrerseits bewies ihm auf alle mögliche Arten, wie hocherfreut sie sei, ihn wieder bei sich zu haben. Endlich ergriff der Sultan das Wort und sprach: »Geliebte Tochter, ich wünsche nun, dass du mir erzählst, wie die ganze Sache zuging, und mir nichts verhehlst.«

Die Prinzessin machte sich ein Vergnügen daraus, den Wunsch des Sultans, ihres Vaters, zu erfüllen. »Herr«, sprach sie zu ihm, »wenn ich dir unverändert vorkomme, so bitte ich dich zu berücksichtigen, dass ich bereits gestern früh wieder aufzuleben anfing, als ich meinen teuren Gemahl und Befreier erblickte, den ich schon für verloren gehalten und beweint hatte, und dass das Glück, das ich soeben genossen habe, dich zu umarmen, alle Spuren frühern Kummers von mir abgestreift hat. Um es frei herauszusagen: Mein ganzes Unglück bestand darin, dass ich mich dir und meinem teuren Gemahl entrissen sah; auch war ich nicht bloß aus Verlangen nach meinem Gemahl in Angst und Sorge, sondern besonders auch wegen der traurigen Folgen deines Zorns, denen er, so unschuldig er war, ohne Zweifel ausgesetzt sein musste. Weniger habe ich unter der Unverschämtheit meines Räubers gelitten, welcher Reden gegen mich führte, die mir nicht gefielen. Ich wusste mir bald eine solche Überlegenheit über ihn zu verschaffen, dass ich ihn zum Schweigen brachte. Was meine Entführung betrifft, so hat Aladin nicht den mindesten Anteil daran: Ich selbst bin allein daran schuld, aber auf eine höchst unschuldige Weise.« Um nun den Sultan von der Wahrheit ihrer Worte zu überzeugen, erzählte sie ihm, wie sich der afrikanische Zauberer als Lampenhändler, der alte Lampen gegen neue tauschte, verkleidet habe, und wie sie dann zur Kurzweil Aladins Lampe, deren geheime Kraft und Wichtigkeit sie nicht gekannt hatte, gegen eine neue tauschte, worauf der Palast nebst ihr und den übrigen Bewohnern in die Höhe gehoben und samt dem afrikanischen Zauberer nach Afrika versetzt worden war; letzteren haben zwei ihrer Frauen und der Eunuch, der die Lampe eingetauscht hatte, sogleich wiedererkannt, als er die Kühnheit hatte, sich ihr zum ersten Male nach dem glücklichen Erfolg seines frechen Unterfangens vorzustellen und ihr einen Heiratsantrag zu machen; ferner erzählte sie von den Anfechtungen, die sie bis zu Aladins Ankunft auszustehen hatte, und von den Vorkehrungen, die sie gemeinsam ergriffen, um dem Zauberer die Lampe, die er bei sich trug, zu entreißen; und schließlich, wie ihnen dies dadurch geglückt sei, dass sie selbst sich verstellt und ihn zum Abendessen auf ihr Zimmer geladen habe, wo sie ihm dann den vergifteten Becher überreichte. »Von dem Übrigen«, setzte sie hinzu, »mag Aladin dir Rechenschaft ablegen.«

Aladin fasste seine Erzählung kurz zusammen: »Als man mir«, sagte er, »die geheime Türe geöffnet hatte, ging ich schnell in den Saal mit den vierundzwanzig Fenstern hinauf, und da ich den Verräter durch die Kraft des Pulvers tot auf dem Sofa liegen sah, so bat ich die Prinzessin, sie möge sich mit ihren Frauen und Eunuchen auf ihre Zimmer begeben. Ich blieb nun allein zurück, zog die Lampe aus dem Kleid des Zauberers und bediente mich derselben geheimen Kraft, derer er sich bedient hatte, um die Prinzessin samt ihrem Palaste zu rauben. So habe ich bewirkt, dass der Palast wieder an seinem Platze steht, und bin glücklich, dir deinem Befehle gemäß die Prinzessin zurückgebracht zu haben. Alles, was ich da sage, ist die blanke Wahrheit, und wenn du dich in den Saal hinaufbemühen willst, so wirst du sehen, dass der Zauberer nach Gebühr bestraft wurde.«

Um sich vollends zu überzeugen, ging der Sultan hinauf, und als er den afrikanischen Zauberer tot und im Gesicht ganz schwarzblau von dem Gifte sah, umarmte er Aladin mit großer Zärtlichkeit und sagte zu ihm: »Mein Sohn, vergib mir mein Betragen gegen dich; bloß meine Vaterliebe hat mich dazu veranlasst, und du musst mir die Übereilung, zu der ich mich hinreißen ließ, verzeihen.« – »Herr«, erwiderte Aladin, »ich habe nicht die mindeste Ursache, mich über dich zu beklagen; du hast bloß getan, was du tun musstest. Dieser schändliche Zauberer war die einzige Ursache, dass ich deine Gnade verlor. Wenn du einmal Muße hast, so werde ich dir von einer andern Bosheit erzählen, die er mir angetan und die nicht minder schwarz ist als seine letzte, vor der mich Gottes Gnade behütet hat.« – »Ich werde mir diese Muße ausdrücklich nehmen«, antwortete der Sultan, »und zwar recht bald. Jetzt aber lass uns nur daran denken, fröhlich zu sein, und sorge dafür, dass dieser verhasste Gegenstand fortgeschafft wird.«

Aladin ließ den Leichnam des afrikanischen Zauberers wegbringen und auf den Schindanger werfen, wo er den Vögeln und Tieren als Nahrung diente. Der Sultan aber gab Befehl, durch Trommeln, Pauken, Trompeten und andere Instrumente das Zeichen zur allgemeinen öffentlichen Freude zu geben, und ließ ein zehntägiges Freudenfest ankündigen, um die Rückkehr der Prinzessin Bedrulbudur und Aladins zu feiern.

Wenige Jahre darauf starb der Sultan. Da er keine männlichen Nachkommen hinterließ, so folgte ihm die Prinzessin Bedrulbudur als gesetzmäßige Erbin auf dem Throne nach und teilte ihre Herrschaft mit Aladin. Sie regierten viele Jahre miteinander und hinterließen eine berühmte Nachkommenschaft.

Der freigebige Hund

Einst wurde ein armer Mann so sehr von seinen Gläubigern bedrängt, dass er seine Familie und seine Heimat verlassen und in fremden Ländern bettelnd umherziehen musste. Hungrig und müde, im zerknirschten Seelenzustand, erreichte er eine große, prachtvolle Stadt, die mit hohen Mauern umgeben war. Auf einem großen Platze sah er einige vornehme Leute in ein Haus gehen, das einem königlichen Palaste glich, und folgte ihnen in einen Saal, wo ein Mann von sehr ehrwürdigem Aussehen an dessen obern Ende saß, der gleich einem Wesir von vielen Dienern und Sklaven umgeben war. Der Mann stand vor seinen Gästen auf und hieß sie willkommen. Der Arme aber trat erschrocken zurück, als er diese vielen Diener und andere Pracht und Herrlichkeit sah, und setzte sich aus Furcht in einen Winkel, wo ihn niemand sehen konnte. Als er so dasaß, kam ein Diener mit vier Jagdhunden, die mit kostbarem Seidenstoffe bedeckt waren und goldene Ketten mit silbernen Schellen am Halse trugen, und band jeden derselben in einer Ecke an. Dann ging er weg und kam nach einer Weile wieder mit goldenen Schüsseln, voll mit den herrlichsten Speisen, stellte vor jeden Hund eine solche Schüssel und entfernte sich wieder. Der Arme war so sehr vom Hunger geplagt, dass er mit Lüsternheit zu den Speisen der Hunde sah, und gern mit einem derselben gegessen hätte. Einer dieser Hunde bemerkte dies durch eine göttliche Eingebung, entfernte sich von seiner Schüssel und machte dem Armen Zeichen, er möge sich nähern. Der Arme trat herbei und aß, bis er satt war, dann wollte er wieder gehen; aber der Hund gab ihm durch Zeichen zu verstehen, dass er die Schüssel mit allem, was darin war, nehmen sollte, ja er schob sie sogar mit der Tatze vor ihn hin. Der Arme nahm sie, ging damit fort und niemand folgte ihm.

Er reiste dann in eine andere Stadt, verkaufte die goldene Schüssel, kaufte Waren dafür und kehrte damit in seine Heimat zurück, verkaufte sie wieder, bezahlte seine Schulden und hatte nun so viel Glück, dass er bald ein sehr reicher Mann wurde. Da dachte er: Ich muss doch noch einmal in jene Stadt reisen, aus der ich die goldene Schüssel genommen habe und dem Eigentümer derselben ein schönes Geschenk machen für die Freigebigkeit, die einer seiner Hunde mir gegenüber ausgeübt hat und ihm auch den Wert der Schüssel wieder ersetzen. Er machte sich bald auf die Reise zu jener Stadt; als er aber das Haus suchte, in welchem er die Schüssel gefunden hatte, sah er an dessen Stelle einen Steinhaufen, auf dem Raben krächzten. Das Haus war verödet und schaute verwüstet aus. Er ließ sich betrübt nieder und dachte über den Wechsel der Zeit und des Geschicks nach. Als er umherblickte, sah er einen armen Mann in einem Grauen erregenden Zustande, der Felsten Erbarmen einflößte, und fragte ihn: »Wie ist das Schicksal gegen den Eigentümer dieses Hauses verfahren? Wo ist das schöne Gebäude hingekommen, von dem nur noch einige Ruinen übrig sind?« Der Arme antwortete, aus einem betrübten Herzen seufzend: »Ein jeder beherzige, was der Gesandte Gottes gesagt hat: ›Gott hat das Recht, jeden, den er erhoben hat, auch wieder zu erniedrigen.‹ Frage nicht, warum und wieso; denn wer kann sich über die Launen des Schicksals wundern? Wisse, ich war der Eigentümer dieses Hauses, ich habe es erbauen lassen und mir gehörte es mit allem, was darin war. Aber die Zeit hat sich geändert: Ich habe mein ganzes Vermögen verloren und befinde mich nun, ohne selbst zu wissen warum, in diesem erbärmlichen Zustande.«

Auf die Frage des Verarmten, was ihn herführe, erzählte ihm der wieder reich Gewordene seine Geschichte mit dem Hunde und sagte ihm, dass er gekommen sei, um ihm den Wert der goldenen Schüssel zurückzuerstatten, die ihm aus der Not geholfen hatte und um ihm ein ansehnliches Geschenk zu bringen. Aber der Arme schüttelte den Kopf und sagte weinend und schluchzend: »Ich glaube, du hast den Verstand verloren, lieber will ich den größten Mangel dulden, als zurücknehmen, was einer meiner Hunde verschenkt hat. Nimmermehr! Reise wieder dahin, wo du hergekommen bist, ich werde nicht den Wert eines Nagelabschnitts von dir annehmen.«

Der Reiche küsste ihm Hände und Füße, dankte ihm, nahm Abschied und reiste in seine Heimat zurück.

Die Geschichte von einem persischen König und seinem Falken

Ein persischer König hatte einen Falken, der ihm so teuer war, so dass er ihn Tag und Nacht in seiner Nähe hatte und auf der Hand herumtrug. Sooft er auf die Jagd ging, nahm er ihn mit und gab ihm aus einer goldenen Schale zu trinken, die er ihm um den Hals hängte.

Eines Tages meldete der Oberjägermeister wieder einmal, es sei alles zur Jagd bereit, der König machte sich auf, nahm den Falken in die Hand und zog mit seinen Leuten in ein Tal, wo die Jäger bald einen Kreis bildeten. Da zeigte sich eine Gazelle innerhalb des Kreises und der König sagte: »Ich töte denjenigen, an dessen Seite die Gazelle entwischt.« Der Kreis zog sich hierauf enger zusammen und siehe da, die Gazelle trat auf den König zu, stellte sich auf die Hinterfüße und legte die Vorderfüße auf die Brust, als wollte sie vor dem König die Erde küssen. Der König neigte sich zur Gazelle hin, diese machte aber einen Sprung über seinen Kopf, und befand sich im Freien. Als der König sich hierauf seinen Leuten zuwandte, bemerkte er, wie sie sich mit den Augen Zeichen gaben und zu ihm hinsahen. Er fragte seinen Wesir, was dies bedeute. Dieser antwortete: »Sie geben einander zu verstehen, dass du den mit Todesstrafe bedroht hast, der die Gazelle entwischen lässt, und nun doch selbst an ihrer Flucht schuld bist.« Da schwur der König bei seinem Haupte, er werde die Gazelle verfolgen, bis er sie gefangen habe.

Alsbald setzte er ihr mit dem Falken nach, der ihr bald darauf die Augen auspickte. Dann nahm er eine Keule, schlug sie zu Boden und zog ihr die Haut ab. Dies geschah an einem heißen Tage, in einer wasserlosen Wüste, sodass der König und sein Ross an Durst litten. Da erblickte er einen Baum, von welchem eine fette Flüssigkeit wie Wasser herablief. Er sammelte sie in einem Schlauch, den er mit sich führte, füllte die Schale damit, die der Falke am Halse trug und stellte sie vor sich hin; da stieß der Falke mit dem Schnabel daran und stürzte sie um. Der König füllte die Schale zum zweiten Male und stellte sie vor den Falken, weil er glaubte, er sei durstig und habe trinken wollen; aber auch diesmal stieß er mit dem Schnabel daran und stürzte sie um. Der König wurde aufgebracht gegen den Falken, füllt die Schale zum dritten Male und reichte sie dem Pferde hin; aber der Falke stieß sie mit seinen Flügeln um. Da sprach der König: »Gotte beschäme dich, du verdammter Vogel, du hast mich, dich selbst und das Pferd vom Trinken abgehalten«, und hieb ihm mit dem Schwerte die Flügel ab. Der Falke hob seinen Kopf in die Höhe und deutete zu dem Baume hin, unter welchem der König saß. Dieser blickte hinauf und sah eine Schlange und erkannte, dass die Flüssigkeit das von ihr ausströmende Gift war. Jetzt bereute er es, dem Falken die Flügel abgehauen zu haben und kehrte wieder auf seinem Pferde mit der Gazelle zu der Stelle zurück, wo er sein Gefolge verlassen hatte. Er gab die Gazelle dem Koch, setzte sich dann auf den Thron, mit dem Falken auf der Hand, der aber alsbald einen schmerzlichen Ton von sich gebend tot zur Erde fiel. Der König ergoß sich daraufhin in Klagen darüber, dass er den Falken getötet hatte, der ihm das Leben gerettet hatte.

Die Geschichte vom edlen Geber

Einst verlor ein sehr reicher Juwelier sein ganzes Vermögen, sodass ihm rein gar nichts mehr übrig blieb. Da sagte seine Frau zu ihm: »Geh zu einem deiner Freunde und suche Hilfe bei ihm.« Er ging zu einem Freunde und klagte ihm seine Not. Der Freund lieh ihm fünfhundert Dinare, mit denen er sein Geschäft weiter betreiben sollte. Der Juwelier öffnete hierauf wieder seinen Laden und kaufte und verkaufte. Als er so in seinem Laden saß, kamen drei Männer und fragten nach seinem Vater; der Juwelier sagte ihnen, dass dieser schon längst tot sei. Da fragten sie, ob er keine Nachkommen hinterlassen habe? »Ich bin dessen Sohn!« – »Kannst du dies beweisen?« – »Alle Kaufleute des Bazars können es mir bezeugen!« – »Bringe einige her, um uns zu überzeugen, dass der Mann, nach welchem wir dich fragten, dein Vater war.« Der Juwelier rief hierauf einige Kaufleute zu sich, und nachdem diese bezeugt hatten, dass der Mann, nach dem die drei Fremden sich erkundigt hatten, sein Vater war, zogen diese einen Sack heraus, in welchem etwa dreißigtausend Dinare und Gold und Edelsteine waren, und sagten: »Das hat uns dein Vater zur Aufbewahrung gegeben«, und gingen wieder ihres Weges. Bald darauf kam eine Frau und entlieh einen Edelstein, welcher fünfhundert Dinare wert war, und bald darauf kaufte sie ihn für dreitausend Dinare. Der Juwelier ging nun zu seinem Freunde und wollte ihm die fünfhundert geliehenen Dinare zurückgeben; dieser nahm sie aber nicht und sagte: »Ich habe sie nach Gottes Willen hergegeben, behalte sie nur, nimm auch dieses Briefchen, öffne es aber nicht, bevor du zuhause bist und beherzige dessen Inhalt.« Der Juwelier nahm das Briefchen, ging nach Hause und fand folgende Zeilen darin: »Die Männer, welche bei dir waren, sind mein Vater und meine beiden Oheime; die Frau, welche bei dir einkaufte, war meine Mutter, und alles Geld und alle Edelsteine kamen von mir. Ich hatte dabei nicht die Absicht, dich zu beleidigen, sondern dir ein Erröten zu ersparen.«

Die Geschichte von den drei Äpfeln

Der Kalif Harun Arraschid und sein Wesir Djafar fanden eines Tages im Tigris einen Korb, der mit roter Wolle verschnürt war. Als sie den Korb öffneten, sahen sie ein Stück von einem Teppich darin, und als sie diesen aufhoben, erblickten sie einen Mantel, viermal zusammengelegt, und unter diesem ein junges Mädchen, rein wie Silber, aber in Stücke zerhauen.

Als der Kalif das Mädchen zerschnitten sah, war er sehr bestürzt, vergoss Tränen, wandte sich zornig zu Djafar und sagte: »Bei Gott! Ich will dieses Mädchen rächen und ihren Mörder auf die härteste Weise hinrichten lassen. Kannst du den Mörder nicht auffinden, so werde ich dich und vierzig deiner Vettern hängen lassen.« Djafar bat um drei Tage Frist, und als der Kalif sie ihm gewährte, ging er betrübt nach Hause und blieb bis zum dritten Tage gegen Mittag dort, weil er nicht wusste, was er tun sollte. Doch dann schickte der Kalif nach ihm, schrie ihn zornig an und befahl, dass man ihn aufhänge. Man stellte ihn unter den Galgen und wartete nur noch, bis vom Fenster das Signal gegeben wird, als auf einmal ein junger Mann kam, Djafar die Hand küsste und sagte: »Ich bin ihr Mörder.« Und gleich darauf kam ein alter, sehr bejahrter Mann, drängte sich durch die Leute, bis er vor Djafar stand, und rief: »O großer Herr und Wesir! Glaube nicht, was dieser junge Mann sagt. Nicht er hat die junge Frau getötet, sondern ich.« Der junge Mann sagte darauf: »Kein anderer als ich hat die junge Frau getötet.« Da sprach der Alte: »O mein Sohn! Ich bin alt und lebenssatt, du bist jung; ich will mein Leben für das deinige hingeben; ich habe die junge Frau getötet, drum hänge mich, denn ich mag doch nicht leben, seitdem sie nicht mehr ist.«

Nachdem Djafar diesen Streit vernommen hatte, führte er den Alten und den Jüngling zum Kalifen, küsste die Erde siebenmal und sagte: »Wir haben hier zwei Männer, von denen jeder behauptet, die junge Frau getötet zu haben.« Nachdem der Kalif beide betrachtet hatte, fragte er: »Wer von euch hat die junge Frau erschlagen und in den Strom geworfen?« Da antwortete der Alte: »Kein anderer als ich.« Und der Junge sagte dasselbe. Da sprach der Kalif zu Djafar: »Geh und lass sie beide hängen!« Djafar aber erwiderte: »O Fürst der Gläubigen! Wenn sie doch nur einer getötet hat, so würde der andere ungerechterweise gehängt werden.« Da sagte der junge Mann: »Bei dem, der den Himmel gewölbt hat, ich habe sie getötet, in einen Korb von Palmblättern gelegt, mit einem Mantel zugedeckt, dann ein Stück Teppich drumherum gelegt und mit roter Wolle zugenäht. Räche also ihren Tod an mir!« Der Kalif fragte erstaunt: »Warum hast du sie getötet und dich selbst in eine solche Lage gebracht?« Da antwortete der Jüngling: »Wisse, o Fürst der Gläubigen, die erschlagene Frau war mein Weib, die Mutter meiner Kinder und meine Muhme. Dieser Alte ist mein Oheim und ihr Vater, er verheiratete sie mit mir, als sie noch Jungfrau war; ich lebte elf Jahre mit ihr, sie war eine gesegnete Gattin und gebar mir drei Söhne, führte einen reinen Lebenswandel und bediente mich so gut wie nur möglich; aber auch ich liebte sie sehr heftig und als sie in den letzten Monaten sehr krank wurde, bediente ich sie aufs sorgfältigste. Eines Tages gelüstete es sie nach einem Apfel, um daran zu riechen und einen Bissen davon zu essen. Ich suchte in ganz Bagdad und konnte keinen Apfel finden, denn hätte ich einen auch mit meinen Augen bezahlen müssen, so hätte ich ihn gekauft. Dann reiste ich einen halben Monat lang nach Basra und zurück, und brachte drei Äpfel mit, die ich für drei Goldstücke gekauft hatte, und überreichte sie meiner Frau. Sie warf die Äpfel jedoch neben sich hin und wurde immer schwächer und kränker. In dieser Zeit saß ich in meinen Laden und handelte mit Waren, da kam auf einmal ein großer Sklave auf den Markt, mit einem der drei Äpfel in der Hand, wegen welcher ich einen halben Monat lang auf Reisen gewesen war. Ich rief dem Sklaven zu und fragte ihn: ›O Sklave, woher hast du diesen Apfel?‹ Da antwortete er: ›Ich habe ihn von meiner Geliebten. Als ich sie heute besuchte, denn sie ist krank, fand ich drei Äpfel bei ihr, und sie sagte mir, dass ihr Mann eine Reise von einem halben Monat gemacht hatte, um sie ihr zu bringen. Ich aß und trank mit ihr und nahm einen der drei Äpfel, mit dem du mich hier siehst.‹ Nun, o Fürst der Gläubigen, als ich dies hörte, wurde mir die Welt ganz schwarz vor Augen. Ich schloss sogleich den Laden, ging nach Hause und war außer mir vor Zorn und Wut. Ich sah nach den Äpfeln und fand wirklich nur zwei und ich fragte meine Frau, wo denn der dritte Apfel sei? Sie hob nur den Kopf und antwortete: ›Bei Gott, mein Vetter, ich weiß es nicht.‹ Nun war ich von der Wahrheit der Erzählung des Sklaven überzeugt. Ich nahm ein scharfes Messer, trat von hinten zu ihr und schnitt ihr den Kopf ab, legte sie in einen Korb, nähte einen Mantel um sie und drüber noch ein Stück Teppich und warf sie in den Fluss. Als ich dann wieder nach Hause kam, sah ich, wie mein ältester Sohn schrie, und als ich ihn fragte, warum, sagte er zu mir: ›Mein Vater, ich habe diesen Morgen meiner Mutter einen der drei Äpfel gestohlen, die du ihr gebracht hast, und bin damit auf die Straße gegangen. Da kam ein Sklave und nahm ihn mir weg; ich rief ihm zu: O guter Sklave, dieser Apfel gehört meiner Mutter, mein Vater hat eine Reise von einem halben Monat nach Basra gemacht, um meiner kranken Mutter drei Äpfel von dort zu holen, bringe mich daher nicht in Verlegenheit! Er aber schlug mich und ich lief fort.‹ Als ich die Worte meines Sohnes vernahm und seine Furcht und sein Weinen sah, wusste ich, dass ich die junge Frau unschuldig ermordet und dass der verruchte Sklave gelogen hatte, da er die Geschichte von den Äpfeln nur von meinem Sohne hörte. Als ich dies einsah, weinte und schluchzte ich mit meinen Kindern. Da kam ihr Vater, mein Oheim, dazu und ich erzählte ihm alles, was vorgefallen war und wir weinten und trauerten drei volle Tage über den Tod der Unschuldigen. An all diesem war nur der Sklave Schuld.«

Als der Kalif dies hörte, war er sehr erstaunt darüber und sagte dann: »Ich werde niemanden anderen als den verruchten Sklaven hängen lassen.«

Ausgang

Als Scheherazade, welche während der tausend und einen Nacht dem König drei Söhne geboren hatte, diese Erzählung beendete, warf sie sich vor dem König nieder und sprach: »König der Zeit, Herr deines Jahrhunderts, darf ich mir nun als Lohn für meine Erzählungen eine Gnade ausbitten?« – »Wünsche, was du willst, Scheherazade, es werde dir gewährt!«, antwortete der König. Da rief sie die Ammen und befahl ihnen, ihre Kinder herbeizubringen. Die Ammen brachten drei Knaben, von denen der eine schon laufen konnte, der andere kroch und der dritte noch am Busen seiner Amme lag. »König der Zeit, hier sind deine Kinder; ich bitte dich, mir um ihretwillen das Leben zu schenken, damit die armen Kinder nicht mutterlos werden.« Der König, zu Tränen gerührt, umarmte seine Kinder und sagte: »Bei Gott! Scheherazade, ich habe dir schon längst verziehen, denn du bist tugendhaft und rein; Gott segne dich und die Deinigen!« Scheherazade küsste dem König die Hand und wünschte ihm noch ein langes, glorreiches Leben. Die Freude verbreitete sich sogleich im ganzen Palaste und bald darauf in der ganzen Stadt. Es war eine äußerst freudige Nacht, lichter als der hellste Tag. Am folgenden Morgen schenkte der König in Anwesenheit aller Truppen seinem Schwiegervater, dem Wesir, ein prachtvolles Ehrenkleid und dankte ihm dafür, dass er ihm seine Tochter zur Frau gegeben habe, welche ihn von ferneren Mordtaten abhielt. Er beschenkte dann auch die übrigen Wesire, Emire und Großen des Reichs und ließ die Stadt auf seine Kosten beleuchten, allerlei öffentliche Spiele und Belustigungen veranstalten und den Armen viele Almosen aus seiner Schatzkammer austeilen. Er herrschte dann noch viele Jahre in Glück und Freude, bis ihn der Tod überraschte, mit dem alles Irdische endet.